«Georg Kleins Versuch ist geglückt. Wieder einmal hat er der grauen, groben deutschen Wirklichkeit die Stromstöße seiner Phantasie verpaßt, und wieder einmal hat sich das Metall des Alltags zu aufregenden Formen verbogen.»
(Andreas Kilb, Frankfurter Allgemeine Zeitung)
«Der Roman ist mit schöner Ironie durchsetzt, von Anspielungsreichtum durchdrungen und von leichtem Ernst. Ein modernes Märchen, eine gewitzt und gekonnt gebaute Abrechnung mit dem entmystifizierten Abendland.»
(Verena Auffermann, DeutschlandRadio Berlin)
«Das ist der Ehrgeiz des Virtuosen: Bei aller versierten Artistik auch einen Weg in die Herzen der Menschen zu finden; sie nicht nur zu verblüffen, sondern sie zu rühren, diese insgesamt doch recht wählerische, schwer zu erschütternde Spezies.» *(Harald Jähner, Berliner Zeitung)*

Georg Klein, geboren 1953 in Augsburg, lebt mit seiner Frau, der Schriftstellerin Katrin de Vries, und zwei Söhnen in Ostfriesland. Sein Roman «Libidissi» (rororo 24258), eine doppelbödige Agentengeschichte, wurde 1998 gefeiert und in viele Sprachen übersetzt. 1999, im Erscheinungsjahr des Erzählbandes «Anrufung des Blinden Fisches», wurde Georg Klein mit dem Brüder-Grimm-Preis und 2000 mit dem Ingeborg-Bachmann-Preis ausgezeichnet. Seine Detektivgeschichte «Barbar Rosa» (rororo 24431) war das literarische Ereignis im Frühjahr 2001. Es folgten 2003 der Erzählband «Von den Deutschen» (rororo 23379) und der Roman «Die Sonne scheint uns» (rororo 23793).

GEORG KLEIN

Sünde Güte Blitz   Roman

Rowohlt Taschenbuch Verlag

Veröffentlicht im Rowohlt Taschenbuch Verlag,
Reinbek bei Hamburg, August 2008
Copyright © 2007 by Rowohlt Verlag GmbH,
Reinbek bei Hamburg
Umschlaggestaltung any.way, Barbara Hanke/Cordula Schmidt
(Illustration: Anke Feuchtenberger)
Satz Minion PostScript (InDesign)
bei Pinkuin Satz und Datentechnik, Berlin
Druck und Bindung Druckerei C. H. Beck, Nördlingen
Printed in Germany
ISBN 978 3 499 24759 0

«Lesen Sie viel; auch wissenschaftliche
Bücher, obschon die Wissenschaft als
Ganzes Unfug ist, ist sie lehrreich.»
Gottfried Benn, *Briefe*, 1949

«Die Natur – d.h. der Leviathan – weist
uns nichts Vollkommenes; sie bedarf immer der Korrektur durch gute Geister.»
Arno Schmidt, *Leviathan*, 1949

SONNABEND

Die Menschen sind tollkühne Tiere. Und deshalb müßte einer von uns, sobald es ihn Hals über Kopf unter sie verschlägt, eigentlich auf ihren Ansturm, auf dreiste Handstreiche, auf ein Hauen und Stechen mit ihnen gefaßt sein. Aber wer aus unseren Gefilden zwischen sie hinstürzt, darf davon so gut wie nichts wissen. Allenfalls eine Ahnung beklemmt den Ankömmling. Erst nach und nach, erst wenn menschliche Gewalt ihm Haut, Fleisch und Knochen beutelt, beginnt er die Eigenart dieser Spezies erneut zu begreifen.

Unser Bote kam bei Nacht in einem Hinterhof zu sich. Zunächst bewegte sich nur die linke Hand des Liegenden. Er tastete durch einen Spalt des Asphalts. Seine Fingerspitzen spürten Trockenheit, sein Rücken eine Wärme, die ihm guttat. Wie alle Vorausgegangenen hatte auch ihn die schiere Ankunft bis ins Mark erschöpft, und so dauerte es, bis er den Kopf hob, zum Licht drehte und ein erstes Verstehen versuchte. Vor einem Jahr, als die lange Leuchtstoffröhre senkrecht neben dem Kellereingang montiert worden war, hatte sie den Hof bis in den letzten Winkel erhellt. Jetzt, im zweiten Sommer, milderte bereits ein Firnis aus Insektenresten ihr Licht. Der Bote mißdeutete das bernsteinfarbene Scheinen. Schon in die Hocke gegangen und Kräfte zum Aufrichten sammelnd, dachte er immer noch, dort hinten stünde einer in einer grauen Rüstung, geduckt, bewegungslos abwartend, einen Leuchtstock als Waffe in der Rechten.

Gleich seinen Vorgängern wäre er einem frühen Schlagabtausch nicht ausgewichen. Mut fällt uns leicht. Aber als er es in den Stand geschafft hatte, als das Schwindelgefühl, das ihn beim Aufrichten überfallen hatte, nachließ, schnappte ihm das Bild um. Der vermeintliche Feind verwandelte sich in einen flachen Quader flirrender Nachtluft. Was sich scheinbar hervorgewölbt hatte, senkte sich nun in Wirklichkeit nach innen. Und unser Bote begriff die niedrige, dunkel gestrichene Kellertür als Eingang in ein Haus und die Neonröhre als eine Art Lampe – obschon ihm die Wörter für dergleichen Gegebenheiten noch nicht zur Verfügung standen.

Breitbeinig, kaum mehr schwankend, drehte er sich um und entdeckte den Baum, eine gewaltige Linde, älter und sogar ein wenig höher als die Häuser, die sie umgaben. Ihr Anblick verschmolz ihm mit dem Aroma der Luft. Was er schon mit dem ersten Einatmen gerochen hatte, mußte ihr Blühen sein. Und weil sich der duftende Baum genau in der gebotenen Richtung befand, machte er sich auf den Weg hin zu ihm.

So gelangen ihm seine ersten zwölf Schritte.

Als er den Stamm erreichte, waren seine nackten Sohlen auf den Ring eines brüchigen Gummibands, auf das vom Tod gekrümmte Körperchen einer Ameise und auf ein kleines Stück Kupferblech getreten, dessen scharfe Zacken zum Glück nach unten wiesen. Fuß vor Fuß setzend, hatte er sich zurechtgelegt, daß es Fenster sein mußten, die hinter der Krone der Linde leuchteten. Auch die große, orange glimmende Scheibe am Nachthimmel ließ sich bestimmen. Das da oben konnte nur der Trabant dieses Planeten sein. Für das Auge stand er still. Aber alles, was je in einem Körper zum Leben erwacht ist, spürt, bis die Gewohnheit siegt, das sachte Saugen seiner sausenden Masse.

Im Stamm der Linde klaffte ein armlanges, ovales Loch. Zwei Jahrzehnte zuvor hatten besonders ausgebildete Gärtner, sogenannte Baumchirurgen, einen tief eingedrungenen Pilz bekämpft, denn die Linde war von einem Organ des damaligen, inzwischen untergegangenen Staates zum Natur- und Kulturdenkmal erklärt worden. Der Beton, der ihr tief ausgeweidetes Holz versiegeln sollte, war nach und nach wieder herausgebröckelt. Auf dem Schild, in das die besondere Geschichte der Linde graviert gewesen war, hatte der Rost den größten Teil des Textes gelöscht. Nur drei Querstreben aus Stahl, deren vernikkelte Muttern makellos wie Schmuck auf der Haut des Stammes saßen, hatten dem Zahn der Zeit standgehalten. Und weil unser Bote spürte, daß er ein gutes Stück hinaufmußte, um auf das Niveau seines Zielpunkts zu gelangen, deutete er das Übereinander der Stäbe als eine Leiter.

Also machte er sich auf in den Baum.

Die Art, wie er hochstieg, glich dem gelegentlichen Klettern der größten, meist am Boden lebenden Affen. Gemächlich schoben sich seine Hände, seine Knie und seine Füße voran. Die Nase schnupperte an den Lindenblüten, und die Lippen nahmen Fühlung auf mit Rinde und Blättern. Auf einem starken Ast kroch er Richtung Haus, erst nahe der Mauer senkte ihn sein Gewicht, Zweige schabten an der Fassade entlang und schlugen auf das Blech eines offenstehenden Fensters.

Angela Z., langzeitarbeitslose Physikerin und seit einem halben Jahr als Hausmeisterin für die an zwei Höfe grenzenden Gebäude zuständig, hatte sich ins dunkle Wohnzimmer gesetzt, um mit Sekt und Käsegebäck, mit der lauen Nachtluft und mit dem Vollmond ihren fünfundvierzigsten Geburtstag zu feiern. Da Alkohol sie schnell müde werden ließ und die Linde in diesem Juli allzu heftig duftete, war sie eingenickt, aber der Instinkt der Verantwortlichen machte sie sofort hellwach, als es über ihr Fensterblech schabte. Sie erhob sich aus dem Sessel, spähte vorsichtig hinaus und erfaßte die Lage. Falls Der-da-draußen über die Kaltblütigkeit verfügte, sich auf dem wippenden Ast aufzurichten, würde er es mit einem einzigen Schritt an das Fenster und damit in ihre Wohnung schaffen.

Sein Nacktsein würde ihn kaum daran hindern.

Angela Z., von der ihre in Kalifornien studierende Tochter behauptete, sie sei tapfer wie eine Löwin, wolle jedoch am liebsten keinem Mückchen etwas zuleide tun, besaß einen Elektroschokker. Sie hatte sich das Verteidigungsgerät besorgt, nachdem im zurückliegenden Winter kurz hintereinander zwei Frauen aus der Nachbarschaft überfallen worden waren. Frau Blumenthal, eine alte Dame, deren Wohlergehen ihr am Herzen lag, hatte man am hellichten Tag vor den Briefkästen des Vorderhauses ihrer Handtasche beraubt. Beim Erwerb der Waffe hatte sich Angela als Naturwissenschaftlerin kein X für ein U vormachen lassen und sich, trotz des beachtlichen Preisunterschiedes zu Produkten aus dem fernen Osten, für ein hochwertiges Gerät aus deutscher Fertigung entschieden. Und weil sie ihre Sachen in Ordnung hielt, brauchte sie nun nur leise eine Schublade aufzuziehen und blind hineinzugreifen.

Halb hinter dem Vorhang, den Schocker in der Hand, wurde sie Zeugin eines geschickten, eines nahezu perfekten Sprungs. Der linke Fuß tippte auf der Fensterkante auf, mitten im Zimmer federte unser Bote in die Knie und bremste den letzten Schwung mit Armen und Händen. Die Finger in den Flor des Wollteppichs gegraben, erfüllte ihn die Gewißheit, nun genau die richtige Höhe, die rechte Entfernung vom Erdboden, erreicht zu haben. Und exakt ostwärts gesprungen, war er seinem Ziel auch in der horizontalen Distanz ein Stückchen näher gekommen. Die Tür, deren Weiß er vor sich sah und deren schemenhafte Klinke er zutreffend als Teil einer Verriegelungsvorrichtung deutete, sollte ihn ohne Verzug weiterbringen – aber da traf ihn Angelas Stoß, und 100 000 Volt entluden sich in seinen schmalen Nacken.

Die Menschen sind eine liebreizende Spezies. Wer ein Auge für die Anmut der Säugetiere hat, wird immer wieder Freude an den Bewegungen des Menschenleibs finden. Angela Z. trug nichts als einen seidenen Morgenmantel. Erst am Nachmittag hatte sie das smaragdgrüne Kleidungsstück, um die Hälfte ermäßigt, im Räumungsverkauf eines für dieses Viertel, für die Südstadt von G., zu teuer gewesenen Wäschegeschäfts entdeckt, anprobiert und sich den Kauf zunächst versagt. Aber dann war sie doch auf halbem Heimweg umgekehrt und hatte sich den Morgenmantel zum Geburtstag geschenkt. Danach hatte nur ihr Schlafzimmerspiegel sehen dürfen, wie vorteilhaft sich der dünne, glänzende Stoff an ihren auch in ihrer Jugend niemals mager gewesenen Körper schmiegte.

Als der Nackte sein Bewußtsein zurückgewann, war sie noch nicht dazu gekommen, sich etwas Richtiges anzuziehen. Sie kniete auf dem Boden und band seine Fußknöchel mit zwei aneinandergeknüpften Stoffgürteln zusammen. Drei der fünf Ledergürtel, die sie besaß, hatte sie schon für die übergründliche Fesselung seiner Handgelenke verbraucht, und der vierte und der fünfte waren gerade lang genug gewesen, um mit ihnen ein Bein ihres soliden alten Wohnzimmerschranks zu erreichen.

Unser Bote sah die Frau, sah ihre heftig atmende Brust, sah, wie sie zwischen seinen Füßen einen letzten Knoten anzog, begriff die Unbeweglichkeit, zu der er verdammt war, und seufzte laut auf. Angela schrak zurück, und zugleich fiel ihr ein, daß sie den Schocker beim Gürtelholen auf dem Bett im Schlafzimmer liegengelassen hatte. Aber den Gefesselten packte weder Wut noch Panik. Ein einziges Mal spannte er die schön geformten, nicht übermäßig muskulösen Arme. Leder quarrte auf Holz. Der Schrankfuß hielt stand.

«Keine Bewegung, sonst werden Sie noch einmal geschockt.»

Angelas rechte Hand fuhr in die leere Tasche ihres Morgenmantels, und als sie aufsprang, schob sie die Seide mit Daumen- und Zeigefinger, die fehlende Waffe vortäuschend, weit nach vorn. Dabei klaffte ihr Morgenmantel auf, und unser Bote begriff, daß eine Frau vor ihm stand. Über den eigenen Körper hinwegblickend, ergänzte er sich, daß er als Mann und völlig unbekleidet in ihren Wänden aufgetaucht war. Zweifellos hing beides, ihr Frausein und seine bloßliegende Männlichkeit, mit der mißlichen Lage zusammen, in die er so unvermutet geraten war.

«Heraus mit der Sprache!» befahl Angela und stieß mit dem linken Fuß gegen seine Ferse, verlor ihren Hauspantoffel, gewann aber durch den rüden Charakter der Geste ihr ins Schwanken geratenes Selbstbewußtsein zurück. Und weil der Unbekannte nur ein weiteres Mal seufzte und bestürzend freundlich zu ihr aufschaute, fauchte sie so böse, wie sie nur konnte, jetzt sei der Spaß vorbei, was er sich dabei denke, mitten in der Nacht splitternackt zu ihr in die Wohnung zu hopsen, und dies noch dazu an ihrem Geburtstag.

Er war ganz Ohr. Und die Art, wie er mit geöffnetem Mund, mit auseinandergerissenen Lidern, mit lange hinausgezögertem, dann aber heftigem Blinzeln zuhörte, verführte sie dazu, weiter auf ihn einzuschimpfen. Sie begann mit dem Überfall auf Frau Blumenthal, holte dann weit aus in Zeit und Raum, zog Beispiele aus der Bibel, den jüngsten Weltkriegen, aus Amerika und sogar aus Afrika heran, wurde grundsätzlich und ersparte dem hingerissen Lauschenden keinen der Vorwürfe, die sich jenem Geschlecht machen lassen, dessen physische Eigenart er eben erst im Groben an sich begriffen hatte.

«Sie elender Mistkerl!» fuhr sie den Stummbleibenden zuletzt noch an. Sie könne sich in etwa vorstellen, was er geplant habe. Falls sie ihn nachher halbwegs unbeschädigt der Polizei übergeben sollte, dürfe er von Glück reden. Um irgendeinem me-

schuggen Sittlichkeitsverbrecher zum Opfer zu fallen, habe sie ihre fünfundsechzig Kilo Lebendgewicht nicht heil durch die Strudel der deutschen Zeitgeschichte manövriert.
«Siebzig Kilo. Es sind siebzig Kilo ...», hauchte unser Bote unwillkürlich, ohne den Sinn seiner Richtigstellung ganz zu erfassen.
Angela hörte es nicht. Gerade als er die Lippen zu seinen ersten, sehr leisen Worten geöffnet hatte, war sie schräg über ihn hinweggestiegen und zum Bücherregal getreten. Sie hatte den handgeschmiedeten Kerzenleuchter entdeckt, den sie zurückliegenden Frühling in einem Anfall von Nippes-Gier erworben hatte und der seitdem dazu diente, den Stand von ein paar Bildbänden zu stabilisieren. Immer wieder, jedesmal wenn sie im Regal Staub wischte, hatte sie sich über diesen unsinnigen Kauf geärgert. Ja sogar das, was ihr ursprünglich besonders gefallen hatte, der stark stilisierte Schlangenkörper, der sich in flachen Schleifen nach oben wand, war ihr im häuslichen Licht nur noch albern und abgeschmackt erschienen. Jetzt aber kam ihr der Leuchter gerade recht. Sie nahm ihn in die Hand und schwang ihn dem Nackten so bedrohlich dicht, wie sie es fertigbrachte, über die Leibesmitte, fuchtelte dann, das schwere Ding sicherheitshalber mit beiden Händen haltend, auch noch vor seiner Nase herum. Sie sah, wie sein Blick den Bewegungen des plumpen Gegenstands folgte. Er zeigte keinerlei Furcht, was sie erbost hätte, wäre nicht zugleich der Ausdruck einer seltsamen Neugier in seinen glatten, noch jugendlich unausgeprägten Zügen gelegen.
«Die Kerze fehlt», sagte der Gefesselte plötzlich und sah ihr dabei fest in die Augen.
«Heraus mit der Wahrheit, sonst gnade Ihnen Gott! Wer sind Sie?» Sie hatte sich gebückt, um ihm ihre Frage scharf und überdeutlich direkt ins Gesicht zu zischen. Aber sie war vom

ungewohnten Lautreden heiser, und so krächzten ihr die Worte recht schwächlich aus dem Hals.

«Ein Geburtstagsgeschenk. Ich bin ein Geburtstagsgeschenk.» Während er dies antwortete, spürte er, daß ihm eine Lüge aus dem Mund flog. Genau gefühlt, war es das, was man eine Notlüge nannte. Das Wort Lüge hätte er, ausgestreckt auf der Wolle von Angelas Wohnzimmerteppich und gefesselt von insgesamt sieben Damengürteln, problemlos verwenden können, denn Angela hatte es bereits gegen ihn gebraucht. Notlüge allerdings stand ihm noch nicht zu Gebote, obwohl ihm die treffliche Zusammenfügung und das Wissen um ihre Nützlichkeit schon im Kopf heraufdämmerten.

Angela ließ den Kerzenleuchter fallen. Die Hände in die Seide ihres Morgenmantels gekrampft, stapfte sie zum Fenster, um es zu schließen. Die Nachbarn hatten vielleicht schon zuviel gehört. Es ging wirklich niemanden etwas an, daß sie Geburtstag hatte und was sie von wem dazu geschenkt bekam. Auf Jahrestage jeglicher Art hatte sie nie viel gegeben, ausgenommen die zwölf Kindergeburtstage, die sie für ihr einziges Kind, ihre Tochter Melanie, veranstaltet hatte. Von der war sie am Morgen aus den USA angerufen worden. Melanie hatte ihr im Duett mit ihrer Kommilitonin und Mitbewohnerin, einer jungen Polin, «Happy Birthday to You» vorgesungen; «dear Angie» hörte sie zum ersten Mal. «Liebe Mama» wie die Jahre zuvor oder zumindest «liebe Angela» wäre ihr lieber gewesen.

Sie zog die Vorhänge vor, zupfte deren Kanten sorgsam gegeneinander. Wer immer der nackte Bursche auch sein mochte, sie war nun entschlossen, ihm zu erzählen, was im letzten halben Jahr vorgefallen war. Mit Gewalt und einem Vergnügen, das ihr nicht ganz geheuer war, würde sie ihn hierzu mißbrauchen. Alles sollten seine kleinen, kindlich wohlgeformten Ohren erfahren, sogleich und säuberlich eins nach dem anderen. Auf keine

Ausmalung, auf keine ihr nötig erscheinende Abschweifung wollte sie verzichten – selbst wenn daraus der längste zwischengeschlechtliche Monolog ihres Lebens werden sollte und über diesem der Rest der Nacht zum Teufel ging.

IM JANUAR

Die Menschheit umschließt manch emsiges Völkchen. Wir müßten bei den Insekten suchen, müßten Ameisen oder Bienen oder die Termiten beobachten, um eine vergleichbare Geschäftigkeit, um ähnlichen Fleiß und Eifer zu finden. Womöglich wären – nach uns! – die dickköpfigen, gänzlich phantasielosen, aber dennoch für ihre Baukunst berühmten Termiten diejenigen, die die sture Schaffensfreude mancher Menschenverbände am besten würdigen könnten.

Das, was Angela Z. später die ganze Geschichte nennen sollte, muß vom kalendarischen Jahresbeginn her begriffen werden. Denn mit dem 1. Januar war sie Hausmeisterin geworden, und nach und nach stellte sich nun heraus, wieviel für die achtzig Prozent Mietnachlaß, die ihr die Eigentümer, eine Berliner Immobiliengesellschaft, gewährt hatten, eigentlich zu leisten war. Am 3. Januar rief eine Mitarbeiterin der Firma sie von der Autobahn aus an. Und schon eine gute Stunde später durfte Angela diese Frau, ein blutjunges, betont souverän auftretendes Dämchen, und die beiden Miet-Interessenten, Ärzte aus dem Westen, durch die letzten leerstehenden Räumlichkeiten des Vorderhauses führen. Zwei Wohnungen der einstigen Beletage waren zu einer großzügigen Gewerbefläche zusammengelegt. Bei der Instandsetzung hatten die neuen hauptstädtischen Besitzer nicht gespart. Dickes polnisches Eichenparkett war verlegt worden, den beschädigten Jugendstil-Stuck hatte eine Dresdener Spezialfirma historisch penibel restauriert, und verlorengegangene Kleinigkeiten wie Türklinken, Fensterhebel oder die geschliffenen Glasfenster einiger Innentüren waren durch originalgetreue Duplikate ersetzt.

Dennoch bemerkte Angela während der Besichtigung die eine oder andere handwerkliche Nachlässigkeit. Der jüngere der beiden Ärzte, ein Herr Doktor Weiss, machte sich sogar einen Spaß daraus, eventuellen Renovierungsmängeln nachzuspüren. Auf dem Rücken rutschend, warf er einen Blick hinter einige der ultraflachen Heizkörper. Mit dem roten Stein seines wuchtigen Männerrings prüfte er die Härte der Parkettversiegelung und beanstandete prompt die angeblich zu weiche Lakkierung der Schwellen. Ja er genierte sich nicht, in jedem Raum aufs neue mit speichelnassem Daumen die Wischfestigkeit der Tapetenfarbe zu testen. So freute sich Angela von Herzen, als ihm schließlich, während er im Klimmzug an einem Türstock baumelte, um dessen Oberkante zu beäugen, ein Mißgeschick zustieß: Die Rückennaht seines enggeschnittenen Sakkos platzte mit einem scharfen Ritsch und entblößte das lachsfarbene Futter.

Die potentiellen Mieter waren ihr als Herr Doktor Weiss und Herr Doktor Schwartz vorgestellt worden. Angela hatte beim Erklingen dieser Namenspaarung keine Miene verzogen. Über dergleichen zu lächeln oder gar zu grinsen verbot sie sich aus Prinzip. Die Kuriosität des eigenen Familiennamens hatte ihr die gesamte Schulzeit hindurch mit schöner Regelmäßigkeit häßlichen Spott eingetragen. Und so war es ihr vor einem Jahr, nach ihrer Scheidung, alles andere als leichtgefallen, den angenehm unauffälligen Namen ihres Exmannes wieder abzugeben und in die alten Namensbande zurückzukehren. Aber was sein mußte, mußte einfach sein.

Ausgerechnet an ihren einstigen Gatten erinnerten sie das übermarkant geschnittene Gesicht, die schmalen, stets spöttisch geschürzten Lippen und die metallisch grauen Augen von Doktor Weiss. Schon dies hätte genügt, den jungen Arzt auf den ersten Blick abzulehnen. Und als er dann mit seinem impertinenten Gehabe anfing, wurde er ihrem Verflossenen endgültig auf fatale Weise ähnlich. In den Jahren ihrer Ehe war Angela zu der Überzeugung gelangt, daß kleine, zierlich gebaute Männer niemals großspurig auftreten dürften – egal, wie gescheit, wie sportlich oder wie ausnahmshübsch um Nase und Kinn sie auch sein mochten. «Bleib bitte auf dem Teppich», hatte sie ihrem Mann oft und fast immer vergeblich zugeflüstert, wenn er sich wieder einmal, auf einer privaten Feier oder bei einer der geselligen Zusammenkünfte der Belegschaft des Naturwissenschaftlichen Instituts, mit seinen Witzchen und Provokationen in den Vordergrund spielte, die Netten und Vernünftigen damit nach und nach vergrätzte, aber meist auch eine törichte Gans fand, die ihn just dieses Getues wegen anhimmelte.

Doktor Weiss erwies sich dann bald, während er die Einrichtung der Praxis organisierte, als ein gleich tief durchschlagendes Kaliber. Bereits am Tag der Besichtigung hatte er sich in der einzigen Pension der Südstadt ein Zimmer genommen, und schon am selben Abend hörte Angela ihn in den angemieteten Räumen herumhämmern. Auch in den folgenden Wochen war er morgens der erste, brachte in seinem ungewöhnlich großen und auffällig roten Lederrucksack offenbar eigenes Werkzeug mit, und die Handwerker, die zum Einsatz kamen, ächzten unter der Originalität seiner Scherze wie unter der leider unbestreitbaren Treffsicherheit seiner Verbesserungsvorschläge. Perfekt sollte die Praxis von Schwartz&Weiss werden, und gleichzeitig mußte alles so zügig wie möglich über die Bühne gehen.

Eines Abends, als die Sanitärinstallateure nach einer allerletzten Überstunde, sichtlich erleichtert, ihre Schlüssel bei ihr abgege-

ben hatten, ging Angela noch einmal ins Vorderhaus hinüber, um nachzusehen, ob das Licht ausgeschaltet und die Fenster zu waren. Weiss, der so pedantisch sein konnte, war in dieser Hinsicht merkwürdig lax. Die Eingangstür der Praxis stand offen, und sämtliche Räume waren hell. Weiss saß im Schneidersitz auf dem Boden des Flurs, ein Notebook neben sich. Das Gehäuse der Telefonanlage war abmontiert, und außer dem mobilen Rechner hatte er noch ein Meßgerät und einen Kopfhörer angeschlossen. An der Wand lehnte sein voluminöser Rucksack, und Angela dachte nicht zum ersten Mal, daß dessen sattes Rot etwas anstößig Unmännliches hatte und schon gar nicht zu einem Mediziner, zu einem Naturwissenschaftler paßte.
«Sie schickt der Himmel!» rief Weiss ihr zu, sah aber nicht von seiner Arbeit auf, hob nur beide Hände neben den Kopf, fuhr sich durch sein mattblondes, gekonnt wirr in die Höhe gegeltes Haar und spreizte die Finger zu einer affektierten Geste. «Seien Sie meine Retterin in der Not. Sie haben doch Ihr Handy dabei?»
Angela ließ sich darauf ein, ihm zu helfen, und gleich kommandierte er sie herum. Von verschiedenen Apparaten mußte sie abwechselnd interne und externe Nummern anwählen, während er die Telefonanlage manipulierte, an einem der Praxisgeräte abhob oder den Anruf auf seinem Handy entgegennahm. Dann rief er von seinem oder von ihrem Mobiltelefon an, schickte sie zu einem bestimmten Apparat, verbot ihr aber manchmal im letzten Augenblick das Abheben, weil der Anrufbeantworter reagieren sollte. Angela begriff, daß es ihm darum ging, unterschiedlich aktivierte Verbindungen parallel in Betrieb zu halten. Oft hatte sie zwei Hörer am Kopf. Und als der Reisewetterbericht eines automatischen Ansagedienstes erklang, wurde sie von Weiss aufgefordert, zunächst ohne Pause und dann mit von ihm vorgegebenen Unterbrechungen dagegen anzureden,

anfangs so laut, später so leise wie möglich, während er in die Schaumstoffmuscheln seines Kopfhörers lauschte.

Es gab da wirklich ein Problem.

Rätselhaft willkürlich trat eine Interferenz auf. Hie und da schlugen Bruchstücke des auf der einen Leitung Gesprochenen auf die andere durch. Es waren nur Satzfetzen, wenige Sekunden lang, als würde ein Zufallsgenerator diese Querverbindungen herstellen und sofort wieder kappen. Was so irregeleitet wurde, war ebenso klar und fast genauso laut wie das, was sie den korrekt verkoppelten Apparaten anvertrauten. Und einmal bemerkte Angela, weil sie neben dem Anrufbeantworter stand, daß ein Stück aus dessen Ansage minimal zeitverschoben, wie ein übereifriges Echo, in der Verbindung aufklang, die sie, ihr Handy am Ohr, mit dem Mobiltelefon von Weiss unterhielt.

Dies ließ sich einfach nicht beheben, ja nicht einmal merklich beeinflussen. Schließlich streifte sich Weiss den Kopfhörer von den Ohren und stand mit knackenden Knien auf. Nebeneinander setzten sie sich an die Empfangstheke der Praxis. Angela, die zuvor abgelehnt hatte, so spät noch Kaffee zu trinken, griff nun doch nach der Kanne, und der Arzt erhob sich eilfertig, um ihr Milch und Schokokekse aus dem Kühlschrank zu holen.

«Seien Sie ein Engel und klären Sie mich auf», stöhnte Weiss in gespielter Verzweiflung, während er noch einmal durch die Betriebsanleitung der Telefonanlage blätterte.

Angela schwieg. Sie war entschlossen, ihn noch ein Weilchen im Saft seines Versagens schmoren zu lassen. Ihr war inzwischen eine Idee gekommen, woran das Ganze liegen könnte. Erst vor kurzem in der Bahnhofstraße, im neueröffneten Frauen-Sportcenter Minerva Total Fitness, hatte sie sich über ein in seiner logischen Struktur vergleichbares Problem den Kopf zerbrechen dürfen. Sie war von einer ehemaligen Kollegin aus dem Naturwissenschaftlichen Institut um Hilfe gebeten worden. Gudrun, eigentlich Chemikerin, aber wie sie schon lange arbeitslos, hatte die für das Studio nötigen Trainingsgeräte günstig aus einer Konkursmasse erworben. Der Kredit, der die Anschaffung möglich gemacht hatte, war allerdings knapp bemessen, und so mußte die werdende Unternehmerin sich im weiteren mit Eigenarbeit und Freundeshilfe behelfen. Einen ganzen Samstagnachmittag hatten die beiden Frauen über einer gebraucht gekauften, etwas überdimensionierten Telefonanlage gebrütet und mit Tüfteln und Herumprobieren eine Störung nach der anderen aus der Welt geschafft – zuletzt eine, deren gedankliche Durchdringung nun nützlich sein konnte.

Noch ließ sie Weiss hängen, wartete, bis er die Betriebsanleitung über die Schulter in den Flur hinausschleuderte, theatralisch zwei weitere Zuckerwürfel in seine Kaffeetasse zermanschte und eine kindlich trotzige Schnute zog. Sie dachte daran, wie ihr Exmann, sobald es häuslichen Ärger gegeben hatte, am Kühlschrank gelandet war, um sich ein Stück Schokolade zu holen oder wenigstens den Zeigefinger ins Marmeladenglas zu stecken. Als Weiss einen Keks zerbrach und beide Hälften gleichzeitig in seinen Kaffee tunkte, schien ihr der rechte Augenblick gekommen. So trocken wie möglich erläuterte sie den Lösungsweg, der ihr vorschwebte.

«Gott im Himmel, warum sagen Sie das erst jetzt!» Aufspringend bekleckerte er sich das Hemd, das er den ganzen langen Arbeitstag peinlich sauberzuhalten verstanden hatte. «So wird es gehen. Sie sind ein Genie. Sie haben sich einen Kuß verdient!»

Angela wich der weitausholenden Umarmung, unter seinem Arm hindurchschlüpfend, aus. Dieser Geck dachte wohl, sie, die gut zehn Jahre ältere Frau, könne es kaum erwarten, spätabends an seine durchtrainierten Brustmuskeln gedrückt zu werden. Allein schon weil er ihrem geschiedenen Mann ähnlich war, gönnte sie ihm die Bestätigung dieser Binsenweisheit nicht. Mit vertauschten Rollen machten sie sich noch einmal an die Arbeit. Jetzt saß sie vor der Telefonanlage und ließ ihn von Apparat zu Apparat springen. Die zwei minimalen Einstellungsveränderungen, aus denen ihr Vorschlag im wesentlichen bestand, führten dazu, daß sich externe Gespräche problemlos abwickeln ließen. Im Binnenverkehr der Praxis jedoch tauchte die rätselhafte Interferenz weiterhin auf. Angela gelang es nach einer Weile, die Lautstärke zu dämpfen. Und irgendwann waren alle Überschläge stark verkürzt, meist nur noch ein, zwei Wörter oder einen Wortfetzen lang, ohne daß sie sich sicher erklären konnte, wie sie diese letzte, für die praktische Nutzung entscheidende Verbesserung eigentlich erzielt hatte.

Mit viel Kaffee hielten der Arzt und die Hausmeisterin bis gegen Mitternacht durch. Schließlich erlahmten ihre Zungen vor den Sprechmuscheln. Durch ihre immer länger werdenden Redepausen, durch ihr Atmen, das sich rhythmisch verschränkte, huschte, immer stärker verzögert, das Fehlgeleitete. Nuschelig leise und ultraknapp, wirkte es nun vollends fremdgesagt, ja nachgeäfft – so, als wäre ein spöttischer Kobold nur für sie beide, für Frau und Mann, am Flüstern.

Unermüdlich übt sich der Mensch im Vergleichen. Die Spatzen, die sich vor seinen Schuhspitzen um einen Brocken Backwerk balgen, unterscheidet er nach Hüpfen und Tschilpen. Selbst den Sperling adelt die Differenz. Am liebsten würde der Brotgeber mit den Krumen Vor- und Nachnamen unter die Vögel verteilen, um Piepmatz für Piepmatz als Individuum zu fixieren. Er ahnt wohl, wie verbissen er sich an den eigenen Namen klammern wird, sobald er, das allerletzte erkämpfte Bröcklein im Schlund, aus dem Gewusel der Zeitgenossenschaft vor die Füße eines chronisch stillen Zuschauers stürzt.

Doktor Schwartz reiste erst an, als die Praxis komplett eingerichtet war. Auch die Auswahl des Teams hatte er seinem Partner überlassen. Angela Z., die den bescheidenen Stellenmarkt der örtlichen Zeitung seit Jahr und Tag grimmig genau studierte, waren die Anzeigen natürlich aufgefallen. Und als die frisch berufenen Mitarbeiterinnen der Gemeinschaftspraxis Schwartz&Weiss nacheinander, eine hübscher als die andere, bei ihr anklingelten, um sich die Schlüssel abzuholen, fühlte sie sich in ihrem Urteil über Herrn Doktor Weiss bestätigt. Dieser Schnösel liebte sein Schnäuzchen so sehr, daß ihn seine Mitmenschen wohl vor allem als eine Sequenz möglichst attraktiv gerahmter Spiegel interessierten.

Die Sympathie, die sie für Schwartz empfand, entsprang zu einem nicht geringen Teil dem Wunsch, ein fühlbares Gefälle zwischen den beiden Ärzten herzustellen. Denn auf den ersten Blick besaß er wenig von dem, was Angela an Männern gefiel. Er war ihr zu hager, er war ihr zu blaß. Und da er die Fünfzig erreicht haben mußte, durfte man annehmen, daß er seinem Haar auf chemischem Wege zu frischem schwarzen Glanz verhalf.

Am vorletzten Januar erschien er mit einem Blumenstrauß bei ihr im Hinterhaus, um sich für ihre, wie er es formulierte, umfassende und kompetente Unterstützung zu bedanken. Der Kollege Weiss schwärme in den höchsten Tönen davon. Angela mochte keine Schnittblumen, aber was ihr Herr Schwartz da unter die Nase hielt, sah für die hiesigen Verhältnisse ungewöhnlich exquisit, irgendwie japanisch aus. Bestimmt hatte er das prächtige Grünzeug aus Düsseldorf mitgebracht. Als sie in einer letzten Aufwallung von Abwehr einwandte, dafür habe sie aber keinen passenden Behälter, zog er die linke Hand hinter dem Rücken hervor und präsentierte ein entsprechend exklusives Gefäß aus mattgrauem Porzellan. So blieb ihr nichts übrig, als ihn auf eine Tasse Tee in die Wohnung zu bitten. Schwartz nahm ein Glas Mineralwasser, und während Angela noch über den perfekten Zusammenklang des Gestecks mit der gewiß sündteuren Vase staunte, kam er ohne jeden weiteren Umschweif auf etwas zu sprechen, was er eine kleine, aber ihm am Herzen liegende Sache nannte.

Angela müsse wissen, daß er hier in der Stadt geboren sei. Er habe sie allerdings schon als Säugling, acht Jahre nach Kriegsende, mit seinen vor diesem sogenannten Sozialismus flüchtenden Eltern verlassen müssen. Maximal weit nach Westen, bis ins Rheinland, sollte die Reise gehen. Am letzten Tag in der Heimatstadt habe ihn seine Mutter im Kinderwagen auf das Kopfsteinpflaster des Untermarktes gerollt. Dort, inmitten der vom Krieg unheimlich vollständig verschonten Fassaden, sei er aus dem Wagen gehoben und in die Höhe gestemmt worden. Mehrmals habe sich seine Mutter so mit ihm im Kreis herumgedreht – ganz langsam und ohne zu zittern, denn sie sei nicht nur eine begabte Hobbyphotographin, sondern auch eine durchtrainierte Geräteturnerin gewesen. Später habe sie ihm erklärt, es sei ihr damals im Herzen von G., beginnend mit der verschnörkelten Front des Rathauses, um eine Art Panoramaaufnahme gegangen. Dem wegziehenden Knirps sollte sich der Kern seiner Heimatstadt als ein Rundbild einprägen. Dies sei gelungen. Vor allem das allzu üppige Rathaus, ein Machwerk der Neorenaissance, habe ihn mit seiner sturzsüchtig steilen Fassade durch manchen Alptraum seiner Düsseldorfer Kindheit verfolgt. Vor kurzem hätten nun Experimente der koreanischen Säuglingsforschung nachgewiesen, daß der weiche Wahrnehmungsapparat des Kleinkinds gerade Halb- und Totalpanoramen bei weitem sicherer speichern könne als das ausdifferenzierte, im Prinzip zu komplexerer Raumwahrnehmung fähige Rezeptionssystem des Jugendlichen oder des Erwachsenen.

«Sehr bedauerlich, daß meine Mutter sich nicht mehr über die wissenschaftliche Bestätigung ihrer naturwüchsigen Theorie freuen kann.» Schwartz ließ sich noch einmal Wasser einschenken, trank das Glas, ohne es abzusetzen, aus. Angela ahne gewiß längst, worauf er hinauswolle. Er bitte sie, die biographische Abschweifung zu entschuldigen. Er sei eigentlich nicht für Geschwätzigkeit bekannt. Es gehe ihm lediglich um Folgendes: Da er sowohl als Einheimischer wie als Zugezogener gelten könne, liege ihm ein gutes Ankommen und Angenommenwerden hier im Haus, hier in der Goethestraße, hier im Viertel südlich des Bahnhofs sehr am Herzen. Er möchte sie deshalb geradewegs bitten, sie beide, Herrn Weiss und ihn, so offensiv wie bisher und weiterhin kein deutliches Wort scheuend, bei ihrem Fußfassen zu unterstützen.

«Reden Sie Klartext mit uns!»

Schwartz stand abrupt auf und tat so, als habe er das Stirnrunzeln, mit dem Angela auf seinen letzten Satz reagiert hatte, nicht bemerkt. In den Flur tretend, lenkte er das Gespräch auf das garstig nasse Wetter dieses Januars. Dieser feuchten Milde sei nicht zu trauen. Gewiß hole der Winter noch zu einem gehörigen Schlag aus. Angela folgte ihm an die Tür, und auf deren Schwelle wandte er sich noch einmal um und schob sein fahles, bestimmt nicht immer so mager gewesenes Gesicht zurück in die Wohnung. Angela sah den bläulich-rosafarbenen, den fast perlmuttartigen Schimmer seiner Augenringe. Erschöpft und sorgenvoll kam er ihr vor, aber entschlossen griff seine Hand an ihrer Hüfte vorbei nach der Klinke, als wäre es seine und nicht ihre Aufgabe, die Wohnungstür zu schließen.

«Glauben Sie mir», sagte er noch stockend und warf einen Blick ins leere Treppenhaus. «Glauben Sie mir, bei meinem Partner handelt es sich, obwohl er noch nicht lange praktiziert, um einen exzellenten Arzt. Er ist ein Naturtalent, ein begnadeter

Diagnostiker, ein wahres Instinktgenie. Das ist etwas Rares. Ich weiß, er gibt sich zuweilen arg forsch. Aber halten Sie ihn, ich bitte Sie, halten Sie ihn wegen seiner ein wenig nervigen Keckheit auf keinen Fall für einen unguten, für einen schlechten Menschen!»

IM FEBRUAR

Insgeheim fürchten die Menschen den Winter wie eh und je. Zwar haben sie eine Phalanx aus Maschinen zwischen sich und der Gewalt der Kälte antreten lassen, aber es braucht nicht viel, und Frost, Eis und Schnee haben die Schwachstellen der technischen Abwehr gefunden. Selbst wenn der Mensch die Stirn besitzt, die Gefahr bis zuletzt zu leugnen, sein kältefühliger Rücken, die wortlose Klugheit seiner Wirbelsäule und die nackte Schläue seiner Haut haben den Ernstfall längst kommen gespürt.
Frühmorgens schneite es. Es hatte die ganze Nacht geschneit, es schneite schon den fünften Tag in Folge. Die Firma, die von den Hauseigentümern der Goethestraße mit der Reinigung der Gehwege beauftragt worden war, bot einen Philosophiestudenten auf, den sie bereits das dritte Jahr gegen ein pauschales Saisonentgelt unter Vertrag hielt. In seinen ersten beiden Dienstwintern hatte er das kleine italienische Räummobil jeweils ein einziges Mal aus der Garage holen müssen, um mit dessen rotierenden Bürsten zwei Fingerbreit Schneematsch in den Rinnstein zu befördern. Nun, wo es hart auf hart ging, waren das Fahrzeug und sein Lenker schnell überfordert. Und so hatte Angela ihr Stück Gehweg im Schein der Straßenbeleuchtung bereits geräumt und überlegte, auf ihre Schneeschippe gestützt, ob sie zur Sicherheit der Schulkinder, die sich bald auf den Weg machen würden, noch Salz streuen sollte, als sich die studentische Hilfskraft endlich mit durchdrehenden Reifen

und jaulendem Motörchen auf der gegenüberliegenden Straßenseite heranarbeitete.

Aus der gleichen Richtung sah sie Frau Blumenthal kommen. Sie erkannte die kleine alte Dame an ihrer Silhouette, der Krümmung ihres Rückens, der Glockenform des Mantels. Sogleich lehnte sie die Schaufel an die Wand und stapfte ihr eilends schräg über die Fahrbahn entgegen. Nun ärgerte sie sich darüber, daß sie Frau Blumenthal nicht schon die letzten Tage angeboten hatte, ihr die zwei Croissants, die sie sich zum Frühstück zu holen pflegte, in den zweiten Stock des Vorderhauses hinaufzubringen.

Elvira Blumenthal verharrte zwischen zwei eng geparkten Pkws. Der Saum ihres betagten, noch immer eleganten Silberfuchses rührte an die Plastikstoßfänger. Gehüllt in ihren voluminösen Wintermantel und in Fühlung mit Schnauze und Heck der beiden hochverschneiten Wagen, wirkte sie besonders zierlich und hilfsbedürftig. Aber schon stieß der dicke Gummipropfen ihres Gehstocks in den aufspritzenden Matsch, gerade wollte sie zur Überquerung der Straße ansetzen, als sie von Angela erreicht und am Ellenbogen genommen wurde. So gingen sie los. Und fast im selben Moment flammte ein stechendgelbes Licht zu ihren Füßen auf. Erschrocken hielt Angela inne. Kurz dachte sie, eines der abgestellten Autos habe zu blinken begonnen, doch dann stellte sie fest, daß die erneut aufzuckende Helle von Frau Blumenthal ausging. Etwas unter dem Saum ihres Mantels warf den starken Schein über den Asphalt und färbte die extragroßen Flocken dieses Morgens effektvoll schwefelgelb, bevor sie in der ebenso gelben Nässe schmolzen.

«Da staunt der Laie, und die Fachfrau wundert sich!» konstatierte Elvira Blumenthal, die Angelas Verwirrung sichtlich ergötzte. Doch dann ließ sie die Irritierte nicht weiter rätseln, sondern erläuterte, noch ein wenig enger an sie geschmiegt, was

sie da an den Füßen trug. In der Apothekenzeitschrift sei ihr eine Anzeige für eine Senioren-Wintertritthilfe aufgefallen, mit Krallen bewehrt und ganz simpel unter die Sohle zu schnallen. Natürlich habe sie sich die De-Luxe-Version mit Beleuchtung bestellt. Und seit dem ersten schlimmen Schneetag genieße sie nun, wie zuverlässig das beißende Gelb die Hunde der anderen Rentner auf Abstand halte und wie schön das jähe Aufblinken manch achtlosen Autofahrer erschrecke. «Es heißt Diode, meine Liebe. Und deshalb braucht es nur ganz winzige Batterien. Sie könnten mir jetzt bestimmt erklären, wie so etwas genau funktioniert. Aber tun Sie das bloß nicht, laden Sie mich lieber zu einer Tasse Tee ein!»
In Angelas Küche frühstückten sie zusammen. Der Hausmeisterin hatte das Schneeschnippen Appetit gemacht, und während es vor dem Fenster langsam dämmerte, hörte sie, trotz des starken schwarzen Tees angenehm dösig werdend, gerne zu, wie Frau Blumenthal erzählte, was sie in leichter Abwandlung stets zu erzählen wußte, neckische Anekdoten aus ihrer Zeit als Schauspielerin, als Bühnendarstellerin, wie sie es nannte, und merkte erst auf, als die alte Dame auf die Ärzte zu sprechen kam.
«Junge Besen kehren gut!» Manchmal müsse man halt sprichwörtlich werden. Als die netteste der Sprechstundenhilfen, dieses liebe Mädchen, diese Polin, schön wie aus dem Bilderbuch, sie einfach in eine Lücke von Herrn Doktor Schwartz' Patientenfolge stecken wollte, habe sie ihr klipp und klar gesagt, worauf es ihr ankomme: Alt und faltig sei sie selber schon lang genug, und deshalb sehe sie wirklich nicht ein, warum sie ein Arzt untersuchen sollte, der knapp ihr Sohn sein könne, wenn sie sich doch wohlüberlegt bei dessen Kollegen, der als ihr Enkel durchgehe, einen Termin habe geben lassen. «Da hätten Sie das Gesicht von diesem bezaubernden Gänschen sehen sollen!»

Sie schenkte sich selbst Tee nach. Dann holte sie ihren Spiegel aus der Handtasche, um den Sitz ihrer Frisur und die Frische ihres Lippenstifts zu kontrollieren. Angela wußte, daß Elvira Blumenthal im November siebzig Jahre alt geworden war. Sie hatten in ihrer Wohnung im Vorderhaus mit Eierlikör auf die schauderhaft runde Zahl, wie die Betroffene es formuliert hatte, angestoßen. Und bei einem zweiten Gläschen war Angela von ihrer Nachbarin mit großer, fast grimmiger Entschiedenheit erklärt worden, sie werde Leib und Seele daransetzen, auch in den kommenden fünf Jahren für Anfang Sechzig gehalten zu werden.

«So wie dieser Weiss hat mir noch keiner die Brust abgehört.» Frau Blumenthal rundete den offenen Mund, um dessen Kontur mit einem matten, stark deckenden Rosa nachzuziehen. Er habe ihr sein bloßes Ohr auf das Dekolleté, auf den wie immer schmerzenden Rücken und dann noch einmal unglaublich lange auf die Brust gedrückt. Wie ein Saugen habe sie sein fachmännisches Horchen spüren können. Überhaupt gehe von diesem zierlichen Kerlchen eine unverschämte Energie aus.

«Er hat etwas Hypnotisches!» Um so mehr sei sie dann erschrocken, als er sie ohne jede Vorwarnung angeschnauzt habe. Ob sie ihn auf den Arm nehmen wolle. Bronchialasthma! Lungenschwäche! Warum nicht gleich Tuberkulose oder Lungenkrebs? Für Hypochondrien sei ihm seine Zeit zu schade. Dauernd werde ihm hier in G. Zeit mit solchem Witwen-Firlefanz gestohlen. Witwen-Firlefanz! Da habe ihr, die sie trotz diverser Anträge aus Überzeugung ledig geblieben sei, das Herz vor Empörung bis in den Hals gepumpert.

«So ein Herzklopfen, meine Liebe! So ein Herzklopfen, da merkt eine doch gleich, daß sie noch am Leben ist.» Ohne ihr Gekränktsein im geringsten zu beachten, habe der junge Arzt in seinem Schimpfen fortgefahren. Offensichtlich sei sie mit ihren Atembeschwerden ausschließlich bei Vollidioten in Behandlung gewesen. Die Unfähigkeit dieser Ostkollegen könne er ihr jedoch nicht als Entschuldigung durchgehen lassen. Auch der Patient müsse, unabhängig von seinem Alter, zu eigenständigem Denken in der Lage sein. Womit sie sich eigentlich geistig fit halte. Und ob sie überhaupt je berufstätig gewesen sei. «Dieser Weiss ist ein unglaublicher Flegel!» Da frage er sie nach Beruf und Karriere, denke aber gar nicht daran, sie ausreden zu lassen. Kaum daß sie Luft für einen ersten Satz geholt habe, seien schon neue Vorwürfe auf sie niedergeprasselt: Gerade eine, die auf den Brettern, die angeblich die Welt bedeuten, gestanden habe, müsse es sich selbst zuschreiben, wenn irgendwelche Vollzugssklaven der Pharmaindustrie jeden käuflichen Unfug an ihr ausprobierten. Sie solle ihr Asthma-Spray und sämtliche Tabletten in den Sondermüll geben. Schließlich könne man mit bloßem Auge erkennen, was mit ihr los sei.

«An meinen Wimpern», seufzte Frau Blumenthal. Dieser genialische Grobian habe es ihr an den Wimpern angesehen. Angela möge ihr glauben, daß dies ein Schock für sie gewesen sei – für sie, die einst als erste deutsche Bühnendarstellerin splitternackt auf einer Bühne gestanden habe. Blutjung und splitterfasernackt im gleißenden Scheinwerferlicht des Theaters am Kurfürstendamm! Und als damals, beim dritten Mal, die Polizei gekommen sei und ein sehr dicker Berliner Wachtmeister sie in seine sehr weite Uniformjacke gehüllt und abgeführt habe, sei sie erhobenen Hauptes durch das vollbesetzte Parkett geschritten. Sie habe stets gewußt, wofür sie sich nicht zu genieren brauche. Damals wie heute. Dieser gräßliche Weiss jedoch habe sie gestern tatsächlich so weit gebracht, daß sie am liebsten vor Scham im Boden versunken wäre.

«An meinen Wimpern hat er es erkannt!» Elvira Blumenthal

klimperte mit denselben. Und Angela ergriff die Gelegenheit beim Schopf und wagte es, sie endlich zu fragen, ob sie diese langen, wunderbar seidigen künstlichen Wimpern jeden Morgen neu anklebe oder ob sie damit schlafen gehe.

«Glauben Sie mir, liebe Angela, ich hatte wie jeden Tag ein frisches Paar auf den Lidern.» Zudem habe sie sich, bevor sie in die Praxis hinuntergegangen sei, noch ein Erholungsnikkerchen auf dem Sofa gegönnt. Mit einer Feuchtigkeitsmaske. Damit der Teint ein bißchen frischer wirke. Den Frauen werde bis zuletzt die Eitelkeit zum Verhängnis. Sogar im Sofa, in den Sofakissen, lauere das Verderben. Unten, im Behandlungszimmer, habe ihr dieser brutale Kerl von einem Arzt befohlen, die Brille aufzusetzen. An irgend etwas habe er erkannt, daß sie altersweitsichtig sei. Und kaum habe ihr die Lesebrille auf der Nase gesessen, sei ihr zusätzlich ein riesiger Vergrößerungsspiegel vors Gesicht gehalten worden und sie sei gezwungen gewesen, die Sache selbst ins Auge zu fassen. «Zum erstenmal in meinem Leben bin ich mir wie eine Schlampe vorgekommen!»

Das Telefon klingelte. Und bevor Angela Z. erfuhr, was denn nun eigentlich von Weiss diagnostiziert worden war, hörte sie dessen helle, bereits im Gruß unverschämt fordernd klingende Stimme und bekam gesagt, daß die Heizkörper der Praxis nicht richtig warm würden.

Kein Menschenkind friert gern. Für alle anderen Beschwernisse, für tausendundeine Mühsal lassen sich Liebhaber finden. Mit Wollust vermögen Mann wie Frau vielerlei Schmerzen auf sich zu nehmen, und jeder Kerkermeister triebe mit etwas Geduld einen auf, der sich freiwillig in sein Verlies begäbe. Alle Qual birgt einen Reiz. Nur für die Kälte, für die blauwangige Gouvernante unter den Grausamkeiten, hat sich, so weit unser

Blick auch reicht – und er reicht weit –, noch niemand begeistern können.
Weiss erwartete die Hausmeisterin im Keller des Vorderhauses, und Angela sagte ihm gleich, daß die für die Wartung zuständige Firma erst gegen Mittag einen Installateur schicken könne. Der anhaltende Kälteeinbruch führe vielerorts zu Störungen. Natürlich gehe gerade jetzt so manche altersschwache oder unterdimensionierte Anlage in die Knie.
«Dann machen wir uns doch selbst ein Bild! Zusammen sind wir beide erwiesenermaßen unschlagbar. Aber bitte, halten Sie dieses Mal nicht so lange mit Ihrer Weisheit hinter dem Berg.»
Der Arzt drängelte, kaum daß die Tür aufgesperrt war, an ihr vorbei in den Heizungsraum. Sein praller roter Rucksack hing ihm von den Schultern, und Angela traute ihm zu, daß er der hochmodernen Apparatur nun mit irgendwelchen groben Werkzeugen zu Leibe rücken wollte.
Als sie dann, Ellenbogen an Ellenbogen, den Gasbrenner kontrollierten, als sich ihre Blicke, von Anzeige zu Anzeige pendelnd, kreuzten, fühlte sie, daß sie es ihm nicht gönnen würde, falls er nun mit einem analytischen Geniestreich vor ihr herausfände, was los war. Doch Weiss glänzte nur mit ein paar zwar korrekten, aber auch herzlich allgemeinen Bemerkungen zum Aufbau und zum Betrieb moderner Heizungsanlagen und erkannte wie sie, daß keiner der ablesbaren Meßwerte auf eine Störung hinwies. Schließlich legte er beide Hände auf das orange lackierte Blech der Brennerfront, so als ließe sich aus dem kaum merklichen Vibrieren des Kastens irgend etwas folgern, senkte die Lider und murmelte ein paar Worte, die Angela nicht verstand. Kurz hielt sie es für möglich, er wolle sie mit diesem seltsamen Verhalten auf den Arm nehmen, aber zugleich kam ihr sein Tun ernstlich wie eine Beschwörung vor, und in einer instinktiven Gegenbewegung, als ginge es darum, ihn aus ir-

gendwelchen spirituellen Nebeln auf den Boden der Tatsachen zurückzuholen, sprach sie ihn als Mediziner an.

«Können Sie eigentlich etwas gegen Frau Blumenthals Asthma tun? Sie schlägt sich schon so lang damit herum. Ich bin mit ihr befreundet.» Sogleich genierte sie sich, weniger für die Frage, sondern mehr für die Begründung, die sie ihr hinterhergeschoben hatte, und einen halben Schritt zurücktretend, spürte sie, daß ihr, vor Ärger über sich und über das, was Weiss erneut in ihr provozierte, das Blut ins Gesicht stieg. Wie sie zu Frau Blumenthal stand, ging ihn wahrlich nichts an.

«Machen Sie sich keine Sorgen um unsere Burg-Schauspielerin. Frau Blumenthal wäre die erste, die an einer Hausmilbenkot-Allergie stirbt.» Er habe ihr geraten, ihre Teppiche, ihre Polstermöbel, ihre Matratzen, ihre Oberbetten und sämtliche Kissen, also die komplette Ungezieferbrutanlage, als Sperrmüll zu entsorgen. Aber wahrscheinlich wolle sie lieber weiter mit dem Mikro-Zoo zusammenhausen. Auch wenn ihr der Leichnam eines wirklich kapitalen Achtbeiners in der linken Wimper gehangen habe. Es sei ein Milbenmännchen gewesen, die würden so groß, daß man sie mit einer ordinären Lupe sehen könne. Natürlich tot. Im modernen Winter, in der trockenen Heizungsluft, gingen diese treuen Gefährten des Menschen meist restlos zugrunde. Nur die Gelege überdauerten. Und die Milbeneier würden dann von den feuchten Lippen des Frühlings wachgeküßt.

Eine Viertelstunde später hatte Angela zumindest herausgefunden, daß sich das Heizungsproblem auf die Praxis beschränkte. Dort jedoch konnte der Handwerker, der gegen Mittag eintraf, keinerlei Defekt entdecken. An den Thermostaten und den Heizkörpern lag es nicht. Aus irgendeinem im Dunkeln bleibenden Grund verlor das Wasser auf dem Weg zu ihnen den größten Teil seiner Hitze. Der Installateur war sichtlich froh, daß er zu einem folgenreicheren Totalausfall in der Nachbarschaft weitermußte. Für den nächsten Tag versprach seine Firma das Kommen eines älteren Gesellen, der beim Einbau der Anlage dabeigewesen war. Weiss kurvte daraufhin mit dem Mercedes seines Kollegen durch die Stadt, um ein Dutzend strombetriebener Kleingeräte zu besorgen. Dies erwies sich als überraschend schwierig, denn der Einzelhandel hatte Probleme, den sprunghaft gestiegenen Bedarf zu decken. Als er gegen Abend doch noch drei glücklich ergatterte Ölradiatoren aus dem Aufzug schob, hatte Angela gerade bei einem letzten Kontrollbesuch der leeren Praxis festgestellt, daß es dort plötzlich wieder so warm wurde, wie man es sich in diesem eisigen Februar nur wünschen konnte.

«Wie haben Sie es hingekriegt? Ich glaube, Sie können hexen», scherzte Weiss, während er durch die Praxis eilte und keinen Raum, nicht einmal die Toiletten, ungeprüft ließ. Schließlich lehnte er sich an den Heizkörper des Flurs. Seine nasse Jeans klebte ihm an den Oberschenkeln. Direkt vor dem Haus war kein Parkplatz frei gewesen, und so hatte er Gerät um Gerät durch das dichte Schneetreiben hergetragen. Jetzt suchten auch seine Hände Fühlung mit dem heißen Metall. Sein großer Ring klackerte über die Blechverkleidung, und Angela sah, daß die rechte Hand des jungen Arztes zitterte.

«Frau Blumenthal hat heute den Milben den Krieg erklärt», sagte sie, um sich von diesem Anblick abzulenken. Die Sofakissen seien schon in der Gefriertruhe, das Bettzeug in der Kochwäsche. Außerdem habe die alte Dame einen Spezialisten bestellt. Leider sei erst in drei Wochen ein Termin zu bekommen gewesen.

Weiss schien nicht zuzuhören. Sein Blick ging über sie hinweg den Flur hinunter. Angela sah sich um. Die Tür zu einem Behandlungsraum stand offen. In dessen Halbdunkel konnte sie eine hohe, halbaufgezogene Schublade, vielleicht den Schubwagen eines Hängeregisters, erkennen. Dahinter lag der Rucksack von Weiss in der Ecke. Aus dem Raum summte es leise. Wahrscheinlich war ein Laborgerät in Betrieb. Fünf Jahre lang hatte Angela an hoffnungslos veralteten Apparaturen dem Kenntnisstand der westlichen Staaten hinterhergeforscht. Ihre einstige Kollegin Gudrun, die sich im Dezember von der arbeitslosen Chemikerin zur Fitneßtrainerin gemausert hatte, hatte damals, schon lange vor Schließung des Instituts, spöttisch resümiert, dessen Inventar tauge eigentlich nur noch dazu, die Schwankungen seiner eigenen Wehwehchen, das Spiel von Verschleiß und Defekt, zu vermessen. Angela wußte, wie exzellent dagegen die Praxis von Schwartz&Weiss ausgerüstet war. Alles, was der Diagnostiker begehrte, war in neuster Ausführung zu finden. Und irgendeines der kleinen feinen Geräte, das die Ärzte besaßen, war da drinnen, so einsam selbstzufrieden, wie es Maschinen sein können, mit seinen inneren Abläufen, eventuell mit der Auswertung einer Blutprobe, beschäftigt.

IM MÄRZ

Dem Menschen gefällt es zu töten. Sogar die Weibchen der Spezies teilen diese Neigung. Und im Gegensatz zur Katze, die ihre größte Lust beim erneuten Aufbäumen, beim vorletzten Zucken des Opfers empfindet, erreicht der Mensch das Hochplateau der Befriedigung in der Anschauung endgültiger Bewegungslosigkeit. Absolut still soll das Erschlagene daliegen – als ein Versprechen seiner zukünftigen Auflösung, als ein Vorausbild des ersehnten Verwesens.
Der Spezialist für Schädlingsbekämpfung kam zwar am vereinbarten Tag, aber er verschob den Termin zweimal telefonisch um mehrere Stunden bis in den frühen Abend. Seine eindringlich quäkende Stimme beteuerte zunächst seiner Kundin Frau Blumenthal und beim folgenden Anruf Angela, die ihn mit der alten Dame erwartete, daß ihn eine unvorhersehbar umfangreiche Arbeit, daß ihn eine wirklich monströse Verseuchung noch andernorts festhalte. Als er dann endlich eintraf, war er von Kopf bis Fuß in ein seltsam unreines Weiß gekleidet, in ein Weiß, dessen fleckiger Grünstich Angela an die Farbe erinnerte, die Chlorgas besitzt, so seine Schwaden dicht genug wallen. Der Fachmann war kleinwüchsig, aber athletisch breit gebaut. Erstaunlich große Hände baumelten ihm bis an die Knie. Der torpedoförmige Korpus seines Spezialsaugers hatte nur hochkant in den Aufzug gepaßt, und als der Kammerjäger ihnen beim Herausziehen des Geräts erstmals kurz den Rücken zuwandte, durften Angela und Frau Blumenthal, die ihm zum Lift ent-

gegengekommen waren, um beim Tragen zu helfen, gleichermaßen erleichtert feststellen, daß seine ausladenden Schultern, entgegen ihrer spontanen Vermutung, kein Buckel zierte.
Dreimal mußte er noch zu seinem Lieferwagen hinunter, um weitere Gerätschaften in den zweiten Stock des Vorderhauses zu schaffen. Dann ging es rasant zur Sache. Die Matratze des Bettes und die Polster der Sitzgarnitur stöhnten unter dem gewaltigen Sog des Milben-Extraktors. Die Frauen mußten sich auf die Ränder der Teppiche stellen, damit der Apparat diese nicht zu weit in sein quadratisches Maul riß. Jedesmal wenn der Schädlingsbekämpfer den Beutel wechselte, wog er den prallen Papiersack in den Händen und blickte aufschauend nacheinander beiden Frauen ins Gesicht, als erwarte er einen Kommentar oder ein Lob. Dann versiegelte er das Ansaugloch des Beutels mit Klebeband und versenkte seinen Fang in einem schwarzen Plastiksack, der sich mit einer Nylonkordel zuziehen ließ.
Da Angela und Frau Blumenthal mehrmals anboten, ihm zur Hand zu gehen, wurden sie mit Latexhandschuhen ausgestattet und bekamen das eine oder andere angewiesen. Aber wirklich frei mittun ließ er sie nicht. Während sie den in Alkohol gelösten Saft eines tropischen Baumes auf die Fußleisten und auf die Rückseiten der von den Wänden gerückten Möbel sprühen durften, behielt er sie immer im Auge und bemerkte die kleinste Nachlässigkeit.
«Halten Sie mich ruhig für einen Pedanten», begann er, lautlos hinter die gewissenhaft sprayende Angela getreten, zu dozieren. Wo das niedere Leben so fruchtbar auftrumpfe, kämpfe man ohne Pedanterie auf verlorenem Posten. Gegen die Übermacht des Winzigen könne der Mensch gar nicht kleinlich genug vorgehen. Minutiös müsse man die Milben massakrieren. Ausrottung bleibe dennoch pure Utopie. Immerhin schwinde, sobald die Fülle der Biester radikal reduziert werde, logischerweise

auch ihr Ausstoß. Und mit etwas Glück müsse sich das menschliche System in seiner eigenen Kleinlichkeit nicht mehr über jeden Kotglobulus allergisch empören. «Meine Damen, bitte entschuldigen Sie die Drastik.»

Die gemeinsame Arbeit zog sich hin bis Mitternacht. Zuletzt marschierte der kleine Mann mit geschlossenen Augen und in einem stockend voranruckenden Stechschritt durch die Wohnung, eine aus Draht gebogene Wünschelrute in den Händen. Nur ihre Müdigkeit hinderte Angela daran, dies komisch zu finden. Und als er das dritte oder vierte Mal an ihr vorbeiging, überraschte er sie, indem er ihr eine Frage beantwortete, die sie zwar gedacht, aber nicht ausgesprochen hatte.

«Ein Drittel Kupfer, ein Drittel Silber, ein Drittel Gold.» Dies sei die optimale Legierung. Und jetzt wolle sie als diplomierte Naturwissenschaftlerin bestimmt noch von ihm hören, warum ausgerechnet dieses Mischungsverhältnis am besten auf Ballungen primitiven Lebens reagiere. Leider Gottes habe er keine Erklärung zur Hand, mit der sich vor einer Fachfrau theoretisch, also kausal Staat machen lasse.

Während Angela noch rätselte, woran der Milbentöter wohl ihre Ausbildung erraten hatte, war die Begehung an das Ende des Flurs gelangt. Vor dem Schrank, der dort die Wand ausfüllte, geriet seine Edelmetallschlinge erstmals ins Schaukeln.

«Eine letzte Bitte, dann sind Sie mich los: Öffnen Sie diese Tür!»

Frau Blumenthal zögerte, und kurz hielt Angela für möglich, ihre Freundin hätte etwas vor ihnen zu verbergen. Aber schon griff die alte Dame, vorsichtig die Berührung der Wünschelrute vermeidend, an den Griff und schwenkte die Tür des Wandschranks auf. Vom Boden bis zur Decke war er mit dem gleichen Gut gefüllt. Auf schrägen Regalbrettchen, die Absätze von einer Leiste gehalten, kamen ihnen, das Schlüpfloch provokant

nach vorn geneigt, nichts als Schuhe entgegen. Die meisten glänzten wie neu, zumindest war jedes Paar perfekt geputzt. Das Suchgerät drang in den Schrank, und über das Schuhwerk geführt, nickte die Schlinge sanft auf das eine oder andere Fußbett. Erst ganz zuletzt, im untersten Spalt, schlug sie über vier Paaren sehr eleganter, hochhackiger Pumps so heftig aus, als gälte es, deren buntes Leder zu prügeln.
Ohne daß sie dazu aufgefordert werden mußten, nahmen Frau Blumenthal und Angela die fraglichen acht Schuhe heraus und stellten sie auf den Teppich. Der Meister prüfte sie einzeln noch einmal. Obwohl er die Rute, das Leder rücksichtslos dehnend, in jeden Schuh zwängte, blieb sie nun ruhig. Kaum war sie jedoch erneut in den Schrank geschoben, sprang sie ihm fast aus den Fingern. Klackernd hüpfte sie über das Holz, schlug gegen die Seitenwände und stellte, selbst als ihr Führer sie fest auf den Schrankboden gepreßt hielt, das Schwingen nicht ein, sondern klopfte in stetem Rhythmus dagegen.
«Ach du liebes bißchen», entsetzte sich Frau Blumenthal. «Jetzt muß auch noch der Schrank ausgebaut werden!»
«Mitnichten, mitnichten, Verehrte», beruhigte sie der Wünschelrutengänger und zog das Werkzeug aus dem Möbel. Sie könne ihre hübschen Schuhchen zurückstellen. Gleich diesen sei der Schrank völlig unschuldig. Die Frequenz verrate ihm, daß das Feldzentrum mindestens zwei Meter tiefer liege. Da unten, im ersten Stock, vegetiere es allerdings gewaltig. Vielleicht ein großer Pilz? Eventuell auch Pharao-Ameisen? In einer hohlen Wand? Falls ja, wäre es ein altehrwürdiger Stamm. Sei hier nicht alles saniert worden? Man möge den Herrschaften, die es sich dort unten mit ihren Beiwohnern gemütlich gemacht hätten, seine Karte geben. Über freie Termine verfüge er allerdings erst wieder im Wonnemonat Mai.

Der Mensch ist zäh. Er ist robuster als alle anderen raubenden Säuger, als Wolf oder Luchs, die das geile Fleischfressen mit einer nervösen Konstitution bezahlen. Unsere Gesandten können, so es darum geht, einen rechten Terror durchzustehen, auf die Elastizität des menschlichen Wesens vertrauen. Der Mensch hält aus. Und falls dann doch eine Faser des Gemüts, ein Seelensehnchen, ein- oder gar abreißt, genügt meist eine bescheidene Schonzeit, und das Gewebe wuchert sich wieder zusammen.
Bald ging es Elvira Blumenthal so gut wie seit Jahren nicht mehr. Ein Stockwerk tiefer, in der Praxis von Schwartz&Weiss, konnte man davon täglich etwas mitbekommen. Unter den Patienten, die das stets mit einem Blumengesteck geschmückte Wartezimmer füllten, bemerkten die Aufmerksamen ein Vibrieren des Deckenlampenschirms aus Japanpapier. Das Trainingsgerät, das Frau Blumenthal nach eingehender Beratung in einem Fachgeschäft erworben und noch am Tag der Lieferung in Betrieb genommen hatte, ermöglichte ein kräftezehrendes Treten auf der Stelle. Im Takt wurden zu diesem sogenannten Steppen zwei Hebel gezogen und gedrückt, um auch Arm-, Brust- und Rückenmuskulatur entsprechend zu belasten. Zudem kehrte Elvira Blumenthal, die in jungen Jahren parallel zur Schauspielkunst auch dem Tanz gefrönt hatte, nach zwei Dekaden progressiver Ungelenkheit zur Gymnastik zurück. Schnell fielen ihr die Übungen wieder leichter. Sogar der leidige Rücken spielte mit. Und da nun endlich, lau und trocken, der Frühling anhob, konnte man sie frühmorgens auf dem Balkon in ihrem neuen lindgrünen Trainingsanzug beim Dehnen und Beugen entdecken. Als sich Angela eines Nachmittags von ihr überreden ließ, den mattschwarz lackierten Crosstrainer für ein Testminütchen zu besteigen, war sie verblüfft, welches Widerstandsniveau die alte Dame nach drei Wochen bereits erreicht hatte.

«Und stellen Sie sich vor, ich habe viereinhalb Kilo zugenommen. Alles Muskeln. Fühlen Sie mal, hier!»
Angela berührte den dargebotenen Bizeps, drückte auf Verlangen ihrer Freundin die spürbare Wölbung, so kräftig sie konnte. Dabei fiel ihr Blick über den Ärmel des Trainingsanzugs hinweg auf den stumm laufenden Fernseher.
«Ohne Ton ist er noch zu gebrauchen. Aber hören Sie sich mal an, was er macht, wenn ich ihn lautstelle!»
Während Frau Blumenthal unter den Sesselkissen nach der Fernbedienung suchte, erkannte Angela die Art der Sendung. Es war eine Verkaufsshow. Zwei Frauen ihres Alters unterhielten sich offenbar über die Goldketten, mit denen ihre tiefen, sonnen- oder solariumgebeizten Dekolletés geschmückt waren. In das Gespräch wurden Großaufnahmen der propagierten Schmuckstücke eingeblendet. Nun kontrastierte ihr Goldgelb effektvoll mit dem Rot einer kopflosen, samtbespannten Büste, und man konnte erkennen, daß die Ketten aus nichts als Herzen zusammengesetzt waren. Winzige, flache Herzen umschlossen, zu größeren Herzen führend, den Nacken der Oberkörperattrappe, waren in Schlüsselbeinhöhe in bereits daumennagelgroße Herzen übergegangen, nahmen zügig nicht nur an Herzfläche, sondern auch an Herzvolumen zu, fanden zwischen den harten roten Brüsten des Torsos ihren taubeneidicken Abschluß.
«... ist der schmucke Exot, das goldfarbene, grazile Getier, längst auch in unseren Breiten heimisch.» Der Ton schwoll an. Frau Blumenthal hatte die Fernbedienung gefunden. «Auf tierisches Eiweiß spezialisiert, jagen die Pharao-Ameisen alles, was kriecht und krabbelt. Und das ist in unseren scheinbar so klinisch sauberen Häusern weit mehr, als wir uns träumen lassen. Erneut hat unser Suchtrupp Beute entdeckt. Dieser kapitale Hundertfüßler, fünfmal so lang wie eine der zierlichen

Immigrantinnen und eigentlich selbst ein gefräßiger Räuber, ist von den Protein-Banditen in einer Fußbodenritze aufgestöbert worden. Er stellt sich den Angreiferinnen. Er kämpft um sein ...» Das Bild erlosch. Frau Blumenthal legte die Fernbedienung auf den Apparat.

«Manchmal paßt es ja peinlich gut zusammen.» Der Schlamassel sei ihr aufgefallen, als sie vorgestern abend die Nachrichten gucken wollte. Zu dem, was in der Welt passiert sei, habe es nichts als Musik zu hören gegeben. Diese hüpfende amerikanische Sprechmusik. Hoppen? Heiße es nicht hoppen? Die Neger in Amerika hätten es erfunden. Angela wisse bestimmt, was sie meine, dieses Reden, bei dem sich schon das dritte Wort, spätestens das vierte, auf ein vorausgegangenes reime. Das gleiche existiere inzwischen natürlich auch auf deutsch. Man mache den Amis ja jede Kinderei nach. Vorgestern sei es aber Englisch gewesen, und sie habe sich gedacht, im Nachrichtenstudio wäre eventuell ein Schalter falsch umgelegt worden. Also sei sie einen Kanal weitergesprungen. Da wurde dann zwar gesprochen, aber der Text und die Szene ergaben keinen Sinn. Sie knipste weiter und weiter, und jeder Kanal war anders verkehrt, und schließlich standen drei dicke Schwarze auf einem Autodach, Mädchen in Bikinioberteilen und ganz kurzen Faltenröckchen, so kurz, daß man die Schlüpfer sehen konnte, hüpften vor dem Kühlergrill herum, und sie hörte dazu die deutschen Nachrichten. Innenpolitik! Die Tagesschau. Aber ohne das richtige Bild sei es nicht einmal wie Radio, sondern so überflüssig und nichtig gewesen, als lese jemand wichtigtuerisch aus einer uralten Zeitung vor.

«Heute nachmittag wird er zur Reparatur abgeholt.»
So kam es dann auch. Aber schon am nächsten Vormittag wurde der Apparat zurück in die Wohnung getragen. Im Fachgeschäft an der Ecke hatte man keinerlei Störung feststellen können.

Und weil Frau Blumenthal dort in den letzten eineinhalb Jahrzehnten nicht nur diesen Fernseher, sondern auch eine ganze Reihe anderer elektrisch betriebener Geräte erworben hatte, berechnete man ihr aus Kulanz nichts für Abholung, Prüfung und Rücktransport. Die alte Dame jedoch wurde nicht recht froh damit, daß nun, wo das Gerät nach eintägiger Abwesenheit wieder bei ihr auf dem Teppich stand, Bild und Ton sämtlicher Kanäle wie gewohnt zusammenpaßten. Zum Glück hatte sie gleich nach der Heimkehr des Apparats einen Termin bei Herrn Doktor Weiss, und so mußte sie das Hin und Her, das rätselhafte Verschwinden der Störung und die daran klebende Peinlichkeit nicht lang für sich behalten.

«Vielleicht war es der Schock, Herr Doktor?» Man müsse bedenken, daß es sich um einen schon älteren Fernseher handle. Vielleicht habe ihn der Schock repariert. Er sei ja eine ganze Nacht in der ungeheizten Werkstatt gestanden. Ob er einen Kälteschock und eine daraus folgende Selbstreparatur für möglich halte.

Weiss verspürte keine Lust zu antworten. Er war selbst zu sehr mit einem Gerät beschäftigt, mit dem Apparat, der eben das Atemvolumen und den Atemdruck seiner Patientin gemessen hatte und dessen Anzeigefeld ihr nun die Lungenstärke einer gesunden Vierzigjährigen attestierte. Kollege Schwartz schwor auf die frisch angeschaffte Diagnosekrücke, er aber glaubte dem Ding das Ausmaß der bei Frau Blumenthal eingetretenen Verbesserung nicht. Er hatte ihre allergische Kurzatmigkeit, ihr gehemmtes Hüsteln, das Rasseln ihrer Bronchien noch zu deutlich in Erinnerung. Auch wenn sie ihre Wohnung tatsächlich nahezu reizstofffrei bekommen hatte und seit ein paar Wochen wieder turnte wie in ihren Schauspielerinnenjahren, ein solcher Sprung nach vorne, ein solcher Rückfall in bessere Zeiten der physischen Verfassung, sprach jeder Wahrscheinlichkeit hohn.

«Angela sagt, eine Maschine kann man eigentlich gar nicht mit einem Menschen vergleichen. Sie ist Physikerin! Wußten Sie das?» Obwohl Weiss eine Schnute zog, ließ Frau Blumenthal nicht locker. Sie glaube ja auch nicht, daß ihr alter Grundig ein Gemüt besitze. Aber fünfzehn Jahre bei ihr auf dem Perser im schönen, warmen Wohnzimmer, warum solle sich nicht auch ein Fernseher irgendwie daran gewöhnen. Da müsse sich eben dort, wo der elektrische Strom durchfließe, eine Art Kalk, ein Bequemlichkeitskalk, abgelagert haben. Und schließlich werde auch ein verkalktes Gerät schusselig und bringe den Ton der Sender durcheinander. Diese Elektro-Kruste sei dann, vielleicht beim Hochheben oder beim Absetzen, wieder aus der Bild- oder aus der Tonröhre hinausgerüttelt worden.

Recht grob preßte Weiss ihr noch einmal die Atemmaske vors Gesicht. Die alte Dame pustete und inhalierte, schnaufte aus und ein, daß es eine Pracht war. Der neue Wert war noch ein klein wenig besser als der vorige. Weiss knurrte böse und versetzte dem Gerät einen Stoß mit dem Ellenbogen.

«Auf diesen elektronischen Mist ist sowenig Verlaß wie auf Ihren neurotischen Fernseher. Machen Sie bitte den Oberkörper frei. Ich möchte Sie noch einmal rundum auf die altmodische Tour untersuchen.»

Als sie das Seidenhemdchen über den Kopf zog, fiel ihm sofort die veränderte Schulter- und Oberarmmuskulatur auf. Auch die sehr helle Haut, die in einem liebreizenden Tohuwabohu die Sommersprossen der Jugend und die verschiedenen Pigmentpünktchen des Alters übersäten, wirkte gestrafft. Sogar die kleinen flachen Brüste von Elvira Blumenthal schienen an Volumen und Festigkeit gewonnen zu haben.

IM APRIL

Wie kein anderes Tier versteht der Mensch, sich zu helfen. Aber gerade weil er fast nie um einen Einfall in der Not, um den rechten Handgriff in der Bedrängnis verlegen scheint, weil ihm rund um den Globus täglich tausendundein rettender Geniestreich gelingt, schmerzt es um so mehr, ihn hilflos zu sehen. Das Menschenkind, das nicht mehr aus noch ein weiß, wird zum Bild unerträglichen Jammers. Die Ohnmacht schreit zum Himmel. Selbst wir senkten ausweichend den Blick, hätten wir nicht Gelegenheit genug gehabt, uns in Fassung zu üben.

Seit der Geburt ihrer Tochter vor einundzwanzig Jahren hatte Angela keinen Mediziner mehr zu Rate gezogen. Die Zahnärztin, die ihr zweimal im Jahr in den Mund guckte, zählte sie wegen des Respekts, den sie vor ihrem praktischen Vermögen empfand, eher zu den Handwerkern. Selbst als sie ihrer kleinen Melanie den bläulichen Kreißsaalglanz des Poliklinikums G. als erstes Licht der Welt gezeigt hatte, war ihr der anwesende Spezialist in Weiß keine Sekunde lang notwendig vorgekommen. Besser hätte der Arzt damals ihrem Mann, dem angehenden Wissenschaftshistoriker, beigestanden, der während der Schwangerschaftsmonate so viel Literatur zu Geburtskomplikationen und möglichen Fehlbildungen gelesen hatte, daß er nun, draußen auf dem Flur, dem ersten Atemstoß, dem ersten Blinzeln seiner Tochter wie einer Naturkatastrophe entgegensah.

Das Mißgeschick geschah am frühen Samstagabend. Angela hatte die drei schweren, flachen Pakete, in denen sich ihr neues Bett verbarg, und die dazugehörige Matratze allein aus dem Auto geladen und ohne Hilfe hoch in ihre Wohnung gebracht. Weil sie Arbeiten ungern aufschob, hatte sie sofort alles ausgepackt, nach Plan zusammengesteckt und verschraubt. Das alte Bett stand schon kellerfertig zerlegt an der Wand. Sie war dabei, es ins Treppenhaus hinauszuschaffen, als ihre Hand in einer unbedachten Bewegung hinter das Kopfteil fuhr. Der Nagel, der dort aus dem Holz ragte, war ihr am Vortag gleich wieder aufgefallen, nachdem sie ihre alte Bettstatt aus der Ecke gezerrt hatte. Dummerweise hatte sie erneut versäumt, seine Spitze umzuklopfen. In dicken, dunklen Tropfen drang das Blut nun aus dem Riß in ihrer Rechten.

Zunächst wollte sie sich selbst verarzten. Doch dann bemerkte sie die feine Rostspur auf dem Handteller und dachte, daß ihr Tetanus-Impfschutz garantiert nichts mehr wert war. Also wickelte sie sich ein frisches Geschirrtuch über die Verletzung und schnappte sich den Schlüssel. Als sie die Kartons über die Kofferraumkante gehievt hatte, war noch Licht in der Praxis gewesen.

Eigentlich hätte sie froh sein müssen, daß es Schwartz war, der ihr die Tür öffnete und dem sie nach Gruß und Entschuldigung ihre provisorisch verbundene Hand unter die Nase hielt. Statt Erleichterung oder gar Freude fühlte sie jedoch eine deutliche Enttäuschung. Irgend etwas in ihr hatte sich – hinter dem Rücken ihres Willens – schon nach den spöttischen Sticheleien gesehnt, mit denen Weiss die Herkunft ihrer Wunde gewiß kommentiert hätte. Schwartz führte sie in einen der Behandlungsräume, bat sie, auf einem Hocker Platz zu nehmen, und schlüpfte in den Kittel, der an der Tür hing.

«In Zivil kann ich schlecht arbeiten», scherzte er ungeschickt und stellte im selben Moment fest, wie komisch weit die Ärmel seines Hemdes aus dem Arztkittel standen. Jetzt habe er das gute Stück des Kollegen erwischt. Vielleicht sei dies gar nicht so schlecht. Gerade auf dem Gebiet der Wundbehandlung könne keiner Weiss das Wasser reichen. Angela hätte sehen müssen, wie er neulich die wirklich wüst aufklaffende, häßlich gezackte und stark verschmutzte Platzwunde auf dem Kopf dieses Maurers gesäubert und genäht habe. Man solle nicht gleich von Kunst sprechen, Kunsthandwerk aber sei es auf jeden Fall gewesen. Während seines Studiums habe Kollege Weiss mit dem Gedanken gespielt, auf die Chirurgie, Schwerpunkt restituierende Chirurgie, umzusatteln, und mit seinen goldenen Händen hätte er sich als kosmetischer Chirurg bestimmt eine goldene Nase verdienen können. Dann wäre dem schönen G. allerdings ein begnadeter Allgemeinmediziner verlorengegangen. «Ich muß den Riß reinigen. Wollen Sie eine Spritze? Der Handteller ist stark durchnervt.»

Angela wollte. Und während Schwartz, in den Taschen des zu kurzen Kittels herumfingernd, auf das Einsetzen der örtlichen Betäubung wartete, berichtete er weiter von den Glanztaten seines jungen Kompagnons. Anfang der Woche habe der keinen Geringeren als den amtierenden Bürgermeister in die Schranken des Lebens gewiesen. Mit einem verdrehten Knie sei das Stadtoberhaupt von G., gestützt auf seine Gattin, die zu den Patientinnen von Weiss gehöre, in die Praxis gehumpelt gekommen und habe sofortige Behandlung verlangt. Am besten nur irgendeine stramme Bandage, er müsse gleich wieder weg in eine wichtige Sitzung. Weiss jedoch habe das Knie ignoriert, dem ungeduldigen Regionalpolitiker statt dessen so wunderbar scharf und aluminiumgrau, wie es kein anderer könne, in die Augen geschaut. Eine charakteristische Trübung der rechten Iris habe ihm verraten, daß der Bürgermeister an einer tückischen, unbemerkt weit fortgeschrittenen Herzmuskelentzündung leide. Folglich habe er dem forsch Fordernden ins Gesicht gesagt,

wenn es ihm derart auf das Ruckzuck ankomme, solle er sich am besten direkt zum Friedhof chauffieren lassen. Den kleinen Umweg über das Rathaus und die Intensivstation könne er sich sparen. Und als er dann die Tür des Behandlungsraums geöffnet habe und «Ein Taxi zum Friedhof für unseren Herrn Bürgermeister, Elena!» hinausgerufen habe, sei nicht bloß der Gemeinte bis ins Mark erschrocken. Elena, die nicht nur blitzgescheit und bildschön sei, sondern in deren Busen auch ein mitfühlendes Herz schlage, habe die gefährlich blaß gewordene Gattin des Bürgermeisters gleich auf den nächsten Stuhl gedrückt. Leider habe der Vorfall kein gutes Ende genommen, denn das Stadtoberhaupt sei unbehandelt abgezogen. Nun, er werde schon sehen, was es bedeute, eine Weisssche Warnung in den Wind zu schlagen.
Angela sah Schwartz mit einer Socke durch die Luft wedeln. Seine Rechte hatte das Strümpfchen, im Eifer des Erzählens, aus der Tasche des Arztkittels gefischt. Erst nach ihr bemerkte er, was er da in der Hand hielt. Es war eine Kindergröße, seidiggrau, unregelmäßig dunkel gefärbt an der Ferse und an der löchrigen Spitze. Ein Erstklässler, dachte Angela, vom Fußballplatz in die Praxis gebracht, wo ihm Weiss, während er ihm mit saloppen Sprüchen die Angst nahm, vorsichtig den Nockenschuh vom geschwollenen Fuß zog.
Aber dieser Phantasie war nur ein Aufblitzen vergönnt. Sie erlosch, noch bevor Schwartz die schwitzfleckige Socke mit gespitzten Fingern zum Abfalleimer brachte. Dann legte er den Kittel von Weiss ab und begann, sich am Waschbecken die Hände zu schrubben. Patientin wie Arzt war der starke, der ausgesprochen überreife Geruch in die Nase gestochen. Der Schweiß von Kindern roch anders, außerdem hatte es sich um eine feine Socke aus mercerisierter Baumwolle gehandelt, wie sie ein Junge von heute nicht im Sportschuh trug.

«Na so etwas. Was für ein ekliges Teil», murmelte Schwartz mit großer Verspätung, als er den Riß in Angelas Hand mit dem letzten von drei Stichen schloß. Natürlich werde er den Kittel gleich in den Wäschesack geben. Geruch bedeute zwar nicht per se ein Hygieneproblem. Was einem allerdings aus Textilien unangenehm in die Nase dünste, verweise in der Regel auf einen bakteriell bedingten Zersetzungsprozeß. Bei ihnen gehe es, das müsse ihm Angela bitte glauben, eigentlich peinlichst sauber zu.

Schon auf dem Rückweg in ihre Wohnung ließ die örtliche Betäubung nach. Bald pochte es so heftig in ihrer Hand, daß sie, um sich abzulenken, den Fernseher einschaltete, herumzappte und schließlich bei einer Tiersendung hängenblieb. Unter der australischen Wüste war in Kalkhöhlen, die das Regenwasser feuchter Epochen ausgeschwemmt hatte, ein labyrinthisches System aus Süßwassertümpeln entdeckt worden. In diesen lichtlosen Biotopen tummelte sich nie zuvor gesehenes Getier. Angela bestaunte die glasigen Augen blinder Käfer, die bleichen Panzer urtümlicher Krebse, die feingefiederten Fühler der elegant schwimmenden Wasserasseln. All diese Wesen traf zum ersten Mal Licht wie Blick. Und beleuchtet und gesehen – so, wie es ein internationales Forscherteam auf Magnetband gebannt hatte, schien ihr diese Welt bei aller Bizarrheit von einer anheimelnden Unschuld.

Herr Doktor Schwartz, den die Sendung vielleicht auch interessiert hätte, zupfte sich, gut sechzig Meter von seiner fernsehenden Hausmeisterin entfernt, den Rand der Latexhandschuhe über die dunkelbehaarten Handgelenke. Dann öffnete er den Treteimer und hob mit einer Pinzette die Socke heraus. Sogleich bedauerte er, keinen Mundschutz angelegt zu haben. Wenn ihm seine Wahrnehmung nicht einen der leider üblich gewordenen Streiche spielte, roch das Ding noch penetranter als zuvor. Man hätte glauben mögen, es mache nun auch seinem Verdruß darüber, beim Abfall gelandet zu sein, in übler Ausdünstung Luft.

Erleichtert seufzte er auf, als er das Söckchen in einen der luftdicht verschraubbaren Behälter gestopft hatte, die den Patienten für den Transport von Stuhlproben mitgegeben wurden. Danach nahm er den Kittel seines Kollegen vom Haken und trug ihn ins Labor hinüber. Er drehte alle Taschen um und verteilte ihren Inhalt auf dem Arbeitstisch: ein angebrochenes Päckchen Papiertaschentücher, ein Döschen der Brennessel-Pastillen, die Weiss während der Arbeit gerne lutschte, drei Kugelschreiber, ein Holzspatel, mit dem man bei Halsuntersuchungen die Zunge nach unten drückte, die Armbanduhr, deren Metallgliederband Weiss zu Beginn der Sprechstunde immer vom Handgelenk zog und gestern offensichtlich wiederanzulegen vergessen hatte – und dann war da noch ein kleiner Sicherheitsschlüssel. Schwartz nahm ihn in die Hand. Am Loch des Schlüssels, dort, wo man ein Namensschildchen einzuhaken pflegte, baumelte etwas, was seiner Besorgnis neue Nahrung gab. So etwas hatte einem Arzt nicht am Schlüssel zu hängen – egal, was mit diesem auf- und zuzusperren war. Er schob seinen Fund unter die Standlupe und betrachtete das knapp fingerlange Zöpfchen aus weißem Haar, dessen Enden von roten Wollfäden zusammengehalten wurden. Doppelt verzwirbelt, knüpfte der gleiche Faden das Haarbüschel an den Schlüssel. Schwartz zupfte ein einzelnes Haar heraus. Es war kräftig und doch seidig weich, und kurz erwog er, es sich unter dem Mikroskop anzusehen, vielleicht legte die Vergrößerung eine weitere Eigenschaft bloß. Aber dann beschloß er, Haar und Socke an dasselbe Institut zu schicken. Gleich nachher wollte er mit dem Päckchen auf die Bahnhofspost. Dann könnte man schon Montag vormittag im Westen des Landes mit der Untersuchung beginnen. Weit weg von G., in einer Firma seines Vertrauens, war der rechte Platz dafür. Und gewiß würde man dort auch beachten, daß er in seinem Begleitschreiben darum bat, die Analyseergebnisse nicht an die Praxis, sondern an seine Privatadresse zu senden.

Fast jeder Mensch ist stolz auf sein Wissen. Sogar die Armen im Geiste freuen sich wie die Schneekönige, wenn sie für einen vergänglichen Augenblick mit einem Wissensflöckchen, mit einer winzigen, schnell hinwegschmelzenden Bescheidwisserei glänzen können. Zugleich ist der Mensch der größte Verächter all dessen, was seinesgleichen als bekannt, erwiesen und durchschaut zusammengetragen hat. So ist neben dem Stolz stets für hinreichend herabsetzenden Spott gesorgt, und unser nebenweltlicher Witz muß selten, nur in wirklich raren Fällen, bemüht werden, um den Überschwang eines Wissenden zu dämpfen.
Frau Blumenthal hatte natürlich keinen Schimmer, wie das Innenleben ihres Crosstrainers aussah. Als sie am hellichten Sonntagmittag von Angela gefragt wurde, wie sie sich denn den Aufbau einer solchen Maschine vorstelle, antwortete sie, da drinnen seien bestimmt jede Menge höllenschwarzer Zahnräder und mindestens eine garstig ölige Fahrradkette verborgen. Aber selbst vom mechanischen Ineinander eines simplen Fahrradantriebs, dessen Bauteile ja größtenteils offen zutage lägen, habe sie nur eine ungefähre Vorstellung. Sie sei stets lieber Taxi als Rad gefahren. Und als sie die Dürftigkeit ihrer ersten Berliner Zeit gezwungen habe, mit einem Drahtesel über das unverwüstliche Pflaster der halbierten Metropole zu rollen, habe sich zum Glück ein netter älterer Nachbar, ein unterschenkelamputierter Kriegsinvalide, gefunden, von dem das Aufpumpen, das Flicken der Schläuche und auch das Fetten der Kette erledigt worden seien.

Gemeinsam hatten Angela und sie den Crosstrainer aus dem Wohnzimmer hinaus auf den Flur geschafft. Eigentlich wäre diese Arbeit erst kommende Woche fällig gewesen, aber am Morgen hatte eine von Frau Blumenthals neuen Bridge-Freundinnen angerufen und sie gefragt, ob der Spielnachmittag nicht schon diesen Freitag erstmals bei ihr in der Goethestraße stattfinden könne, sie sei nämlich gestern von ihrer polnischen Putzfrau versetzt worden und komme nun auf die Schnelle gar nicht gegen den Staub an. Zu staubig zum Bridgen fand es Elvira Blumenthal in ihrem Wohnzimmer nicht, bloß das Trainingsgerät stand ungünstig mitten im Raum, genau dort, wo sie den Kartentisch hinrücken wollte.

Deshalb hatte sie bei Angela angeklingelt. Als sie jedoch den Verband sah und erfuhr, daß die Hand sogar genäht hatte werden müssen, wollte sie sich selbstverständlich nicht mehr von ihr helfen lassen. Angela jedoch meinte, so schwer könne das Ding nicht sein, dreihändig würden sie es schon hinbekommen. Und wirklich, bis auf die Türschwelle, deren Kante sie mit der dünnen Fußmatte ausglichen, gab es kein ernstliches Hindernis. Sie schoben den Crosstrainer hinaus auf den Flur dicht vor den Schuhschrank, und Angela staunte über die Kraft, die ihre Freundin dabei bewies.

«Bis auf die Schwelle hätten Sie das auch ohne mich geschafft.»

Frau Blumenthal wollte Angela da gar nicht widersprechen. In diesem Frühling fühle sie sich so gut in Form wie seit Jahren nicht mehr. Und sie sei ihrem Doktor Weiss von Herzen dankbar, daß er ihr mit seiner unvergleichlichen Grobheit auf die Sprünge geholfen habe. Nur wie sie ihre geistige Fitneß steigern solle, was er ihr ja ausdrücklich auch abverlangt habe, wisse sie immer noch nicht.

«Dieses Bridge ist auf jeden Fall ein Witz!» Sie habe sich dem

Seniorenspielkreis angeschlossen, weil im Fernsehen behauptet worden sei, es gebe kein besseres Hirntraining für den älteren Menschen als dieses anspruchsvolle englische Kartenspiel. Aber inzwischen, nach gerade mal sechs Treffen, spiele sie, die Anfängerin, die anderen buchstäblich an die Wand. Manchmal habe sie das Gefühl, sie könne die Blätter der anderen Spieler regelrecht erraten. Die letzten beiden Male habe sie bereits absichtlich den einen oder anderen Fehler einbauen müssen, damit ihre Überlegenheit nicht allzu peinlich aufgefallen sei. «Und jetzt macht mir einer dieser vergeßlichen Greise auch noch den Hof. Ein ehemaliger Kapitän der Volksmarine!»
Zehn Stunden später hatte Elvira Blumenthal den Spielnachmittag überstanden. Der Ex-Kapitän hatte es sich nicht nehmen lassen, ihr beim Abräumen zu helfen. Dabei waren eine Tasse und zwei Unterteller ihres guten Teeservices zu Bruch gegangen. Und wie der zittrige Seemann an der Wohnungstür versucht hatte, sie zu küssen, hatte sie sich geschworen, daß dies ihre Abschiedsvorstellung auf der Senioren-Bridge-Szene von G. gewesen sei. Kaum war sie allein, zog sie Bluse, Rock und Strumpfhose aus, schlüpfte in ihren Trainingsanzug, genoß die Kühle der Mikrofaser und stieg auf den Crosstrainer, um sich die Bilder des Nachmittags, vor allem die hoffnungslos konzentrierten Mienen ihrer armen Altersgenossen von der Seele zu steppen. Zunächst fehlte ihr der Fernseher. Die letzten Wochen hatte sie am liebsten zu den Natursendungen der werbefreien Dritten Programme trainiert. Aber so ging es auch. Gut sogar! Es war alles andere als unangenehm, auf die mattweiße Tür ihres Flurschranks, ihres Schuhtresors, zu blicken.
Auch dort gab es etwas zu sehen.
Sie hatte es gleich entdeckt.
Auf ihrem Schuhschrank, im Schimmern des Lacks, hatte sie einen zartgrauen Schemen ausgemacht. Es mußte ihr Spiegelbild

sein. Und es war hübsch anzuschauen, einfach weil die gefühlten Bewegungen in Gleichklang mit den gesehenen abliefen. Sie und ihr Bild kamen richtig in Schwung miteinander. Ganz allmählich wurden auch die Umrisse schärfer. Wahrscheinlich veränderte sich der Lichteinfall in den Flur. Die Türen zur Küche und zum Wohnzimmer standen offen. In beiden Räumen hatte sie die Fenster gekippt, damit tüchtig Durchzug aufkam. Die alten Leute, die eh schon zu großzügig mit ihren Duftwässerchen umgingen, waren beim Bridgen fatal ins Schwitzen geraten.

Ihr Schrankbild hatte sich inzwischen eine deutliche Kopfkontur zugelegt, einen ausgesprochenen Quadratschädel. Auch das Auf und Ab der Knie, das Vor und Zurück der Fäuste waren nun im rhythmischen Helldunkel der Grautöne als separate Bewegungen zu unterscheiden. Nur der Crosstrainer blieb weiter unreflektiert. Vielleicht wollte sich die Maschine nicht spiegeln. Vielleicht rückte ihre mattschwarze Lackierung in irgendeinem Trotz zu wenige der Lichtquentchen, die auf ihr anlangten, wieder heraus. Angela könnte ein solches Lichtverschlucken sicher bei seinem physikalischen Namen nennen. Aber unbenannt war es lustiger. Recht ulkig kam ihr diese maschinenlos schwebende Elvira vor, der weiße Lack machte sich einen Jux mit der Arbeit ihrer Gliedmaßen. Und da deren Proportionen, vor allem das Verhältnis der Glieder zum Rumpf, einer auffälligen Verzerrung unterlagen, drängte sich immer mehr der Eindruck auf, dort auf dem Schrank ahme ein kurzbeiniger Zwerg ihre Bewegungen nach.

«Angela weiß haargenau, wie so etwas zustande kommt!»
Sie hörte sich dies laut sagen, und zugleich fiel ihr das Geräusch ihrer Trainingsmaschine auf. Sie steppte nicht schneller als sonst, aber das Gerät klang ungewohnt hell, ein feines Sirren begleitete das gewohnte Quarren. Plötzlich kam ihr der Verdacht,

das Geräusch könnte womöglich gar nicht aus dem Kasten des Crosstrainers stammen. Sie erschrak, denn sie erinnerte sich, wie arg viel Kaffee sie beim Bridge getrunken hatte. Auf zuviel Kaffee hatte ihr Kreislauf seit ihren Jungmädchenjahren stets empfindlich reagiert. Aber diese Besorgnis war Unsinn. Sie hatte, wie es im Kreis der Kartenfreunde Usus war, ausschließlich Schonkaffee gekocht. Wahrscheinlich war in den drei Kannen, die sie aufgetischt hatte, insgesamt nicht genug Koffein gewesen, um ein Kind aufzuregen.
Ja, ein Kind.
Wie ein Kind kam ihr nun endgültig das Spiegelbild vor. Dort auf der Tür des Schuhschranks hampelte ein frecher Junge herum. Ein richtiger Lausebengel parodierte pantomimisch, wie sie sich redlich mühte. Aber es war kein bloßes Nachäffen. Das Kerlchen im Lack ließ ihr durch sein eifriges Mitturnen auch Kraft zukommen. Er war ein kleiner Geber! Wunderbar innig spürte sie, wie die geschenkte Energie in ihre Armmuskeln und, noch inniger, wie sie in ihre Beinmuskeln, vor allem in ihre Oberschenkel strömte. Der Kraftfluß war der Ursprung des Sirrens, das sie vorhin zum ersten Mal gehört hatte, das aber wohl schon früher – vielleicht von der ersten Trainingsstunde an – dagewesen war. Es beglückte sie, diesen Zusammenhang zu erkennen, auch wenn sie ihn nicht ganz verstand. Bestimmt war es etwas Elektrisches. Gewiß hatte es sich von Anfang an um eine elektrische Gabe gehandelt. Die Nerven, das hatte sie neulich im Fernsehen gesehen, waren nämlich auch elektrisch. Der ganze Kopf durch und durch elektrisch!
Vermutlich war sie bisher für das Sirren taub gewesen, weil ihr Köpfchen nicht gehörig mittrainiert hatte. Das wahre Kopfturnen, die wahrhaft elektrische Denkverbesserung begann erst jetzt. Sie hätte den Crosstrainer schon viel früher vor den Schuhschrank schieben sollen. Wie ein Esel, nein, wie ein al-

tes Schaf hatte sie drüben im Wohnzimmer vor dem laufenden Fernseher auf der Stelle getreten. Aber aller Anfang war schwer. Auch als junge Schauspielerin hatte sie ja lange, viel zu lange, eine halbe Nachkriegszeit lang, dumm und stur, bedauernswert blindwütig vor sich hin gespielt. Und als sie dann endlich das eine oder andere, noch nicht so elektrisch klar wie jetzt, aber doch fraulich klar genug, begriffen hatte, war es mit all ihrer Jugend und auch mit dem Gros ihrer Schönheit vorbeigewesen.

Ratzeputz vorbei.

Ach, hätte ihr doch beizeiten einer das Nötige so vorgeführt wie jetzt das blitzgescheite Jungchen da auf dem Schrank. Der kleine Sportfreund war höchstens zehn, und er hob die Füße, daß ihm die lange Hose bis an die Knie rutschte. Sie sah seine schmalen, bleichen Schienbeine, und plötzlich fiel ihr auf: Die schwarzen Schuhe waren zu groß. Vor allem links, wo er offensichtlich ohne Socke hineingeschlüpft war, schlackerte ihm der Halbschuh um den Knöchel. Was strengte er sich für sie an! Jetzt konnte sie es sogar riechen. Sie roch, wie kräftig, wie frühreif maskulin er transpirierte. Und fast gleichzeitig erschnupperte sie ihr eigenes Parfüm, einen schlichten, dennoch nicht ordinären Maiglöckchenduft, verstand erschrocken, daß sie gleich ihren Gästen deutlich zuviel davon aufgelegt hatte, ein Fehler, der das zarteste Parfüm zur Pest machen konnte, erfuhr beglückt, daß gerade jetzt ihr mit den Jahren mattgewordenes Riechvermögen in die einstige Schärfe zurückgeschlagen war. Ihr Trainer, ihr Regisseur, ihr Sportfreund, sagte etwas, es schwang im Sirren, Worte, die schon halb aus dem Sirren herausklangen, jedoch auch noch darin feststaken, ihre Ohren waren noch nicht soweit, ihr Gehör war noch nicht weit genug fortgeschritten. Also beugte sie sich tief zwischen die Hebel ihres Crosstrainers, zwischen die Hebel, die sie nicht zu ziehen und zu drücken aufhören durfte, um diesem kleinen Turner, von dem sich so irrsinnig viel lernen ließ, die Worte von den Lippen abzulesen, von diesen sehr schmalen Lippen, von dem Mund, der sie nun, aus der Nähe betrachtet, an jemanden zu erinnern begann. Aber erst als es Elvira Blumenthal schwindlig wurde, als sie für ihr Alter verblüffend geschmeidig, nahezu anmutig Richtung Teppichboden sackte, fiel ihr zuletzt noch ein, wem ihr neuer Sportfreund ähnlich sah – so seltsam ähnlich, daß sie, den Namen flüsternd, beschloß, diese ganze schaurig schöne Ähnlichkeit, sobald sie aus ihrer Ohnmacht erwacht sein würde, komplett vergessen zu haben.

IM MAI

Den Tieren wie den Göttern unterstellt der Mensch bis heute die Liebe. Sein Gemüt erträgt nicht, daß sie allein seiner Zwischennatur entspringt. Hund und Hündin, der himmlische Vater und der Leibhaftige sollen sich in Liebe oder zumindest in einem ihrer Zersetzungsprodukte, in Haß oder allergischem Überdruß, verbunden sein – just so zeitheil und innig, wie es in Wahrheit allein die Menschenkinder miteinander zustande bringen und voreinander zu verantworten haben.
Die Doppelpraxis war ein Erfolg. Alle, die in ihr arbeiteten, genossen den Andrang der Patienten. Sogar Angela verspürte eine Art Stolz, als sie im Kiosk beim morgendlichen Erwerb ihrer Zeitung mithören durfte, wie ein gepflegter, etwas zittriger älterer Herr, ein ehemaliger Kapitän der Volksmarine, bekannte, nun auch zu Schwartz&Weiss zu gehen. Vor allem dieser Weiss sei fabelhaft. Erstmals seit seinen Knabenjahren habe er wieder ein wenig Freude daran, krank zu sein.
Draußen auf der Straße kam Angela dann eine der Sprechstundenhilfen entgegen. Elena, die jeden Tag von der polnischen Seite der Neiße herüberpendelte und die von Frau Blumenthal zu Recht «Die schöne Elena» genannt wurde, war spät dran. Die Eile, die Länge ihrer Beine und die Höhe der Absätze machten ihren Gang zu einem heftig wiegenden Stelzen. Der große Busen schien es besonders eilig zu haben, und dieses brustlastige Voranstürmen erinnerte Angela an den Laufstil des jungen Gnus, das sie gestern im Fernsehen seiner

zotteligen Mutter bezaubernd ungestüm hinterhergaloppieren gesehen hatte.

Eine Stunde später stand ihr Elena auf weißen Gesundheitssandalen gegenüber, dem in der Praxis üblichen Schuhwerk. Angela könne direkt ins Behandlungszimmer durchgehen. Die Patientin vor ihr habe gerade abgesagt, und zudem seien sie von Herrn Doktor Schwartz angewiesen, sie auf keinen Fall unnötig warten zu lassen. Zur letzten Bemerkung zwinkerte sie ihr zu, allerdings ohne dabei die Miene zu verziehen, so daß Angela, als sie das Erscheinen des Arztes erwartete, noch immer überlegte, ob das Flattern des glitzriggrün geschminkten Lids wirklich eine neckische Zweideutigkeit, ein kleines Anerkennungssignal von Frau zu Frau gewesen war.

Die Art, wie Schwartz sie begrüßte, signalisierte, daß er Zeit für sie haben würde. Als erstes zog er eine große Lampe auf Rädern heran. Deren starkes Licht durchdrang die rosige, neue Haut der frischverheilten Wunde in Angelas Handteller und verriet noch einmal die Tiefe des von den Fäden zusammengezwungenen Risses. Während Schwartz an ihren Fingern zupfte und auch den Unterarm bis zum Ellenbogen, drehend und tastend, prüfte, fragte er sie, wie weit die Taubheit, wegen der sie gekommen sei, reiche und wann sie auftrete.

«Schlimm ist es vor dem Einschlafen.» Sie erzählte, daß die Hand, sobald sie ins Dösen falle, zunächst kühl und pelzig, dann fast völlig fühllos werde. Schnell korrespondiere damit eine Überempfindlichkeit der übrigen rechten Körperhälfte. Die Schulter, das Knie und vor allem die Hüfte kämen ihr, im Dunkeln liegend, zu groß und klobig schwer vor – eine Wahrnehmung, die alle Aufmerksamkeit auf sich ziehe und ein Einschlafen unmöglich mache. Angela verschwieg, wie sich das Schweregefühl auf ihren Bauchnabel auswirkte, denn der schien sich in eine Kugel, in eine heiß entzündete Murmel zu verwandeln, die allmählich nach rechts unten sackte. Ja sogar wenn sie mit der Hand, mit der tauben oder mit der fühlenden, nach ihm tastete, schien ihr der Nabel weiterhin verrutscht.

Schwartz schnaufte geräuschvoll durch die Nase. Es klang besorgt, und erneut fing er an, Angelas Handteller zu kneten. Aus der Tiefe seiner Stirnfalten, aus dem Zucken seiner Mundwinkel glaubte sie nicht nur Nachdenklichkeit, sondern auch einen Anflug schlechten Gewissens herauszulesen. Und tatsächlich wartete Schwartz nach einem Weilchen mit einer Art Geständnis auf. Leider sei nicht auszuschließen, daß die Fühllosigkeit auf die von ihm vorgenommene örtliche Betäubung zurückgehe. Injektionen in stark durchnervte Regionen seien nie ganz risikofrei. Vielleicht wäre es doch klüger gewesen, ihr die Schmerzen der Wundsäuberung zuzumuten. Falls sie nichts dagegen habe, würde er gern den Kollegen Weiss zu Rate ziehen.

So kam es, daß Angela doch noch im gut gefüllten Wartezimmer landete. Sie schlug die mitgebrachte Zeitung auf, gelangte an deren Ende, blätterte durch zwei Magazine, die fast genau dieselben Themen droschen, begann schließlich in einem Romanheftchen zu schmökern, das jemand liegengelassen hatte. Ort des Geschehens war eine bayerische Schönheitsklinik. Schon auf den ersten beiden Spalten wurde das relevante Personal in Stellung gebracht: eine kunstvoll geliftete Milliardärswitwe, ein schürzenjagender Chefchirurg, zwei nach Liebe dürstende OP-Schwestern, blond und schwarz, sowie ein unschuldig jünglingshafter Assistenzarzt voller Idealismus. Über den Händeln dieses Paarungspentagramms wurde Angela schläfrig. Sie entschuldigte dies vor sich selbst damit, daß es im Warteraum zu warm und die Luft schon recht verbraucht war. Zudem hatte ihr die verrücktspielende Hand erneut die halbe Nacht geraubt. Also schloß sie die Augen. Und mit einem letzten Gedanken wunderte sie sich noch, daß nun, obwohl sie doch zweifellos döste und dem Einnicken ganz nahe war, die Taubheit und ihre unangenehmen Begleitwirkungen ausblieben.

«Verzeihung! An mir hat es nicht gelegen, daß es so lange gedauert hat.» Die schöne Elena streifte Angelas Knie, schwenkte dann die Fensterflügel in den Raum. Mild und prickelnd drängte die frische Frühlingsluft herein, und Angela stellte fest, daß sie die letzte Wartende war. «Unser Doktorchen kann sich vor Patientinnen gar nicht mehr retten. Wir müßten ihn eigentlich zweimal haben.»

Kurz glaubte Angela, es wäre nur der minimal slawische Akzent, der Elenas Sätzen etwas Anzügliches verlieh. Aber während sie die Zeitschriften zu ordentlichen Stößen schichtete und den Liebesroman in der Seitentasche ihres gewagt kurzen Kittelchens verschwinden ließ, erging sich die Sprechstundenhilfe in weiteren Anspielungen, und ihr ausgezeichnetes Deutsch ermöglichte ihr, hübsch viel anzudeuten, ohne daß sie wirklich indiskret werden mußte.

«Meine Mama liebt ihn übrigens auch.»

Elena hatte, wie Angela von Frau Blumenthal wußte, Germanistik studiert und eine Zeitlang in Frankfurt an der Oder als Dolmetscherin gearbeitet, war jedoch nach Zgorzelec heimgekehrt, um sich um ihre verwitwete Mutter zu kümmern, die an schlimmen, an chronisch gewordenen Gelenkentzündungen litt. Nun, wo sie gemeinsam das Wartezimmer verließen, erfuhr Angela, daß Weiss der erste Arzt war, der ihrer Mutter helfen konnte. Im Februar, als diese wegen der Schmerzen in Knien und Knöcheln gar nicht mehr hatte aufstehen wollen, war Weiss auf Bitten Elenas zu einem Hausbesuch drüben in Polen gewesen, hatte aber nach dieser Untersuchung kategorisch verlangt, daß die Patientin zweimal pro Woche zu ihm in die Praxis komme. Von Termin zu Termin ging es ihr dann ein bißchen besser. Der Rollstuhl, dessen Benutzung Weiss gleich nach den ersten Fortschritten verboten hatte, war zunächst in den Keller gewandert und letzte Woche sogar über die Zeitung verkauft worden.

«Jetzt hat sich Mama die Haare wieder rot färben lassen.»

Elena brachte Angela bis in den Behandlungsraum. Und als sie zwischen Tür und Angel standen, nahm sie in einer überraschenden, anscheinend gänzlich unbefangenen Zutraulichkeit ihre Hand und flüsterte, was der Herr Doktor mit ihrer Mutter mache, worin seine Behandlung überhaupt bestehe, was in den zehn Minuten, die sie jede Woche mit ihm verbringe, eigentlich geschehe, das wolle diese nicht einmal ihrem einzigen Kind verraten.

An Weiss war die vormittägliche Sprechstunde nicht spurlos vorübergegangen. Schlurfend klang sein Schritt, als er sich der Tür des Behandlungszimmers näherte. Erst mit dem Hereinkommen zwang er seinem Gehen die federnde Dynamik auf, mit der er aufzutreten pflegte. Die rechte Hand noch an der Klinke, knöpfte er sich mit der linken den offenstehenden Kittel zu, verfehlte aber, ohne es zu bemerken, die richtige Zuordnung und stand mit schiefgezogenem Kragen vor Angela. Seine grauen Augen waren matt, fast verschleiert. Und diese Schwächung des Blicks nahm ihm viel von der virilen Vitalität, die Angela seit ihrem Kennenlernen ebenso angezogen wie abgestoßen hatte. Zum ersten Mal erschien ihr der Altersunterschied zwischen ihnen nicht sehr groß. Vielleicht lag dies auch ein wenig daran, daß sie das Nickerchen im Wartezimmer ungewöhnlich erquickt hatte. Sie fühlte sich frisch, fast zur Offensive verpflichtet. Um ein Haar wäre sie der Versuchung erlegen, ihn zu fragen, wie es ihm denn heute so gehe.

Er bat sie, sich auf eine Rolliege zu legen. Kaum daß Angela sich darauf ausgestreckt hatte, schob er sie mit Schwung quer durch den Raum Richtung Fenster. Dann stellte er einen Hocker in den

Spalt, der zwischen der Liege und den hüfthohen Schränken der Fensterwand noch blieb, und nahm wortlos ihre rechte Hand in seine linke. Ganz locker hielt er ihre Finger gefaßt, und zu diesem seltsam schlaffen Griff paßte, wie er mit nach vorne hängenden Schultern dasaß. Er schien den Fußboden zu betrachten. Als sie sich räusperte, um ungefragt von ihren Beschwerden zu erzählen, zischte er nur leise, aber scharf durch die kaum geöffneten Lippen. Angela nahm dies als Anweisung, erst einmal still zu sein, und entschuldigte seine Unhöflichkeit damit, daß er ihr wohl den Puls fühlen wolle. Aber als sie den Kopf ein wenig hob, sah sie bloß das, was sie auch spürte. Seine Fingerspitzen waren unter die ihren geschoben. Nur die Kuppen berührten sich. Und der Daumen des jungen Arztes, der über dem schmalen roten Reif schwebte, der vor zwei Jahren die Stelle ihres Eherings eingenommen hatte, zitterte so seltsam mechanisch in der Horizontalen hin und her, als wäre er der Anziehung und der Abstoßung magnetischer Felder unterworfen.
«Was war das für ein Bett?»
Als Angela nicht gleich antwortete, sank Weiss' Daumen auf ihren Ringfinger. Jetzt spürte sie seine schnelle Bewegung wie ein Rubbeln, ein elektrisierender Schmerz fuhr ihr in den Handteller, stoßartig wurde es dort, wo sie das Zentrum der Taubheit vermutet hatte, so heiß, daß sie einen Überraschungslaut und ein Wegzucken nicht verhindern konnte.
«Was war das für ein Bett?»
Weiss hatte ihre Fingerspitzen wieder eingefangen. Angestrengt überlegte sie, ob sie zurückliegenden Samstag, hier im selben Raum, verraten hatte, daß der Nagel aus ihrem alten Bett geragt war. Sie hielt es für unwahrscheinlich, aber sicher konnte sie sich nicht erinnern. Selbst wenn sie es erzählt hatte, nichts war daran so interessant, daß es Schwartz seinem Kollegen hätte weiterberichten müssen.

«Das Bett, an dem Sie sich weh getan haben. Sie verstehen mich doch.»
Seine Stimme klang gereizt und fordernd, ganz wie sie es von ihm gewohnt war, allerdings sprach er so leise, daß sie erneut den Kopf hob, um das vielleicht noch Folgende besser zu verstehen. Plötzlich war ihr völlig klar, daß sie weder ihr altes noch ihr neues Bett gegenüber Schwartz erwähnt hatte. Selbst Frau Blumenthal, der sie für ihre Verhältnisse nicht gerade wenig, vielleicht manchmal sogar ein bißchen zuviel anvertraute, hatte sie bis jetzt verheimlicht, wo Nagel und Hand zueinandergefunden hatten.
«Ihr Bett, das alte Bett, das Sie in den Keller tragen wollten, was ist darin geschehen, was ist darin gemacht worden?»
Angela sah, daß Weiss die Augen geschlossen hatte. So fest waren die Lider aufeinandergepreßt, daß sie feine Falten warfen. Und während seine linke Hand weiterhin ihre Fingerspitzen hielt, war seine rechte, war sein rechter Arm bis über den Ellenbogen in einen der halbhohen Schränke getaucht, die die Fensterwand säumten. Vorsichtig drehte sie den Oberkörper, um dies besser erkennen zu können. Das unterste Fach, eine kniehohe Schublade, war eine Handbreit aufgezogen. In diesem Spalt schien Weiss herumzufingern. Seine Schulter zuckte, sein Bizeps bewegte den engen weißen Ärmel, als gäbe es im Inneren des Fachs eine Gegenkraft, einen Zug, dem es mit Macht und zugleich möglichst unauffällig standzuhalten gälte.

So wie die Katze sich nach vollzogener Begattung auf den Rücken wälzt und der von ihr abgegangene Kater sich hastig das Bauchfell schleckt, um den fremden Geruch schnell wieder loszuwerden, so treibt es auch die Menschen nach vollzogener Paarung auseinander. Aber je genauer sie diesen Eigensinn verstehen, um so mehr schämen sie sich für ihn und geben sich Mühe, allerlei Nachspiele zu erfinden, die den Schock der Vereinigung, zwiefach einsam erlitten, zu etwas Gemeinsamem verklären.

Spät am Abend, am Küchentisch, die Hände um eine Tasse Tee gelegt, beschloß Angela, noch heute, noch vor Mitternacht, mit jemandem über das Geschehene zu reden. Sie war schon im Bett gewesen, aber als sie, langsam schläfrig werdend, gespürt hatte, wie annähernd normal, abgesehen von einem kläglich schwachen Restjucken, ihre rechte Hand unter der Decke an ihrem Schenkel lag, war sie, tief erschrocken über das Ausmaß ihrer Heilung durch Weiss, wieder aus ihrem neuen Bett gestiegen. Nur Frau Blumenthal kam in Frage. Und Angela, deren Eltern früh an geschlechtstypischen Krebserkrankungen verstorben waren, empfand es nicht zum ersten Mal als glückliche Fügung, daß sie einem alten Menschen nahestand. Es war schon ein wenig zu spät, um noch anzurufen, aber falls Licht im Wohnzimmer ihrer Freundin brannte, saß diese noch vor einem amerikanischen Spielfilm, und dann durfte sie es wagen, an ihrer Tür zu klingeln.

Als sie auf die Straße trat, traf sie die Wärme der Mainacht wie der unerwartete Ruf ihres Namens. Gierig, ohne daß sich dieses Verlangen mäßigen ließ, hielt ihr Gemüt nach etwas frühlingshaft Zweideutigem – und wäre es nur eine streunende Katze – Ausschau. Da sich jedoch nichts dergleichen blicken ließ, stürzte die jähe Erwartung als ebenso unvermittelte Entmutigung in sie zurück. Genau einen Monat vor ihrem fünfundvierzigsten Geburtstag kam ihr das Vierteljahrhundert, das sie von Frau Blumenthals Alter trennte, als ein völlig überflüssiger Lebensabschnitt vor. Sie wußte, was seine Zeit gehabt hatte. Und erschöpft von der niederschmetternd übermächtigen Gegenwart dessen, was für sie bislang bloß Objekt nüchtern nützlichen Be-

scheidwissens über den Lauf des Daseins gewesen war, wäre sie beinahe wieder zurück ins Hinterhaus geschlichen.
Da sah sie das doppelte Leuchten.
Im Wohnzimmer ihrer Freundin brannte die große Stehlampe. Der Schirm, ein gelb strahlender Kegel ohne Spitze, war durch den dünnen Vorhang gut zu erkennen. Ein Stockwerk tiefer sprach ein zweites Licht nicht weniger eindeutig zu ihr. Durch eines der vorhanglosen Fenster der Praxis schwankte ein mattgelber Schein, und Angela zweifelte keinen Moment daran, daß dort, in der Tiefe des Raums, eine Taschenlampe hin und her bewegt wurde.
Noch während sie in ihre Wohnung eilte, war sie entschlossen, die Polizei zu verständigen, aber wie sie dann wenig später die Treppe des Vorderhauses hinaufstieg, hatte sie nur die Praxisschlüssel, ihren Elektroschocker und ihr Mobiltelefon geholt. Die Tür zu Schwartz&Weiss war unverschlossen. Nichts wies darauf hin, daß sie gewaltsam geöffnet worden wäre. Die Erwartung, die Angstlust, nun irgend jemanden, wobei auch immer, zu ertappen, ließ ihr Herz härter pochen. In der geöffneten Tür trat sie noch einmal einen Schritt zurück, tippte die drei Ziffern des Notrufs in ihr Handy, um die Verbindung mit einem Fingerdruck herstellen zu können, und schlüpfte aus ihren Schuhen.
Im Flur spürte sie mit den ersten Schritten, wie sich ihre Kunstfasersöckchen an den Teppichfliesen aufluden, und sie nahm sich vor, keine der wunderschön geschwungenen Jugendstilklinken aus Messing anzufassen. Mit elektrostatischen Entladungen war nicht zu spaßen. Sechs volle Sekunden und ebenso viele nahezu lautlose Zeitlupenschritte lang durfte sie stolz auf ihre überlegte Vorsicht bleiben. Dann sah sie, daß sich jedes Klinkendrücken erübrigen würde.
Die Tür des fraglichen Raumes stand halb offen.

Es war das Zimmer, in dem zwölf Stunden zuvor ihre Hand geheilt worden war. Weiss hatte abschließend noch ein wenig Salbe auf die Verletzung gestrichen, übergründlich verrieben, ja fast einmassiert, und gesagt, die Sache sei damit in Ordnung. Als ob ihm die Skepsis in Angelas Gesicht aufgefallen wäre, hatte er, aufstehend und zwiespältig grinsend, hinzugefügt, so, wie sich das hartnäckigste Echo zuletzt zwischen den Felswänden seiner Entstehung totlaufe, habe auch die Unruhe in ihrer Hand die Energie, die ihr zur Verfügung gewesen sei, nahezu verbraucht.

Jetzt hielt ihre Rechte den geriffelten Griff des Elektroschokkers. Aber sie würde die Waffe nicht benutzen müssen. Die Geräusche, die aus dem Behandlungsraum drangen, waren ernüchternd, ja beschämend banal. Eine übervernünftige Furcht, den Tunnelsog der Panik hätte es nun gebraucht, um weiterhin an einen Einbruch oder an eine noch schlimmere Tat, an Gewalt gegen Menschen zu denken. Als sie ihre Fußspitze in den Lichtstreif setzte, der sich vor der Tür trapezförmig über die Flurbreite zog, gelang es ihr, den Mann herauszuhören. Sein leises Schnaufen, eigentlich nur ein Schnauben, ging nicht synchron mit den Atemgeräuschen und den ein- oder zweisilbigen Rufen, die die Frau in größeren Abständen ausstieß. Für einen einzigen langen Blick schob Angela den Kopf vor den Türspalt. Eigentlich hätte sie Elena gleich erkennen können. Ihren Ahs und Ohs war das Slawische leichter abzulauschen als ihren Sätzen, aber die Ahnung des unmittelbar bevorstehenden Anblicks, das gefühlte Vorausbild der Szene, hatte eine weitergehende Deutung des Gehörten blockiert. So waren es erst die langen nackten Beine, an denen sie Elena erkannte. Das rechte schwankte angewinkelt in der Luft, das linke stützte sich mit der Ferse auf die Kante der Liege. Es war dieselbe Rolliege, auf der Weiss am Mittag ihre Hand gehalten hatte. Und sie stand fast genau an derselben Stelle, näher am Fenster, direkt an den Wandschränken.

Dies war kein Zufall. Die kleine Verschiebung schien Absicht. Vielleicht war sie sogar notwendig. Denn der Arm von Weiss, der nicht einmal seinen Arztkittel ausgezogen hatte, war an Elenas nacktem Ellenbogen vorbei erneut, auch zum Vollzug dieses nächtlichen Akts, tief in das hohe Schubfach getaucht. Seine Faust stieß dort hinein, oder seine geöffnete Hand wurde in heftig kurzen Rucken in diese Tiefe gezogen. Und aus dem aufklaffenden Möbel drang, im Rhythmus der Begattung an Stärke zu- und abnehmend, jener Lichtschein, den Angela erst vorhin, den Kopf zu den Fenstern gehoben, für das Umherfunzeln eines Diebes gehalten hatte. Ohne sich umzuwenden, trat sie den Rückzug an. Steif tapsend, Ferse vor Ferse, ihre Söckchen schabten harsch über den Boden, erreichte sie die Tür der Praxis. Noch immer glaubte sie, Elena zu hören, noch regelmäßiger, fast automatenhaft getaktet, klang ihr Rufen. Hinter sich greifend, berührte sie die Klinke, und die angesammelte elektrostatische Ladung bohrte sich wie ein glühender Stachel in die Mitte ihres Handtellers.

Der Weg hinauf ins nächste Stockwerk fiel ihr schwer. Die Schuhe in der Hand, schleppte sie sich, an das Geländer gedrückt, nach oben. Wieviel leichter ein Hinab und Hinüber in ihre Wohnung gewesen wäre, sagte ihr jeder Schritt. Doch sie wollte nicht feige sein. Das Gesehene sollte seinen Wortlaut finden und das Wort ein verständiges Ohr. Elvira Blumenthal war eine Frau mit einschlägigen Erfahrungen. Es spendete zwar selten Trost, stiftete aber manchmal ein grimmiges Einverständnis, dergleichen Niederlagen mitzuteilen.

Ihre Freundschaft gründete in dem Überfall, den die alte Dame ein Jahr zuvor erlitten hatte. Damals waren die Renovierungsarbeiten noch in vollem Gange gewesen, und regelmäßig hatte die Haustür, von den Handwerkern mit einem Keil fixiert, weit offen gestanden. Dem Eingang vis-à-vis hatte Angela, vom Zeitungskiosk kommend, gerade den Fuß auf die Straße gesetzt, als der Dieb, Frau Blumenthals Handtasche in den Fingern, aus dem Haus stolperte. Mit einem Blick reimte sie sich alles zusammen. Und wie sie, lauthals nach der Polizei rufend, losspurtete, schräg über die Fahrbahn lief und schnell Abstand auf den kurzatmigen Gauner gutmachte, verlor der die Nerven und schleuderte seine Beute hinter sich.

Mit geröteten Wangen und einem heißen Sieggefühl im Leib war sie vor ihre Nachbarin getreten, die noch immer wie gelähmt an der Flurwand stand – vor den verbeulten alten Briefkästen, die bereits einen Tag später durch die neuen aus poliertem Stahl ersetzt werden sollten. Nachdem Frau Blumenthal ihre Tasche in Empfang genommen und mit einem Blick festgestellt hatte, daß deren Reißverschluß nicht aufgerissen, also wahrscheinlich nichts gestohlen war, gewann sie ihre Fassung zurück. Sie atmete zweimal tief durch und meinte dann, für eine Frau gebe es wohl kein schrecklicheres Alter als das, in dem die Männer allenfalls noch hinter ihrer Handtasche her seien.

Seit damals siezten sie sich anders. In ihren Gesprächen lag eine angenehm diskrete Vertrautheit. Sie mochten sich, ohne diese Zuneigung durch Bekenntnisse entblößen zu müssen. Jetzt, wo sie den Treppenabsatz erreicht hatte, fürchtete Angela plötzlich, die alte Dame könnte sie, sobald sie ihr von der vermaledeiten Schublade erzählen würde, auf eine allzu mitfühlende Weise zu duzen beginnen. Sie horchte an der Wohnungstür. Sie rechnete mit dem Grummeln des Fernsehers, den Frau Blumenthal wie viele Alleinlebende stets ein wenig zu laut laufen ließ. Statt dessen vernahm sie ein weit simpleres Gerät, die Reibungsgeräusche einer rein mechanischen Maschine.

Angela sank auf die Knie und legte ihr Ohr auf das urig große, seit dem Einbau der Sicherheitsschlösser funktionslos gewordene Schlüsselloch. Sie erlauschte das Quarren des Crosstrainers und nun ebenso deutlich, merkwürdig plastisch, das Schnaufen der Trainierenden. Es hörte sich an, als bliese sie in einen Balg aus Gummi, der sich im Gegenzug schlürfend zusammenzog. Angela gab sich Mühe, dies für ein normales Luftholen und Luftausstoßen zu halten, für den Ausdruck einer Lungenarbeit, die von der Anstrengung eines Endspurts auffällig beschleunigt wurde. Zugleich jedoch merkte sie wohl, daß es sich leider anders verhielt, daß da unverkennbar noch mehr im Schwange war. Und als sich die Atemstöße ihrer Freundin dem entgegensteigerten, was auch die schöne Elena just in diesem Augenblick eine Etage tiefer anstrebte, löste sie ihre Ohrmuschel von der ornamentalen Gravur des Messingblechs und floh die Treppe hinab – so schnell sie nur konnte, die Hand am Lauf des Geländers und außerstande, das laute Tappen ihrer bloßen Sohlen zu verhindern.

Es eilte.

Erst jetzt, mit zwölfstündiger Verspätung, begriff sie, warum sich Weiss so hartnäckig, so somnambul impertinent, nach ihrem alten Bett erkundigt hatte. Benommen von jenem Stumpfsinn, zu dem ein Leben ohne hinreichende Herausforderung heutzutage fast zwangsläufig führen muß, hatte sie viel Zeit verloren. Jetzt mußte die Technik helfen. Und die Treppe zu ihrer Wohnung hinaufstürmend, dankte Angela mit hämmerndem Herzen dem Amerikaner Alexander Graham Bell und all den anderen, die sich vor und nach ihm um die Erfindung und Weiterentwicklung des Telefons, insbesondere um die Realisierung transatlantischer Verbindungen verdient gemacht hatten.

IM JUNI

Zum klappernden Mühlwerk ihrer Sorgen haben sich die Menschen zunächst das laute, dann das stille Beten erfunden. Als ein Singsang legt sich das eine wie das andere über das hölzerne Schlagen. Dem Wortlaut dieser Gebete leihen wir – egal, wem sie gelten – unser Ohr. Wir hören die Menschen so gern von sich reden. Das Herz geht ihnen über die Lippen. Und wir gönnen es den Klagenden, den Gestehenden, den Flehenden, daß sie das Echo, sobald es ihnen – verzögert, gebrochen, von der Zeit gefälscht – entgegenhallt, für die Stimme des großen Anderen halten.

Elvira Blumenthal bedauerte es, nicht weiter zu ihrer Friseuse gehen zu können. Sie hatte die frische, moderne Atmosphäre des Salons in der Schillerstraße genossen und den Eifer zu schätzen gewußt, mit dem sich das junge Team in den letzten Jahren um ihr arg fein gewordenes, um ihr im Hinterkopfbereich bereits bedenklich lichtes Haar gekümmert hatte. Ausgerechnet jetzt, wo sich alles änderte, mußte sie sich diese liebgewonnene Fürsorge versagen. Sie hatte es gründlich durchdacht – beim Kochen, beim Spazierengehen, vor dem Fernseher und immer wieder auf dem Crosstrainer.

Gerade eben, beim Morgentraining auf der Maschine, hatte sie sich entschieden. Gleich nach dem Frühstück würde sie sich ans Telefon setzen und den Friseurtermin zum dritten und letzten Mal absagen. Beim ersten Mal hatte sie eine Grippe vorgeschützt, dann einen Behördengang, jetzt brauchte sie einen Vorwand, der sie endgültig aus dieser Verpflichtung löste. Eine deftige Unwahrheit war vonnöten, eine Lüge, die auch ein zufälliges Treffen auf der Straße schadlos überstand und allzu genaues Nachfragen im Keim erstickte.

«Ach, wenn es so prächtig weiterwächst, wird es in einem halben Jahr wie eine erstklassige Perücke aussehen.»

Vor dem Badezimmerspiegel schlüpfte sie aus ihrer Trainingsjacke. Ganz zu Beginn hätte nicht viel gefehlt und sie hätte sich verraten. Sie wußte damals ja nicht, daß das kleine Mirakel der Anfang eines wahren Wunders war. Wenn etwas Bedeutendes so dunkel anhob, neigte man unweigerlich, aus purer Verwirrung, zum Schwatzen. Und die Frauen waren da leider noch ein wenig plaudersüchtiger als die Männer.

Sie stieg in die Duschwanne, betrachtete lächelnd die beiden großen Haltegriffe, die während der Renovierung auf ihren Wunsch an die Fliesen geschraubt worden waren. Im Winter war sie nahe daran gewesen, sich dazu noch einen Alarmknopf ins Bad legen zu lassen. Nur weil ihr eine Altersgenossin – eine damalige Altersgenossin! – beim Friseur erzählt hatte, daß sich über einen solchen Knopf, über eine elektrische Leitung und über ein Lämpchen an der Wohnungstür Hilfe herbeirufen lasse, falls man im Bad gestürzt sei. Unter der Trockenhaube hatte sie sich sogar die Nummer des polnischen Elektrikers, der angeblich auf solche Seniorenrettungsanlagen spezialisiert war und alles extra billig machte, in ihr Telefonbüchlein notiert.

«Eine rechte Angstgreisin bin ich gewesen.»

Sie duschte sich kurz ab, so heiß, wie sie es gerade noch aushielt, und rieb sich dann mit dem neuen Duschgel ein, das ätherische Öle enthielt und die erhitzte Haut sogleich prickelnd kühlte. Noch vor einem Vierteljahr wäre ihr dieser Effekt zu aufreizend gewesen. Als sie im März beim Einseifen ihrer Achseln die kräftigen Börstlein entdeckt hatte, war sie wirklich darüber erschrocken. Die neuen Haare kamen ihr in ihrer grundlosen Plötzlichkeit wie eine Krankheit vor. Dabei fühlten sich die rabenschwarzen Stummelchen schon damals angenehm empfindlich an, sobald sie daran zupfte, unter den Armen und erst recht, wenn sie über ihren muskulös gewordenen Bauch nach unten strich – dorthin, wo es nur wenig später noch heftiger und dichter neu zu sprießen begonnen hatte.

Die Lösung lag auf der Hand. Noch heute vormittag wollte sie sich auf den Weg hinüber nach Zgorzelec machen. Im Anschluß an das morgendliche Krafttraining tat flottes Gehen immer gut. Drüben auf der anderen Seite des Flusses, im polnischen Teil der Stadt, gab es Friseure genug. Sie würde sich Zeit nehmen und nach einem suchen, der auch schöne Perücken führte. Ihre alte Haarfarbe, das klassische Kastanienbraun, das so sehr an ihr bewundert worden war, als sie im hiesigen Stadttheater, hier in der Provinz, ihre erste Hauptrolle gespielt hatte, würde sich bestimmt finden lassen. Und unter der falschen Haartracht verborgen, sollte ihr der echte, der ihr vom Schicksal wundersam zurückerstattete Schopf zu täuschend gleicher Länge heranwachsen.

Zwei Stunden später erreichte Angela die Nachricht, daß Frau Blumenthal Krebs habe. Beim Bäcker wartete die Verkäuferin ab, bis hinter einer anderen Kundin die Tür zufiel und sie zu zweit im Laden waren. Dann wurde Angela gefragt, wie es denn um ihre arme Nachbarin stehe. Nun könne die alte Dame ja wegen der Chemotherapie nicht einmal mehr zum Friseur gehen. Ob ihr die Haare schon ganz ausgefallen seien. Wann und woran man sie denn eigentlich operiert habe. Oder sei es für eine Operation gar schon zu spät gewesen. Als Angela mit zwei Stück Kuchen auf die Straße trat, bereute sie, daß sie sich das Geschwätz nicht sofort barsch verbeten hatte. Egal, wer das Gerücht in die Welt gesetzt haben mochte, es blieb blanker Unfug.

Aber anstatt alles als lachhaft abzutun, hatte sie nur halbherzig widersprochen, ja schulterzuckend herumgedruckst. Daraus war von der klatschgestählten Verkäuferin gewiß geschlossen worden, daß es ernst um Frau Blumenthal stehen müsse.
Sie schob ihr Versagen auf die Aufregung der letzten Wochen. Mit Krankheiten, bereits mit dem Rumor angeblicher Erkrankung war sie zur Zeit leicht ins Bockshorn zu jagen. Am Abend wollte sie erneut mit ihrer noch immer bettlägrigen Tochter in Kalifornien telefonieren. Melanie war seit drei Tagen wieder zu Hause, im Studentenwohnheim ihrer kalifornischen Universität. Dort kümmerte sich ihre polnische Mitstudentin ganz rührend um die langsam Genesende. Angela wußte schmerzlich genau, wie sehr Melanie, die von jeher zum Träumen und Zaudern neigte, sie für ihre Tüchtigkeit und Geistesgegenwart bewunderte. Und jetzt mußte die Arme auch noch glauben, daß ihre übermächtig patente Mutter einen siebten Sinn besaß.
Der ominös hellsichtige Anruf lag auf den Tag genau drei Wochen zurück. Ihre Tochter hatte sich mit schlimmen Bauchschmerzen und heißer Stirn auf der Couch ihres Apartments hin und her gewälzt, als es aus dem mitternächtlichen G. anklingelte. Ohne ein Begrüßungswort, gleich mit dem ersten Satz, wurde sie nach ihrem Gesundheitszustand gefragt. In einem Befehlston, den Melanie in dieser Schärfe nur aus den Scheidungsstreitigkeiten ihrer Eltern kannte, verlangte Angela, daß sich die Fiebernde ohne jede Verzögerung ins Krankenhaus fahren lasse. Es wurde eine Rettung aus größter Not. Der Blinddarm, den man in einer Eiloperation herausnahm, hatte ungewöhnlich lange vor sich hin geschwärt. Ein aufwendiger Eingriff war nötig. Und als sich Melanies Zustand leidlich stabilisiert hatte, verriet ihr eine Krankenschwester, der Chirurg habe, beeindruckt vom Anblick der verschleppten Entzündung, die Hände zur dreiäugigen Lampe über dem Operationstisch

gehoben und ein grimmig emphatisches «Look at this typical German bullshit!» in seinen Mundschutz gemurmelt.

Gleich am Morgen nach dem Anruf schaffte Angela ihr altes Bett samt der Studentinnenmatratze, auf der einst ihre Tochter gezeugt worden war, zurück in die Wohnung. Seit der Trennung von ihrem Mann, seitdem das komplette eheliche Schlafzimmer auf dem Sperrmüll gelandet war, hatte sie erneut darin geschlafen. Inzwischen schämte sie sich für das unwiderstehlich unsinnige Verlangen, das zurückliegenden Monat zur Anschaffung des neuen und zum Abbau des alten Bettes geführt hatte. Sie schwor sich, dem schmucklos schmalen Teil die Treue zu halten, bis ihre Melanie wieder in Europa war. Frau Blumenthal, die sich die Geschichte vom warnenden Nagel voll Empathie und ohne den geringsten Anflug von Ungläubigkeit angehört hatte, kaufte ihr auf der Stelle die überflüssig gewordene neue Liegestatt ab.

Nachdem sie das Bett in ihrem Schlafzimmer, wo es sich zwischen dem anderen Mobiliar ein wenig kurios ausnahm, zusammengebaut hatten, ließ sich die alte Dame schwungvoll auf die extraharte Matratze fallen. Mit ausgebreiteten Armen und gespreizten Beinen federte sie viele Male auf und nieder. Das glucksende Lachen, mit dem sie diesen mädchenhaften Spaß begleitete, machte Angela zunächst nur verlegen. Aber dann wollte das Auf und Ab einfach nicht enden. Verärgert dachte sie daran, wie oft ihre Nachbarin die Schmerzen, die ihr die vernutzten Bandscheiben ihres Rundrückens bereiteten, erwähnt hatte. Jetzt holte sie immer aufs neue Schwung aus der Biegung ihrer Wirbelsäule, und ihr Glucksen nahm noch an lustvoller Ungeniertheit zu. Plötzlich spürte Angela, der in der letzten Zeit allzuviel Ungewohntes zu Ohren gekommen war, einen Zorn tief in der Brust. Ja, dieser Anblick mißfiel ihr. Und gerade weil ihr das Ausmaß der empfundenen Wut unberechtigt, ja ungerecht vorkam, gab sie sich ihr mit großer Befriedigung hin.

Solang wir ihn kennen, hascht der Mensch nach dem, was kreucht und fleucht, und zerrupft dem Eingefangenen Rumpf, Bein und Flügel. Aber so klein er die Beute zerlegt, nie findet er Frieden bei den Stücken und Stückchen. Längst reicht ihm das Tier nicht mehr aus. Seine Gier spürt dem nach, was darüber und darunter, im flirrenden Dunkel, im Abseits der menschlichen Sinne, zu vegetieren wagt. Was dort auch sei, zumindest einmal möchte er es mit seinen Instrumenten identifiziert, vermessen und in Teile gebrochen haben.
Schwartz konnte sich einfach nicht aufraffen, in Köln anzurufen und zusätzliche Untersuchungen in Auftrag zu geben. Als er Anfang Mai, nach einem langen Arbeitstag, den Brief mit den ersten Befunden aus seinem häuslichen Briefkasten gefischt hatte, dauerte es eine volle Stunde, bis er ihn aufriß, und eine weitere, bis er es schaffte, sich seinen Inhalt zu Gemüte zu führen. In der Socke waren menschliche Hautpartikel und menschlicher Schweiß gefunden worden. Die Analyse der Haare, die er aus dem Schlüsselanhänger von Weiss gezupft hatte, besagte nur, daß sie nicht humanen Ursprungs waren und nicht von den geläufigsten fünf Tierarten, also nicht von Hund, Katze, Pferd, Rind oder Schwein, stammten. Weitergehende genetische Nachforschungen waren möglich, mußten aber eigens bestellt werden.
Schwartz wußte nicht, ob er wirklich erfahren wollte, um welches Säugetier es sich handelte. Über die Grenzen seiner Neugier grübelnd, kam er nur zu dem Schluß, daß er das Ergebnis im voraus kennen müßte, um dessen Ermittlung guten Gewissens verlangen zu können. Die ganze Sache, alles, was offenkundig oder vermutlich mit ihr zusammenhing, nahm wie eine Geschwulst an Umfang zu. Unwillentlich fand sein Denken

immer wieder zu dem weißblonden Haarzöpfchen am Schlüssel seines Kollegen zurück. Und das Bild der obskuren Socke, deren Rücksendung er in seinem Schreiben an das Labor lieber nicht erbeten hatte, verfolgte ihn bis in den Schlaf.

Vor einer Woche dann, am Tag des kalendarischen Sommeranfangs, hatte Weiss während der vormittäglichen Kaffeepause heftiges Nasenbluten bekommen. Es hörte nicht auf. Es war wie verhext. Er und Weiss waren sich in ihrer Hilflosigkeit nahe wie lange nicht mehr. Erst Elena hob die gemeinsame Ohnmacht auf. Als sie, die gelernte Germanistin, sich auf ein altes schlesisches Hausmittel besann, ein Stück Weißbrot abbiß, mit Speichel zwei pampige Pfropfen formte und sie ihrem Chef in die Nasenlöcher stopfte, versiegte der Blutfluß. Eine knappe halbe Stunde später fiel Schwartz der nächste, der so lang hinausgezögerte Schritt Richtung Aufklärung endlich leicht.

Nachdem Weiss, noch ein wenig blasser als sonst, wieder an die Arbeit gegangen war, schnappte er sich eines der rotbefleckten Papiertaschentücher. Das Labor in Köln erhielt den Auftrag, das Blut mit den organischen Spuren, die man aus dem Gewebe der Knabensocke gewonnen hatte, zu vergleichen. Und auch die Herkunft der Haarprobe sollte nun so exakt wie möglich bestimmt werden.

Jetzt lag der Brief mit dem Ergebnis ungeöffnet auf dem Couchtisch, rechts davon stand eine frisch geleerte Flasche Rotwein, links eine zweite noch volle, aber bereits entkorkte. Schwartz hatte sich gelobt, mit der zweiten Flasche erst zu beginnen, wenn er den Befund des Labors gelesen hatte.

Er wußte inzwischen ungefähr, wovor er sich fürchtete.

Als er Weiss vor einem Jahr auf einer Fortbildung in Kitzbühel kennengelernt hatte, war es mehr als nur Sympathie auf den ersten Blick gewesen. Schnurstracks brach sich jene Bruderliebe Bahn, die sich daraus speist, daß man das Treiben der meisten anderen Geschlechtsgenossen mit einer ähnlichen Mischung aus Mitleid und Verachtung zur Kenntnis nimmt. Gewiß beglückte sie dieses Einverständnis nicht genau gleich, aber, so schien es Schwartz, von Anfang an in einem ähnlich hohen Grad. Die viertägige Kitzbüheler Fortbildung stand unter dem Motto «Erfülltes Leben / Geriatrische Perspektiven für das neue Jahrtausend». Das Ganze stellte sich am Eröffnungstag als eine ungewöhnlich dreiste Werbeveranstaltung der pharmazeutischen Industrie heraus. Offensichtlich waren er und Weiss die einzigen, denen dies mißfiel.

Bereits nach dem ersten Vortrag wandte sich Weiss mit beißend präzisen, im Ton nahezu höhnischen Fragen an den Referenten, eine Koryphäe der US-Impotenzforschung. Das Englisch, in dem er den Ami attackierte, war syntaktisch komplex, er schöpfte aus einer stupenden Wortschatzfülle. Gleichzeitig machte er sich einen Spaß daraus, seinen deutschen Akzent zu übertreiben. Er zerhackte seine perfekten Sätze genau so, wie es in bestimmten Hollywood-Filmen die Nazi-Darsteller zu tun pflegten. Der in die Enge getriebene Experte geriet gehörig ins Schwitzen. Weiss ließ nicht locker. Und weil er in einem besonders spitzen Vorstoß den grauhaarigen Geriatriker sogar noch auf die blutjunge Ehefrau, mit der dieser aus Boston angereist war, ansprach, kam Schwartz gar nicht umhin, seinen Landsmann auch wegen seiner Unerbittlichkeit bewundernd ins Herz zu schließen. Als sich am Abend die versammelte Ärzteschaft ins Kitzbüheler Nachtleben warf, als Frau Doktor und Herr Doktor sich in der durch die Kürze der Veranstaltung gebotenen Eile aufeinanderstürzten und der Männerüberschuß von einem guten Dutzend eigens hierfür angereister Damen ausgeglichen wurde, waren er und Weiss zum ersten ihrer drei Nachtspaziergänge aufgebrochen.

Was sie an Lebensjahren trennte, mußte mit vielen ins Dunkle gesetzten Schritten und Sätzen überbrückt werden. Und manchmal, wenn sich ihre wie Insektenfühler aufeinander zutastenden Aussagen und Fragen verfehlten, beschlich Schwartz die elende Sorge, den Gefundenen wieder zu verlieren. Erst in ihrer letzten Kitzbüheler Nacht war der Bogen vollends geschlagen. Bei den leeren Krippen einer Winterwildfütterung rastend, vereinbarten sie, in Zukunft zusammenzuarbeiten. Ihre neue gemeinsame Praxis sollte möglichst weit im Osten liegen, in einer jener Städte, in denen man gerade noch Deutsch sprach. Es sollte sie beide nicht stören, daß just dort ihr Volk am schnellsten schrumpfte. Ja dem Gängigen zum Trotz wollten sie sich niederlassen, wo es sich zur Zeit für praktische Ärzte angeblich am wenigsten lohnte. Beiläufig erzählte er Weiss, daß er selbst aus einer solchen Grenzstadt stamme, daß sein Vater bis zu seinem Tod davon geträumt habe, mit seinem einzigen Sohn und am liebsten auch mit einem Enkelkind nach G. zurückzukehren.

«Na, dann tun wir deinem staubgewordenen alten Herrn doch den Gefallen!»

Schwartz staunte – weniger weil seinem schnoddrigen jungen Kollegen anscheinend jegliches Gefühl für Pietät abging, sondern viel mehr darüber, wie sehr ihn der Vorschlag sogleich entzückte. Warum war er nicht selbst auf die Idee gekommen, seinen enkellos gebliebenen und in der Fremde bestatteten Vater durch eine Übersiedlung nach G. zumindest partiell und posthum zufriedenzustellen?

Schon damals unter dem Sternenhimmel Tirols ahnte er, daß es irgendwann gelten würde, einen Preis für das Glück der kommenden Kooperation zu entrichten. Er hatte die Fünfzig erreicht, seine Knochen waren also porös genug, um zu spüren, wann der Idiotenwind der Zeit sich drehte und die Gunst des Schicksals nicht mehr gratis auf der Straße lag. Bereits während

ihm Weiss bald darauf in der Düsseldorfer Praxis assistierte und dessen diagnostisches Talent mit seiner Erfahrung zu den schönsten Erfolgen zusammenfand, hielt er nach einem Vorzeichen Ausschau. Aber wie es soweit war, wie ihm eines Morgens in seinem Mercedes erstmals der Duft der fälligen Abrechnung in die Nase stieg, stellte sich etwas in ihm dumm und verhinderte noch ein letztes Weilchen, daß er den richtigen Schluß zog.
Erst als sich Weiss in G. um die Einrichtung der neuen Praxis kümmerte, während er damit beschäftigt war, die Düsseldorfer Verhältnisse aufzulösen, gab ihm ein ungnädiger Zufall den Hinweis, der sich nicht mehr übersehen ließ. Mit einem jungen Mitarbeiter seines Vermieters, der in der Düsseldorfer City einige Häuser besaß, ging er noch einmal die leergeräumten Zimmer seiner Wohnung ab. Es herrschten Unstimmigkeiten wegen der Einbauten, die Schwartz dort im Lauf der Jahre vorgenommen hatte. Vor allem die extravagante Kücheneinrichtung hatte das Mißtrauen des Eigentümers erregt.
Nach einigem Hin und Her wurde man sich einig. Der engagierte, aber nicht sehr verhandlungserfahrene Immobilienknabe war sichtlich erleichtert über Schwartz' Entgegenkommen. Ungeniert zückte er ein Pillenröhrchen und beugte sich über den Wasserhahn der Spüle. Dies beunruhigte Schwartz, denn er befürchtete, der Trinkende werde gleich bemerken, wie bizarr süßlich es seit kurzem aus dem Ausguß roch – ein moschusartiger Duft, dessen verborgene Ursache die üblichen Abflußreiniger nicht hatten beseitigen können. Aber der junge Mann schlürfte nur sehr lange sehr viel Wasser und fragte ihn dann, ob er ihm nicht ein frei erwerbbares und gut verträgliches Mittel gegen Kopfschmerzen empfehlen könne. Aspirin schlage ihm auf den Magen und helfe auch kaum noch gegen das chronische Klopfen in seinen Schläfen. Manchmal habe er schon Sorge, daß es etwas Ernstes sei.

Genau dies war der logische Übersprung, der ihm, dem Arzt, bislang nicht gelungen war. Als er sich vier Wochen später im Bad seiner neuen, noch kahlen Wohnung über das Waschbecken neigte, das Wasser von G. trank und dabei roch, daß ihm der Moschusduft nach Osten gefolgt war, strich er sich zärtlich wie nie zuvor über Stirn und Haar, tauchte dann den Kopf, den ganzen fragwürdig gewordenen Schädel, unter den kalten Strahl und nickte dem nassen Gesicht im Spiegel zu. Er hatte sich das Nötige zusammengereimt.

Während Schwartz über einen befreundeten Berliner Makler, einen ehemaligen Schulfreund, eine wunderschöne, frappant preiswerte Eigentumswohnung in der historischen Altstadt gefunden hatte, war Weiss einfach in der kleinen Pension um die Ecke geblieben. Erst nachdem über dem Kollegen ein Dachappartement frei geworden war, nachdem Schwartz mit sanftem Druck den Kontakt zum Vermieter hergestellt hatte, beendete er seine Hotelexistenz und zog in eigene vier Wände. Unverständlich blieb Schwartz, wie wenig dem jungen Kollegen Wohnqualität bedeutete. Die ganze Düsseldorfer Zeit hatte er in einer Studentenwohngemeinschaft gehaust, hatte gelegentlich über die dort nicht nur in hygienischer Hinsicht unzumutbaren Verhältnisse gewitzelt, aber anscheinend nie an eine eigene Wohnung gedacht, ähnlich wie ihm die Anschaffung eines Pkw offenbar nicht in den Sinn kam. Auch in G. machte er sich weiterhin bei Wind und Wetter mit dem Fahrrad auf den Weg in die Praxis. Jeden Tag trug er sein altes Rennrad die Treppenhäuser hinauf und hinunter. Es war vermutlich nicht sehr schwer, aber dazu kam noch das Gewicht des Rucksacks, der neben dem orange angepinselten Rad sein zweites Markenzeichen war. Wenn die Sprechstundenhilfen, die sich ohne Ausnahme mehr oder minder in ihn verguckt hatten, zu schwatzen begannen, war der große Rucksack aus dunkelrotem Leder einer ihrer liebsten Ausgangspunkte. Sie wußten, daß er das frische Hemd enthielt, in das Weiss während der Mittagspause schlüpfte, und sie hatten beobachtet, daß es den Transport auf wunderbare Weise stets ohne Knitter überstand. Aber der Sack war ungewöhnlich voluminös, und die Form, in der er an stramm gespannten Trägern auf dem Rücken des jungen Arztes saß, ließ keinen anderen Schluß zu, als daß er voll und schwer war – ein Umstand, über den sich endlos spekulieren ließ.

«Bloß Romane, nichts als Liebesromane», hatte Weiss mit todernstem Gesicht zur Antwort gegeben, als sich Schwartz ein einziges Mal, noch in Westdeutschland, nach dem Inhalt erkundigt hatte. Und da Schwartz durchaus auf einen launigen Witz, nicht aber auf eine derart alberne Replik gefaßt gewesen war, traute er sich nicht, weiter nachzufragen. Elena, die in vielerlei Hinsicht heller war als ihre deutschen Kolleginnen, meinte einmal, sie könne sich schon denken, was der Herr Doktor da täglich mit sich herumschleppe. Ihr Patenonkel, ein aus der Heimat Vertriebener, habe stets ein gepacktes Köfferchen unter dem Bett bereitstehen gehabt. Und als die Familie nach seinem Tod den Kofferdeckel gehoben habe, seien Knäckebrot, eine Taschenlampe samt Reservebatterien, Rasierzeug und fünf steinharte Salamistangen zum Vorschein gekommen. Ihr Onkel sei eben durch und durch ein Mann gewesen. Und Männer hielten, gerade wenn es schlimm komme, wenn es hart auf hart gehe, ganz spezielle Sachen für nötig. Dafür müsse eine Frau unbedingt Verständnis haben. Anders sei gar keine beständige Zuneigung möglich, von einer ordentlichen Ehe ganz zu schweigen. Die anderen Mädchen hatten darüber nur verlegen gelacht. Schwartz jedoch hatte die Art Elenas, was sie sagte und die Miene, die sie dazu machte, einmal mehr fast schmerzlich gut gefallen.

An Elena zu denken machte ihm Mut, den Brief des Kölner La-

bors zu öffnen, noch bevor er die zweite Flasche Rotwein in Angriff nahm. Was er zu lesen bekam, erschreckte ihn nicht. Und als dem ersten Überfliegen der Untersuchungsbefunde eine zweite wortgenaue Lektüre folgte, war die Erleichterung, die in ihm aufstieg, so groß, daß er laut über sich selbst spottete und den Schwartz von vorhin wie einen überängstlichen Freund zu necken begann. Die Haut- und Schweißspuren auf dem garstigen Strümpfchen und das Blut in den Papiertaschentüchern waren genetisch demselben Individuum zuzuordnen.
Was war schon dabei. Warum sollte ihn kümmern, wann, wie und zu welchem Zweck Weiss Unfug mit gewiß korrekt erworbenen Knabensöckchen trieb. Da gab es, gerade in Ärztekreisen, weit Schlimmeres unter der Sonne.
Der Wein floß ihm ins Glas. Die halbe Flasche fand in dessen bauchigem Kelch Platz. Auch das Rätsel des Schlüsselanhängers war gelöst. Der Talisman des Kollegen brauchte ihn nicht weiter zu beunruhigen. Das weiße Haar, das er bis eben noch in klassisch homozentrischem Kurzschluß für weißblond gehalten hatte, stammte von einem Haustier. Zumindest älteren Zeitgenossen war es, auch hier an der Grenze zu Schlesien, noch als solches geläufig. Schwartz hatte den stattlichen, den nützlichen und genügsamen Säuger in seiner Kindheit regelmäßig gesehen. Die Urlaube führten die Familie nach Bayern und Österreich, und seiner photographierenden Mutter waren dort immer aufs neue anrührende Tieraufnahmen gelungen, von Kühen und Pferden, von Kätzchen und Kötern – von allen Viechern, die auch lebendig stillhalten können.
Die Deutsche Edelziege, die in Jahrhunderten strenger Zuchtwahl zu einer unverwechselbaren und genetisch stabilen Rasse wurde, ist am ganzen Körper von diesem weißen Haar bedeckt. Die ausdrucksvollen, nicht zu stark nach vorne gewölbten Augen und die kräftigen Fußklauen heben sich auf das schön-

ste davon ab, denn sie glänzen in einem vergleichbar reinen, pechigen Schwarz. Das gefällt Mann, Frau und Kind, der gesamten modernen Familie. Die Geiß, ihre Zicklein und sogar der Bock gelten als süß. Und es macht fast nichts, daß etwas an diesen Tieren seltsam künstlich wirkt. Nur den einen oder anderen vereinzelten Betrachter mag irritieren und in einem abergläubisch gebliebenen Winkel seines Herzens unheimlich anrühren, wie geometrisch, wie perfekt rechteckig die Pupillen der Ziegen sind.

SONNTAG

Die Menschen sind tollkühne Tiere. Explodiert das Schwarzpulver der Angriffslust, jagt das Begehren durch den silbrigen Lauf der Phantasie, wähnen sie jede Schwere hinter sich. Wagend glauben sie, nichts als ihr eigenes Projektil zu sein. Mühelos scheint das Geschoß die Zeit zu spalten. Aber deren Medium, das Gas der Gegenwart, ist zäh. Klebrige Bläschen sind seine Partikel. Masse muß darin Masse bleiben. Das Blei, das fliegt, vergißt nur, wie träge und weich es zu sein hat. Der Aufprall wird es verformen. So folgt dem metallischen Übermut unserer Lieblinge die metallische Wehmut auf dem Fuße.

Als der Mond verblassen mußte, weil die Sonne, schon bevor ihre Scheibe erschien, dem Himmel ihr Farbspiel aufzwang, kam Angelas Bericht an sein Ende. Sie verstummte. Mit ihrem Gast lauschte sie der Amsel, die vorletzten Frühling in einem Nest in der Linde gelernt hatte, das Trillern von Angelas Telefon nachzuahmen. Schweigend und horchend spürte sie das Brennen ihrer trockenen Kehle und dachte, ähnlich wie sie vom stundenlangen Erzählen müßte dieser Mann vom Zuhören, von der nie nachlassenden Inständigkeit, mit der sein Blick an ihren Lippen gehangen hatte, sehr durstig geworden sein.

Daß es ihn womöglich frieren könnte, war ihr eingefallen, während sie ihm den Kälteeinbruch des vergangenen Februars geschildert hatte, und weil sie ihren Rapport nicht unterbrechen wollte, war sie extralaut weiterredend ins Schlafzimmer hinübergeeilt, um ihre Decke vom Bett zu raffen. Seitdem war ihr

Besucher von den Knöcheln bis zum Hals verhüllt. Nur seine eindrucksvoll muskulösen Arme, die, von ihren Gürteln verlängert, wie ein stehengebliebener Uhrzeiger Richtung Wohnzimmerschrank zielten, erinnerten sie noch an seine Nacktheit. Im Mondlicht war er ihr bei weitem nicht so kräftig vorgekommen wie jetzt, wo das Morgengrauen einiges verdeutlichte und sie beiläufig auch darauf hinwies, daß der Teppichboden gesaugt werden mußte. Und als sie sich neben ihn kniete, eine Hand unter seinen Nacken schob und ihm zu trinken einflößte, wunderte sie sich, daß dieser offensichtlich konsequent durchtrainierte junge Kerl, seit er zu ihren Füßen lag, kein einziges Mal versucht hatte, sich loszureißen.

«Das muß Apfelsaft sein. Unverdünnt», sagte er nach einem letzten Schlucken.

Eine schmale Spur Saft rann ihm über die glatte, völlig bartlose Wange, und er lächelte sie so hinreißend dankbar an, daß Angela nicht zum ersten Mal den Wunsch verspürte, ihn aus seiner unbequemen Lage zu befreien. Vielleicht sollte sie die Schnalle des breiten schwarzen Ledergürtels öffnen, der den plumpen Holzfuß ihres Wohnzimmerschranks umschlang, damit er sich wenigstens aufsetzen konnte.

«Ja, machen Sie mich los. Es wird schon hell. Dieser Schrankfuß, an den ich gebunden bin, ist durch und durch zernagt. Warum nennt man es Holzwurm? Wurm? Es sind die Larven eines Käfers, die diese Gänge fressen. Gang an Gang. Ein wahres Labyrinth! Labyrinth, so sagt man doch? Aber warum sagt man, daß es wahr ist? Es muß also auch ein falsches Labyrinth geben. Das bißchen Holz wird fast nur noch vom Lack zusammengehalten. Vom Firnis. Nennt man es immer noch Firnis? Ein unachtsamer Ruck von mir, und alles kracht zusammen.»

«Spielen Sie ruhig den Kraftprotz!» entfuhr es Angela trotzig, aber kaum war sie auf bloßen Knien zum Schrank gerutscht,

mußte sie feststellen, daß er recht hatte. Auf der Mittelkugel des gedrechselten Schrankfußes reihte sich ein historisches Bohrlöchlein an das andere. «Wenn Sie Faxen machen, fällt Ihnen der Wohnzimmerschrank meiner Großmutter auf den Kopf.»
«Nein, der Schrank würde nicht nach vorne umfallen. Dafür liegt sein Schwerpunkt zu weit hinten. Aber das zweite linke Bein, das noch poröser ist, würde mit umknicken, und dann würde alles in die Schräge kippen, und die Sammeltassen Ihrer Oma stürzten ineinander. Gut die Hälfte ginge kaputt. Auch Ihr Täßchen mit den Zicklein käme dabei zu Schaden, weil es links hinten steht. Das wäre schlimm. Sie würden es mir übelnehmen.»
Angela schluckte.
Angela nickte und schluckte und nickte noch einmal.
Sie hatte genug gehört. Mit fliegenden Fingern löste sie den Gürtel, der das morsche Stuhlbein in den letzten Stunden so unnütz brav umschlungen hatte. Und dann konnte sie nicht anders, als die Hände dieses Mannes ganz zu entfesseln. Wer wußte, was er ihr noch aus den Augen oder aus dem Kopf lesen würde, wenn sie ihm nicht sofort seine Freiheit zurückgab. Ja, sie bewahrte die Tassensammlung ihrer Großmutter nur auf, weil sich ihr Kindertäßchen, die Tasse mit den kleinen Ziegen, diskret unter dem kitschigen Kram verbergen ließ. Noch jeder, der einen Blick auf das Porzellan geworfen hatte, war von der Scheußlichkeit der üppigen Blümchenmuster so geblendet gewesen, daß er das niedrige, bauchig runde Täßlein und seinen wie ein Schüsselchen gewölbten Untertelller in der hintersten Reihe übersah. Nur ihrer Tochter Melanie und Jahre zuvor ihrem Mann hatte sie verraten, wie ihre Kindheit in die figürlich bemalte Tasse gebannt war – in den Reigen, den die sonntäglich gekleideten, putzig frisierten Ziegen, hohlrückig aufrecht und auf den Hufen ihrer Hinterbeine, rings um die Tasse tanzten. Den letzten Gürtel öffnend, hatte Angela ihr Lieblingstier über-

deutlich im Sinn. Es war ein respektabler, nicht mehr ganz junger Bock, der eine Brille auf der Nase trug und, graziös hochhüpfend, ein Fernrohr über den Hörnern schwang. Eine winzige Farbveränderung, ein Flirren am äußersten Rand ihrer rechten Iris verriet ihrem Gast, wie verlegen diese Vorstellung sie machte. Und weil er schon erfahren hatte, daß Verlegenheit bei ihr schnell in Schroffheit umschlug, stand er, die Decke um die Hüften windend, auf und bat sie, ihm Kleidung zu besorgen.

«Bitte kaufen Sie mir, was man in dieser Jahreszeit – sagt man schon Hochsommer? – am Leibe trägt. Nackt kann ich mich nicht um die Angelegenheit kümmern. Alle würden mich für einen Verrückten halten. Oder gar für einen Sittlichkeitsverbrecher. So haben Sie mich auch genannt: Sittlichkeitsverbrecher. Inzwischen weiß ich ziemlich genau, was diese Bezeichnung bedeutet. Kann man statt dessen nicht auch Unhold sagen?»

Angela beantwortete seine Frage lieber nicht, klärte ihn aber darüber auf, daß in G. an einem Sonntagmorgen kein Textilgeschäft geöffnet sei. Garantiert kein einziges. Wie überall in Deutschland. Er verstand, hatte schon bei ihren ersten Worten zu nicken begonnen, als würden sie ihn an etwas nur oberflächlich Vergessenes erinnern oder als sähe er voraus, was ihr über die Lippen kommen wollte.

«Kann ich so einen gegenwärtigen Menschen darstellen?» fragte er sie wenig später, nachdem er, nun doch halbwegs bekleidet, vor ihren großen Flurspiegel getreten war.

Ihr fiel auf, daß er völlig still hielt, während er sein Abbild prüfte. Er drehte sich kein bißchen, nicht einmal in den Hüften, so, wie es die meisten Männer und erst recht eine Frau getan hätten. Um seine Schultern spannte ihr weitgeschnittener schwarzer Baumwollpullover, und seine kräftigen Oberschenkel bedeckte eine dreiviertellange khakifarbene Sommerhose, die sie sich letztes Jahr eigens für eine dann doch nicht unternommene Wanderung gekauft hatte. Vorhin, wie er im Schlafzimmer am Fenster gestanden und hinausschauend abgewartet hatte, was sie in ihrem Kleiderschrank für ihn finden würde, hatte sie mit einem neugierigen Seitenblick entdeckt, daß nicht nur seine Wangen und seine Arme, sondern auch seine Beine absolut glatt waren, offenbar sorgfältig enthaart, dazu so weiß, als hätten sie in diesem Sommer noch kein Quentchen Sonnenlicht abbekommen.

«Wie heißen Sie eigentlich?» wagte Angela endlich zu fragen, vielleicht weil er nun einigermaßen ordentlich angezogen war. Aber kaum war dies ausgesprochen, bereute sie ihren Vorstoß wie etwas Ungebührliches, fast wie eine Grobheit.

«Nennen Sie mich Gottlieb. Gottlieb? Könnte das klappen?»

Angela wußte sofort, wo sich seine hin und her pendelnden Pupillen den Vornamen geschnappt hatten. Ihr wilder Mann konnte also lesen, sogar wenn ihm die Lettern spiegelverkehrt vor Augen standen. Hinter ihnen hing ein Plakat an der Flurwand. Es zeigte unter dem Titel der Ausstellung, für die es warb, eine gewaltige Kupferkugel. Es war der Rumpf einer Elektrisiermaschine aus der Gerätesammlung des Tuchhändlers Gottlieb Ameis. Die historischen Stücke, ein Apparat schöner als der andere, wurden von der Naturwissenschaftlichen Gesellschaft der Stadt seit Anfang des Monats in einer Dauerausstellung präsentiert. Mit dem Dom Kultury zu Zgorzelec hatte man auf der polnischen Seite der Neiße den idealen Ort hierfür gefunden.

«Nein, um Himmels willen nicht Gottlieb!» widersprach ihm Angela. So könne sie ihn nicht anreden. Gottlieb sei gräßlich, sei ein Fehlgriff, der Not des Augenblicks geschuldet.

Und dann drehten sie sich beide um, und gemeinsam überflogen sie das Poster, auf dem glücklicherweise noch einige andere Männernamen zu finden waren.

«Nehmen wir Immanuel», stieß Angela hastig hervor, um zu

verhindern, daß sich ihr Gast ein zweites Mal vertat und womöglich mit Josef oder gar mit Christian, dem Vornamen ihres Exmannes, angeredet werden wollte. Immanuel war gut. Kein einziger Mann, der ihr je in die Hände geraten war, hatte so geheißen. Dieser Name gehörte einem Reich an, in das ihr Erinnern, ihr Gespürthaben und vor allem ihre Kenntnisse garantiert nicht hinüberfunzeln konnten. Diese Ferne war eine Wohltat, auch weil sie in einem Staat aufgewachsen war, der stets die Schwefelfackel des Wissens hochgehalten und noch das trübste, übelriechende Qualmen seiner Religion für das Licht der Wahrheit ausgegeben hatte.

Ja, Immanuel war gut.

Wie zur Antwort, wie als Zeichen seiner Zustimmung, berührte der frisch Benannte das Plakat. Seine Hand fuhr über die Kupferkugel, als könnte er deren Rundung ertasten. Schließlich blieben die Fingerkuppen dort liegen, wo das Foto in unscharfer Verkleinerung, als unlesbares Gepünktel nur, eine ovale Gravierung abbildete. Angela wußte, was an dieser Stelle in das Kupfer geritzt war. Sie hatte sich die Ausstellung erst letzte Woche angesehen und die pompösen Exponate sogleich gemocht. Der erfolgreiche Kaufmann und leidenschaftliche Amateurgelehrte Gottlieb Ameis war von dem Ehrgeiz besessen gewesen, alle damals bekannten Meßgeräte und Vorführmaschinen in seinem Kabinett zu vereinen, und voll Besitzerstolz hatte er jedem Exemplar, auch dieser Kugel, seinen Namen und das Jahr des Erwerbs eingravieren lassen.

«Ameis? Ameis?» Angelas Immanuel intonierte den Familiennamen so grüblerisch, als hätte er ihn schon einmal gehört, als suchte er nach einer Erinnerung, die er seiner Gastgeberin gerne mitgeteilt hätte. «Brauche ich auch einen Nachnamen?»

«Ameis gefällt Ihnen wohl nicht?»

«Das läßt mich zu sehr an das Gewimmel dieser Tiere denken.

Das lenkt mich ab. Es macht mir Kopfschmerzen. Könnte ich nicht einfach heißen wie Sie?»
Dies wurde ihm barsch abgeschlagen. Was zu weit ging, ging zu weit. Ihre Idee, blind in das Telefonbuch von G. zu tippen, gefiel wiederum ihm nicht. Er behauptete, der bloße Blick auf die winzig beschriebenen Seiten mache ihm noch schlimmeres Kopfweh als der Gedanke an einen Ameisenhaufen. Also blieb es erst einmal bei den glücklich gefundenen vier Silben, die gegebenenfalls auch als Familienname durchzugehen hatten. Eine ähnliche Notlösung fand sich für das Schuhproblem. Immanuel besaß relativ kleine und schmale Füße, während Angela bei jedem Einkaufsbummel aufs neue damit haderte, daß die ihren eine Nummer größer waren als die Schuhe, die ihr Augenmaß und ihr Leibgefühl für passend hielten. So hätten sie sich eigentlich in der Mitte treffen können, aber selbst ihre Gummistiefel, in die sie mit dicken Wollsocken schlüpfte, waren ihm noch zu eng. Zumindest verzog er, als er doch einige Schritte damit wagte, das Gesicht zu einer kindlich hemmungslosen Leidensmiene. Angela beneidete ihn darum, wie er diesen bescheidenen Schmerz zu äußern und wohl auch zu empfinden vermochte. Schließlich lief es auf ihre Sauna-Latschen aus himmelblauem Plastik hinaus. Immanuel wußte nicht, wie man deren Kunststoffnippel zwischen die Zehen fädeln mußte. Der Einfachheit halber sank sie vor ihm in die Hocke, um ihm zu helfen.
«Das kitzelt», murmelte Immanuel nachdenklich. Und als Angela sich wieder vor ihm aufgerichtet hatte und sie sich aus bisher kürzester Distanz in die Augen sahen, sagte er, in ihrem Blick forschend, ebenso ernst, ja mit besorgtem Unterton: «Kitzeln ist also ein unanständiges Wort. Es gehört dorthin, wo auch Sittlichkeitsverbrecher und Unhold hingehören. Warum nur? Es muß da einen logischen Zusammenhang geben.»

Gut, daß sie bereits die Praxisschlüssel in der Hand hatte. Immanuel folgte ihr in das morgendliche Treppenhaus. Am Freitag war geputzt worden, und die Parfümierung des Allzweckreinigers, den die damit beauftragte Firma benutzte, hing noch fein und täuschend wiesenblumenartig in der Luft. Immanuel schnupperte, offenbar erkannte er die Duftnote und freute sich über dieses Zuordnenkönnen. Und während er neben ihr, die Hand auf dem Geländer, die Stufen hinunterschlappte, schien ihm jeder einzelne seiner Sauna-Latschen-Schritte einen kleinen, zusätzlichen Glücksschubs zu geben.

Im Vorderhaus nahmen sie den Aufzug, und Angela mußte ihren Gefährten zweimal daran hindern, nach ihr auf die Knöpfe zu drücken. An der Praxistür schlossen sich seine Finger um den Knauf, und er rüttelte so kraftvoll daran, daß sich das Türblatt knackend im Rahmen bewegte. Er war ohne Zweifel außergewöhnlich stark. Angela zückte den Schlüssel, schob Immanuel beiseite, und die Hand ein wenig länger als nötig auf seinem gespannten Bizeps, bedauerte sie es plötzlich sehr, daß sie ihm nicht erlauben durfte, sich mit der Wucht seines Körpers Zutritt zum Reich von Schwartz&Weiss zu verschaffen.

Aber alles zu seiner Zeit. Vielleicht kam schon bald eine Tür ins Spiel, die es gar nicht erwarten konnte, von Immanuels bloßen Füßen eingetreten zu werden. Ihr Gefühl versicherte ihr, daß es im weiteren wohl oder übel gewaltsam zugehen müsse. Und da beruhigte es Angela doch, daß ihr vorhin, bei ihrem Aufbruch, noch ein entsprechender Einfall gekommen war. Sie hatte Immanuel kurz im Flur warten lassen, um ins Schlafzimmer hinüberzugehen. Dort war mitten auf dem Bett, auf das sie ihn zurückliegende Nacht geworfen hatte, ihr Elektroschocker gelegen und hatte so stumm und geduldig, wie es sich für ein Ding gehörte, auf seine Besitzerin gewartet.

Schwartz erwachte, weil er vom Puppentheater geträumt hatte, und während er sich stöhnend auf die andere Seite drehte, den Rotwein des gestrigen Abends verfluchte und nach dem Kissen tastete, um seine klopfende Stirn unter dem kühlen Satin zu begraben, bemerkte er zweierlei: Die Stimmen der Puppen hörten nicht auf zu sprechen, und es roch unerträglich stark nach Haar, nach verschwitztem, lange nicht gewaschenem Kopfhaar. Am Bettrand entlangfingernd, bekam er einen Zipfel des Kissens zu fassen, und als er es sich übers Ohr und seinen erst gestern geduschten Schädel zog, dämpfte dies zumindest die keifenden Stimmen der Puppen. Der unangenehme Geruch aber schien noch an Eindringlichkeit zuzunehmen. Schwartz versuchte ihn zu ignorieren, so wie er es in G. im Verlauf der letzten Monate nach und nach gelernt hatte. Inzwischen wußte er, es war bei entsprechender Denkdisziplin durchaus möglich, einen Teil der Sinnestäuschungen aus dem Bewußtsein zu drücken.

Seit er sich keine Illusionen mehr über ihren Ursprung machte, hatte er auch die Chronologie ihres Auftretens im Griff. Kurz nach dem Einstieg von Weiss in die Praxis hatte ein mysteriöser Ammoniakduft den Anfang gemacht. Er umfing ihn eines Morgens, als er in seinem Auto Platz nahm, schien aus den Lederbezügen der Polster zu dünsten, verstärkte sich aber nicht, als er die Lehne des Beifahrersitzes beschnüffelte. Dies blieb nicht der einzige Versuch, einen äußeren Grund zu finden. Es dauerte mehr als eine Woche, bis er sich eingestehen mußte, daß es nur für ihn im Inneren seines Wagens so roch. Dennoch hatte er sich damals einen neuen Mercedes gekauft. In der gleichen störrischen Unvernunft ließ er bald darauf auch die Glasfasertapeten der Praxis komplett neu streichen, obwohl er bis zuletzt der einzige blieb, der einen Hauch von faulen Eiern wahrnahm, wenn er, dicht an einer Wand stehend, die Nase zu ihr hindrehte.

Schwartz gelang es, wieder ins Dösen zu fallen. Er brauchte noch Schlaf. Die ganze Woche hindurch war er zu spät ins Bett gekommen, und in der Hoffnung, dann weit in den Sonntag hinein zu schlummern, hatte er sich gestern abend eine zweite Flasche Rotwein genehmigt. Die Erinnerung an den Puppentheatertraum kehrte zurück. Die Aufführung hatte in der Praxis stattgefunden. Ausgerechnet von Elena, an deren schönen Händen er sich jeden Tag aufs neue freute, war er wie von einer lieben Kindergartentante in die vorderste Sitzreihe geführt und mit sanfter Gewalt auf einen winzigen Stuhl gedrückt worden. Die beiden anderen Sprechstundenhilfen saßen bereits da und blickten erwartungsfroh Richtung Bühne. Der Rest des kleinen Publikums rekrutierte sich ausschließlich aus den Frauen, die Weiss in wachsender Zahl die Sprechstunde einrannten. Um so mehr freute er sich, in der letzten Reihe, hinter all den heilungsgierigen Weibern, ihre Hausmeisterin zu entdecken. Wie gut es doch tat, einen wirklichkeitstreuen Menschen in der Nähe zu wissen! Er winkte ihr zu, und sie winkte zurück. Doch dann mußte er sehen, daß auch Frau Blumenthal zur Aufführung erschien. Elena geleitete die alte Dame zu ihm in die erste Reihe, rechts neben ihm nahm sie Platz. Elvira Blumenthal war zweifellos die flotteste, die lebenslustigste unter all den alten Schachteln, deren Gunst seinen Kollegen verfolgte. Schwartz mochte sie trotzdem nicht, und nun im Traum stellte sich heraus, wie berechtigt seine Abneigung war. Denn auf dem niedrigen Zuschauerstuhl verrutschte ihr roter Lederrock und entblößte ihre von einer hauchdünnen Strumpfhose umspannten Schenkel. Zu seinem Entsetzen waren sie makellos. Glatt und fest und perfekt geformt. Mein Gott, er hat sie also schönheitsoperiert, schoß es ihm, auf seinem Stühlchen hockend, durch den Kopf. Weiss hat sie total schönheitsoperiert! Im Traum war «total schönheitsoperiert» die korrekte Bezeichnung, eine Art

Fachausdruck, und die Tatsache, daß Weiss in der gemeinsamen Praxis, hinter seinem Rücken, derartige Totalschönheitsoperationen vornahm, erbitterte ihn tief.

Dann begann die Vorstellung. Allen war von vornherein klar gewesen, wessen Hände in den Puppen stecken würden. Und daß der Herr Doktor sich höchstselbst, in ein putziges grünes Chirurgenkittelchen gekleidet, als erste Figur aus der Bühnentiefe tauchen ließ, entzückte das weibliche Publikum über die Maßen. Schwartz drehte sich ärgerlich um, sah, wie heftig die beiden deutschen Sprechstundenhilfen applaudierten, sah, daß nicht wenigen der Frauen Tränen in den Augen standen und daß sich die Gattin des Bürgermeisters in ihre reichberingte Faust biß. Allein Angela Z. und erfreulicherweise auch Elena schienen dem Spiel mit der gebotenen Skepsis zu folgen. Er mußte zugeben, daß die Puppe Weiss außerordentlich glich. Das blonde Haar war ähnlich genialisch verstrubbelt, und in den großen Glasaugen glänzte das eigenartige Aluminiumgrau, das ihm damals in Kitzbühel bei ihrem ersten Handschlag und Blicktausch so faszinierend technoid vorgekommen war. Mit kasperlehaft verstellter Stimme fragte Weiss die Zuschauer, ob sie alle da seien. Beschämt hörte er sich im Chor mit Frau Blumenthal und den anderen die einschlägige Antwort geben.

Das eigentliche Spiel hob an. Eine zweite Figur tauchte aus der Bodenlosigkeit der Bühne und hing meckernd an der Rampe. Den Dialog, der sich dann ergeben hatte, bekam der dösende Schwartz, sosehr er sich auch mühte, in die Welt des Traums zurückzukippen, nicht mehr zusammen. Auf jeden Fall waren die beiden, Weiss und der Ziegenbock, schnell in Streit geraten. Der Weiss-Kasperl zog das Tier an seinem Kinnbart, schlug es auf Kopf und Rücken, doch die Züchtigungen wollten nicht fruchten. Der Bock beharrte auf einem eigenen Willen, widersprach erneut und stieß sogar mit den Hörnern nach seinem

Herrn. Dies wußte Schwartz im Gegensatz zu der nun lautlos bangenden weiblichen Zuschauerschaft durchaus zu goutieren. «Gib's dem Schnösel! Zeig ihm, was du drauf hast, mein Söhnchen!» flüsterte er unwillkürlich, worauf ihm Frau Blumenthal einen erstaunlich groben Hieb mit dem Ellenbogen verpaßte. Selbst jetzt noch, endgültig wach werdend, empfand er eine nachschwingende Schadenfreude und bedauerte, daß er nicht mehr wußte, worum die Auseinandersetzung zwischen Mensch und Tier gegangen war.

Er drehte sich auf die andere Seite, der Schmerz in seiner Stirn drehte sich knisternd wie Metallfolie mit, das Kopfkissen rutschte ihm vom Ohr, und im selben Moment hörte er das Ziegenböcklein gellend aufschreien. Es war ein gänzlich unartikulierter Schrei, aber so laut und wirklich, daß er sich mit einem Ruck aufrichtete und schlagartig realisierte, wie sehr die Tierstimme bereits im Traum dem in der Tonhöhe schwankenden Organ eines pubertierenden Knaben geglichen hatte. Er lauschte nach oben. Durch die Decke hörte er Weiss beschwichtigend zu jemandem sprechen. Er verstand den Wortlaut nicht, aber was da aus dem Dachappartement herunterklang, war die unverstellte Stimme des Kollegen, ohne Theatertimbre, ohne das affektierte Larifari eines Zipfelmützenspiels.

Dann trat Stille ein. Von einem Moment auf den anderen schien es so binnenruhig, wie es in einem massiven Gebäude eigentlich stets sein sollte, zwischen ihren Wohnungen jedoch leider nie gewesen war. Schon bald nach Weiss' Einzug dort oben hatte sich Schwartz darüber geärgert, daß man die Decke nicht optimal schallisoliert hatte. Ihr Haus war eines der ersten vollrenovierten Altstadtgebäude, und die akustische Dämmung frühneuzeitlicher Häuser verlangte anscheinend Kenntnisse, die die hiesigen Handwerker erst nach und nach erwerben mußten. Schwartz setzte sich auf, knetete das Kissen mit beiden Händen. Er hatte Durst und sehnte sich nach einer hohen Dosis Aspirin. Oben pochten jetzt Schritte über die Dielen, und schließlich erklang, auf eine wimmernde Weise verschwommen, Musik.

Weiss wußte, es war zu spät für das Radio. Dennoch drehte er es noch einmal lauter, so laut, daß sich die höheren Frequenzen verzerrten. Es klang abscheulich, aber das störte ihn nicht. Manchmal mochte er es leiden, wenn Maschinen ein bißchen kaputt waren. Irgendwann würde er das Gehäuse des kleinen alten Geräts aufschrauben und sich die Membran des Lautsprechers ansehen. Wahrscheinlich ließ sich das Problem mit einem Tropfen Sekundenkleber beseitigen. So simpel ging es meist. Maschinen waren mit Menschen kaum zu vergleichen. Wer hatte dies neulich zu ihm gesagt? Eine Patientin? Oder gar Schwartz? Der Kleine hatte es bestimmt nicht herausgeplappert, obwohl es gut in ihren gestrigen Streit über die Taschenlampe gepaßt hätte. Die Funzel, das liebste Spielzeug des Bürschchens, war in den letzten Wochen nach und nach unverschämt hell geworden. Zwei mickrige 1,5-Volt-Batterien, doch die Leuchtkraft reichte inzwischen aus, den wahrlich nicht dünnen Rucksack zu durchdringen. Der orangefarbene Fleck, der über das rote Leder wanderte, mußte unweigerlich auffallen. Gerade Elena hatte ein Auge für solche Kleinigkeiten.
Das Radio knatterte und verstummte mit einem schußähnlichen Knall. Weiss schaltete es aus und erneut ein. Es funktionierte wieder. Der Klang schien sogar reiner als zuvor. Es handelte sich um sein Studentenradio, es stammte von einem Berliner Flohmarkt, und gemeinsam mit seinem Futon und seiner Schreibtischlampe war das verschrammte Kästchen durch mehr als ein halbes Dutzend Behausungen gewandert. Vor G. waren es stets kahle Wohngemeinschaftszimmer gewesen, de-

ren mehrfach überstrichene Rauhfasertapeten die Musik hallend reflektierten. Auch die hübsche, witzig verwinkelte Dachwohnung, die ihm Kollege Schwartz vermittelt hatte, stand weiterhin fast leer. Bis auf einen Küchentisch, den er heimradelnd als Sperrmüll am Straßenrand entdeckt hatte, war seit dem Einzug kein Möbel hinzugekommen. Sein bescheidener Bestand an Fachliteratur und die Wäsche waren an den Wänden hochgestapelt. Für seine Anzüge und Jacken hatte er im Flur ein Drahtseil gespannt, und nur dort baumelte eine Glühbirne an der Decke.

Als Schwartz ein einziges Mal, weil er den Korken im Flaschenhals abgebrochen hatte, zu ihm hochgekommen war, hatte ihn die Düsternis der Wohnung überrascht. Er verlieh seinem Befremden mit ein paar spöttischen, fast schon vorwurfsvollen Worten Ausdruck. Um ihn zu besänftigen, erklärte Weiss ihm, über dem Badezimmerspiegel und über dem Elektroherd seien doch Neonleuchten angebracht. Für alle weiteren Zwecke genüge ihm seine Schreibtischlampe. Korkenzieher besitze er leider keinen, aber dafür jede Menge anderes Werkzeug. Mit Trick und Tücke würden sie schon an den edlen Tropfen herankommen. Daß er dies dann schnell und ohne Kork-Gekrümel schaffte, stimmte den Kollegen wieder milde, und er lud ihn zum Mittrinken nach unten ein. Dort dekantierte er den Wein in ein seltsam geformtes Gefäß aus rauchfarbenem Glas. Trinkend saßen sie in der neuen Känguruhleder-Sitzgruppe beisammen, die Schwartz per Internet direkt in Italien bestellt hatte, fachsimpelten über ihre interessanteren Patienten und mokierten sich über die hiesigen Ärzte. Damals war ihnen zum ersten Mal hinterbracht worden, daß die schon länger ansässigen Mediziner ihnen Patientenjägerei vorwarfen; vor allem den Wechsel zahlreicher lukrativer Privatpatientinnen zu Weiss nahm man übel.

In der Erinnerung verschmolz ihm ihr freundschaftliches Schwatzen mit den Aromen des Rotweins. Schwartz gab eine Menge Geld für exklusiven Sprit aus und köpfte wohl jeden Abend mindestens eine Flasche. Er hingegen hatte seit jenem memorablen Tropfen keinen Alkohol mehr zu sich genommen. Es war erwiesenermaßen zu gefährlich. Die Wirkung sprang über und potenzierte sich dabei. Als er damals – nach zwei Gläsern! – wieder nach oben in seine Wohnung kam, empfing ihn ein Höllenspektakel. Sofort drehte er das Radio auf Anschlag, wahrscheinlich drang das Gekreische dennoch zu Schwartz hinunter. Bei Gott, er hatte sein Möglichstes getan, um den Kleinen ruhigzustellen. Aber ein tobender Schimpanse, ein sturzbetrunkener Pavian wären in dieser Nacht leichter zu bändigen gewesen.

Beinahe hätte er sich deshalb gleich am nächsten Tag den ersten Fernseher seines Lebens angeschafft, einfach weil im Geplapper der Programme sowohl das Murmeln als auch das Aufbrausen ihrer häuslichen Dialoge aufgehoben gewesen wäre. Doch er fürchtete die unvorhersehbaren Nebenwirkungen. Zu viele elektrische oder elektronische Geräte waren mit dem Bürschlein irgendeine Beziehung eingegangen, und oft genug hatte es sich um eine katastrophale gehandelt. Die Serie hatte damit begonnen, daß ihm sein unverwüstlicher Rasierapparat in der Hand heiß geworden war und nach groteskem Rütteln und widerlich animalischen Furzen für immer den Geist aufgegeben hatte. Aber es mußten noch einige ähnlich drastische Mißgeschicke folgen, bis ihm endlich der naheliegende Zusammenhang dämmerte. Den Telefonfestnetzanschluß steckte er nach ein paar Tagen aus, da die Leitung bei fast jeder Verbindung verrückt spielte. Elena, die in dieser Zeit einige Male anrief, schöpfte Verdacht, aber dann deutete sie ausgerechnet das am meisten Verratende, ein hellstimmiges Dazwischenquatschen, zu seinem Glück geschlechtlich fehl, weil die Eifersucht mit ihr durchging.

Weiss horchte ins Badezimmer hinüber, ging auf Zehenspitzen zur Tür, lauschte, hörte nur leises Plätschern. Unendlich mühselig war es im Frühling gewesen, den Bengel zu einem ersten Bad zu überreden. Nach vielen guten und einigen bösen Worten hatte es doch geklappt. Inzwischen stieg er quiekend vor Vergnügen in die Wanne. Die Wärme tat ihm gut, beruhigte ihn eindeutig, allerdings mußte er darauf achten, daß regelmäßig heißes Wasser nachströmte. Als es vorhin galt, endlich auch ein Haarewaschen durchzusetzen, brach allerdings der schlimmste Krawall seit Wochen los. Wieder einmal hieß es, hart zu bleiben. Dreimal hatte er den Quadratschädel des Bürschchens mit Gewalt shampooniert und abgespült. Die Tortur war nötig gewesen, um das miefig verfilzte Haar gründlich sauber zu bekommen.

Weiss besah sich die frischen Kratzer an seinen Unterarmen und eine blutige Bißstelle auf dem linken Handrücken. Die Verletzungen, die ihm der Kleine zufügte, brannten zwar anfänglich, entzündeten sich jedoch nie und heilten rasant schnell ab. Wie es sich für einen Mediziner gehörte, hatte er zunächst geglaubt, sein Organismus habe sich in einer Art Immunisierung an den Schmutz unter den Nägeln des Wüterichs und an dessen Speichel gewöhnt. Aber inzwischen wußte er es besser. Sein Söhnchen hielt es in frecher Analogie wie die Zeit und heilte die Wunden, die seine Klauen schlugen. Maniküre und Pediküre waren bereits wieder überfällig. Nur wenn er lang genug in der Wanne gesessen hatte, ließen sich die unerhört harten Fußnägel, deren scharfe Kanten für einen enormen Sockenverbrauch sorgten, noch problemlos kurzknipsen. Diese Prozedur würde gleich einen weiteren Kampf kosten. Noch war er stärker. Wenn er ihn ein Weilchen in den Schwitzkasten nahm, ihm den Arm auf den Rücken drehte und ihn, das Gesicht nach unten, mit seinem vollen Erwachsenengewicht auf die Matratze drückte, ließ auch das wilde Um-sich-Schlagen der schlimmsten Tobsuchtsanfälle allmählich nach.

Angela folgte Immanuel durch die Praxis, sah ihm bei seiner Suche zu und überlegte, ob sie ihm noch etwas erklären könnte. Eigentlich wußte er schon alles, was ihr hier in Wartezimmer und Behandlungsraum geschehen war. Und so drollig Immanuel auch nach dem Selbstverständlichsten fragen konnte – was ihm einmal gesagt worden war, schien er sich mit maschinenhafter Präzision zu merken. Eben hatte er ihr, genau bis ins Detail und getreu bis in den nächtlichen Wortlaut, repetiert, wie ihre wehe Hand von Weiss geheilt worden war. Sie standen an Ort und Stelle. Immanuel sank auf die Knie und tastete über das hohe Schubfach, hinter dessen weißlackiertem Blech damals der rechte Arm von Weiss verborgen geblieben war.
«Da Sie das Schlüsselchen mit dem Haarbüschel nicht haben, muß ich das Schloß kaputtmachen.»
Angela hatte keine Ahnung, welchen Schlüssel er meinte. Und bevor sie sich klar darüber war, ob sie ihm das Kaputtmachen nicht besser untersagen sollte, hatte er schon die Fingerspitzen in die Rille am oberen Rand des Schubfachs gepreßt. Seine schmalen, bleichen Hände spannten sich. Das Fach ächzte widerständig. Dann begann sich das Blech zu biegen. Es wellte sich nach außen, als würde es von einer unsichtbaren Flamme erweicht. Lacksplitter hüpften vor ihre Füße, und der Riegel des kleinen Schlosses brach mit einem garstigen Knacken.
Aber noch klemmte die Lade. Die bereits zu einem Viertel herabgezwungene Front hatte sich verkantet. Ach, es war jammerschade um das hochwertige Möbel. Angela empfand ein schlechtes Gewissen gegenüber Herrn Schwartz. Der hatte

nirgends an der Ausstattung der Praxis gespart, rundum war es ihm auf Qualität und Schönheit angekommen. Als sie einmal, in der Anfangszeit, die wundervolle Walnußholzplatte der Empfangstheke gelobt hatte, war ihr von ihm umständlich stolz erklärt worden, in welchen Geschäften und Katalogen und auf welchen Internetseiten er dergleichen Prachtstücke entdecke. Wer das Schöne wirklich suche, finde es auch. Häßlich würden vor allem die Faulen leben. Dabei glitt ihm ein schiefes Lächeln übers Gesicht. Mit einer Koketterie, die Angela nie zuvor an ihm aufgefallen war und auch später nie wieder an ihm auffallen sollte, fügte er noch hinzu, was hier für Walnuß ausgegeben worden sei, habe er schon am Sargholz eingespart. Zehn Minuten von der Praxis entfernt, auf dem kleinen Friedhof bei Sankt Georg, habe er letzte Woche eine Grabstelle für sich und seine Mutter gekauft. Und die ultraschnell kompostierende Pappkiste, in der man ihn hinabsenken werde, eine schwedische Entwicklung, liege bereits folienverschweißt bei ihm im Keller.

Angela versuchte durch den Spalt in das Innere der Schublade zu spähen. Aber Immanuel schob sie beiseite. Seine Hände umschlossen die schief heruntergebogene Kante. Er rüttelte heftig und lang. Das Blech knatterte. Ein letzter Ruck, und das Fach sprang ihnen auf kreischenden Rollen entgegen. Es war leer. Es war so gut wie leer.

«Oh!» hauchte Immanuel, und er ergriff Angelas Rechte, um sie komplizenhaft kurz zu drücken. Sie sah, wie nervös seine Lider, wie feminin deren ungewöhnlich dichte Wimpern flatterten. Dann strich er mit den Fingerspitzen über den flachen Schaumstoff, der den Grund des Fachs bedeckte. «Er ist klein. Und er wird so klein bleiben. Es ist ein Gnom geworden.»

Zum ersten Mal hörte sie ihn flüstern. Sie schwieg. Aber ihr Magen hatte auf das Wörtchen Gnom, das sie nun nicht einmal zu wiederholen wagte, mit einem jähen Zusammenziehen geantwortet.

«Ist er böse?» fragte sie schließlich, über ihn gebeugt und so dicht an seinem Ohr, daß ihre Lippen den oberen Rand von dessen Muschel berührten.

Immanuel seufzte und schüttelte den Kopf, seufzte noch einmal, deutete ein Nicken an und hob das Schaumstoffrechteck heraus. Vorsichtig, als läge etwas Unsichtbares und zugleich Zerbrechliches darauf, trug er es zum Fenster hinüber.

«Was ist damit? Sag schon!»

Angela wiederholte ihre Frage, wiederholte sie ein zweites Mal, und dreimal tat es ihr wohl, Immanuel endlich zu duzen. In ihrer Wohnung hatte sie sich, als sein Name verhandelt wurde, noch geschworen, eisern am Sie festzuhalten, weil ihr das konsequente Siezen wie eine mechanische Kupplung, die verband und zugleich auf Abstand hielt, so kommod durch die zurückliegenden Stunden, durch den langen Tunnel ihres Monologs geholfen hatte. Nun jedoch schien das gemeinsame Tun die Direktheit des Du zu verlangen.

Draußen vor dem Fenster war ein blendender, ein grellblauer Sommervormittag angebrochen. Bald würden die ersten Busse eintreffen und architekturliebende, geschichtsgläubige oder schlicht neugierige Tagesausflügler in die Altstadtgassen ausschwärmen lassen. Das historische Zentrum von G. war rührend klein, aber für vier oder fünf Stunden Aufenthalt gab es mehr als genug zu sehen. Warm strömte das Licht über Angelas Hände. Zugleich fröstelte es sie am Rücken. Jetzt erst glaubte sie ihren Magen zu verstehen. Es handelte sich um etwas Harmloses: Er war es gewohnt, um diese Stunde bereits mit einem reichlichen Frühstück versorgt zu sein, und sie hatte sich einfach nicht erlaubt, den Hunger, der in ihr rumorte, zu bemerken.

Immanuel, der noch einen halben Schritt näher am Fenster

stand, schien die Sonne ins Gesicht. Er hielt die Augen zusammengekniffen, und Angela entdeckte die Fächer feiner Fältchen, die ihr bislang entgangen waren. Er war wohl doch nicht so jung, so blutjung, wie sie es eine halbe Mondnacht lang geglaubt hatte. Jetzt senkte er den Blick wieder auf das Schaumstoffstück. In dessen Poren hatten sich viele kurze, recht kräftige Haare verfangen. Das starke Licht ließ sie reinweiß erscheinen. Er schabte mit dem Zeigefingernagel, die Härchen lösten sich, und bald hatte er ein hübsches Büschel beisammen. Er nahm es zwischen Zeigefinger und Daumen, roch daran, und dann hielt er es auch ihr unter die Nase.
«Was ist es nur? Sag es mir, Angela.»
Der Geruch kam ihr vage bekannt vor, irgendwie gehörte er zu einer Familie von Düften, die ihr geläufig waren. Aber zu einem wirklichen Erkennen wollte es nicht reichen. Allenfalls ahnte sie, daß das Aroma etwas mit Tieren zu tun hatte. Und obwohl sie sich nun duzten, widerstrebte es ihr, mit Immanuel darüber zu rätseln, ob sie sich an Kaninchenstall, nasses Hundefell oder gar Katzenklo erinnert fühlten. Selbst wenn sie sich auf einen Ursprung einigen könnten, auf Meerschweinchen oder Nymphensittich, auf etwas Kurzbeiniges oder etwas Geflügeltes, die gleiche Art Erinnerung würde es wohl nicht sein. Sie unterband jeden weiteren derartigen Gedanken. Vielleicht rührte ihr Unwillen, die animalische Duftnote zu identifizieren, ja auch bloß daher, daß ihr der Hunger inzwischen bis in den Hals hinaufpochte.
«Ja, wir sollten etwas essen, Angela. Wir müssen beide bei Kräften sein, wenn es zum Kampf kommt.»
Angela nickte. Das klang vernünftig, auch wenn sie es nicht verstand. Zurück in ihre Wohnung wollte sie auf keinen Fall. Also schlug sie vor, frühstücken zu gehen. Sie kenne ein nettes neues Café am Fuß der Altstadt. Dort könne er auch damit be-

ginnen, sich an öffentliche Orte und an weitere Menschen zu gewöhnen.

«Liegt es Richtung Norden?» Sein rechter Zeigefinger tippte auf die Fensterscheibe.

Ihre Vorstellung folgte der angegebenen Richtung. Ja, ungefähr dorthin wolle sie sich mit ihm auf den Weg machen. Die zehn Minuten Fußmarsch kämen ihr gerade recht. Zumindest sie müsse jetzt ihre Beine in Bewegung spüren.

«Norden ist gut!» sagte Immanuel heiter, legte das Schaumstoffkissen sorgfältig an seinen Platz zurück, stieß mit dem Fuß, mit der Sohle der geliehenen Plastiklatsche, die Schublade in den Schrank, bückte sich dann sogar, um deren Front, so gut es noch ging, wieder geradezubiegen.

Angela gefiel, daß es ihm auf Ordnung ankam. Es beruhigte sie. Und dieses Gefühl oder vielleicht eher das Wort, das es bezeichnete, ließ sie kurz an Frau Blumenthal denken, die sich vor Hunden ängstigte, aber einmal zu ihr gesagt hatte, wie beruhigend es doch sei, daß jedes dieser unberechenbaren Tiere, vom niedlichsten Schoßhündchen bis zum schärfsten Dobermann, eine Steuermarke am Halsband tragen müsse.

Schwartz kochte sich Kaffee. Seine Handmühle zerkleinerte die Bohnen so langsam, daß sich das mittelgrobe Pulver dabei kaum erwärmte. Der vorzeitige Aromaverlust durch Reibungshitze war der große Nachteil aller schnelldrehenden elektrischen Mahlwerke. Dergleichen nivellierte die beste Bohne. Die kleine Privatrösterei in Düsseldorf, von der er fünfzehn Jahre lang seine ultimative Lieblingssorte bezogen hatte, gehörte seit dem Frühling leider für immer der Vergangenheit an. Bei ihrem Besitzer, einem Italiener im besten Alter, war letztes Jahr Krebs entdeckt worden. Keiner seiner drei Söhne wollte das Feinkostgeschäft in der Nähe des Bahnhofs übernehmen. Zwei hatten in der Telekommunikationsbranche ihr Auskommen gefunden, der jüngste war Gynäkologe geworden. Dieser hatte, nachdem die Prostatageschwulst identifiziert war, Schwartz, den alten Kunden seines Vaters, um eine Kontrolldiagnose gebeten. Der wiederum forderte Weiss auf, sich die Ulltraschallaufnahmen, die Computertomographiebilder und die Analysewerte des Patienten anzusehen.

Als der lebenslustige und lebensmutige Italiener dann ohne Hosen vor ihnen stand, als ihn Schwartz, auf die Erfahrung seiner Fingerkuppe vertrauend, inwendig abtastete, beschränkte sich Weiss aufreizend passiv darauf, die grauen Schläfen des Mannes aus der Nähe zu mustern. Schließlich bat er den Feinkosthändler und Kaffeeröster, sich doch bitte schön einige der Härchen, die ihm gekräuselt und silbriggrau in den Ohrmuscheln sprossen, mit einer Pinzette auszurupfen. Ein Stündchen später, sie hatten sich beide um andere Patienten gekümmert, kamen sie im Labor der Praxis wieder zusammen. Weiss saß beim Mikroskop. Das Gerät war ausgeschaltet. Er hatte seine Praxisschuhe ausgezogen. Seine Füße lagen auf einem Hocker. Unter dessen Beine hatte er seinen roten Rucksack geklemmt, als müßte das Stahlrohr den Beutel fixieren.

«Tut mir leid. Dein Mann hat Pech. Es handelt sich um die rasante Sorte. Man sollte ihn nicht mehr mit Messer und Chemie quälen. Ab nach Hause mit ihm. Am besten, du sagst das seinem Sohn. Und kauf dir deinen Kaffee auf Vorrat!»

Schwartz war damals wütend auf ihn gewesen. Wie der verantwortliche Urologe hielt er die Geschwulst für behandelbar und die ins Auge gefaßte Therapie für aussichtsreich. Aber schon das folgende Vierteljahr sollte Weiss recht geben. Bei einem seiner letzten Düsseldorf-Besuche mußte Schwartz den Kaffeeröster mit einem schlichten Handschlag zum Sterben in die Heimat verabschieden. Auch die lakonische Empfehlung, die ihn insgeheim fast noch mehr als die Prognose erbost hatte, wurde in die Tat umgesetzt. Dem Todgeweihten war es eine Ehre: Fünf Zehn-Kilo-Säckchen der Espresso-Hausmischung gingen über die Ladentheke und reisten mit Schwartz im Kofferraum seines Mercedes gen Osten.

Er schäumte Milch auf, als das Telefon klingelte. Dies mußte, wie verabredet, Elena sein. Auch wenn sie gelegentlich auf die allerletzte Minute zum Praxisdienst eintrudelte – gerade die letzten Tage bestätigten ihn darin, daß er sich in allem Wesentlichen auf sie verlassen konnte. Und einem schönen Menschen vertrauen zu dürfen war von kaum zu überbietendem Reiz. Er verbrannte sich die Finger am Milchtöpfchen, weil er sich noch schnell seine Schale füllte. Aber dann gelang es ihm, sich sonntäglich gelassen und maßvoll freundlich, also nicht auffällig herzlich am Telefon zu melden.

Elena flüsterte. Sie müsse sich kurz fassen, ihre Mutter sei nur für einen Moment ins Bad. Gleich wollten sie zusammen zur Messe aufbrechen, und anschließend würden sie das herrliche Wetter zu einem kleinen Spaziergang in den Park am Kulturpalast nutzen. Vor dessen Portal könne man dann ganz unverdächtig aufeinandertreffen. Sie werde ihn ihrer Mutter vorstellen. Und zu einer Einladung auf ein Täßchen Kaffee und ein Stück Kuchen könne diese dann gewiß nicht nein sagen. Nach dem Gottesdienst gelüste es sie oft nach etwas Süßem, vor allem wenn lang und gut gepredigt worden sei.

Ohne Abschiedswort legte Elena auf, und das Schmatzen der Unterbrechung im Ohr, spürte Schwartz plötzlich, daß er selbst dringend einen Schuß Zucker nötig hatte. Im Kühlschrank lag noch das Tütchen mit den belgischen Pralinen. Es bestanden gute Aussichten, daß ihm diese Kugel für Kugel schmecken würden. Sie stammten aus dem Café, in dem er sich gestern spätabends, mit festlich großer Freude und zeitlupenlangsam, zwei Stück

Torte einverleibt hatte. Bis Mitternacht war er direkt an der Eingangstür des Lokals gesessen, hatte sich zuletzt zum besten Wein, den die Karte hergab, noch von den belgischen Pralinen bestellt. Es hatte in der Tat etwas zu feiern gegeben. Denn auf dem Weg die Bahnhofstraße hinunter hatte ihn auf dem letzten Abschnitt statt des widerlichen Backstubengestanks, von dem er am Rand der Altstadt bislang stets erwartet worden war, ein himmlisch feiner Pflanzenduft umfangen. Verwirrt war er stehengeblieben. Noch immer konnte er nicht anders, als in einem solchen Fall nach einem äußeren Grund zu suchen. Nirgends war ein Baum zu entdecken. Wenn es die blühende Linde, die er roch, überhaupt gab, mußte sie in einem der Hinterhöfe stehen.

Weit mehr als das Aufkommen des neuen Geruchs bedeutete ihm das Ausbleiben des alten. Dessen vage, einem billigen Rumaroma nicht unähnliche Süße würde ihm für immer als ein moderner Pesthauch in Erinnerung bleiben. Das erste Mal war ihm der üble Dunst in die Nase gestoßen, als er sich im Spätsommer letzten Jahres von einem Parkplatz auf den Weg hinauf zum Untermarkt gemacht hatte. Unsicher, ja fast mit einem Anflug von Scham hatte er sich erstmals dem steinernen Herzen seiner Geburtsstadt genähert. Solange sein Vater am Leben gewesen war, hatten er und seine Mutter sich dessen über viele Jahre eisern ehrenwertem, irgendwann aber bloß noch verknöchertem Diktat gebeugt, die Familie werde erst nach G. fahren, wenn dort der Bann der bösen Lehre gebrochen sei. Denn die Zwangsherrschaft einer Ideologie verunstalte nicht nur die Menschen, sondern in gleichem Maß auch die Dinge. Erst wenn das freie Wort wieder über die Dächer von G. wehe, sei der Ziegel erneut rot und der Schiefer grau wie einst, in eine Schattenheimat dürfe man keinesfalls heimkehren. Seine Mutter und er hatten zuletzt nur verlegen geschwiegen, sobald der Alte auf diese Weise herumschwadroniert hatte. Just im Jahr des Mauerfalls war er gestorben, und in den beiden halbwegs guten Jahren, die seiner Mutter noch vergönnt waren, hatte es lediglich zu halbherzigen Reiseplänen, zum Blättern in Prospekten, zum mehrmaligen gemeinsamen Ansehen einer Fernsehdokumentation über G., die er auf Video mitgeschnitten hatte, gereicht.

Wie erhofft waren die eiskalten Pralinen köstlich, und Schwartz fand, daß er sich jede einzelne verdient hatte. Eine aufreibende Woche lag hinter ihm. Gleich am Montag kam die lang schon überfällige Sache mit Elena ins Rutschen. Frau Blumenthal stand bei ihr an der Empfangstheke, und während er etwas in der Patientendatei nachprüfte, bestaunte er mit einem langen Seitenblick ihre bestürzend glatten Hände. Er wußte recht genau, wie heikel die chirurgische Aufarbeitung von Alterserscheinungen am Handrücken und an den Fingern war. In Düsseldorf hatte er eine in seinen zwei Praxisjahrzehnten zur Greisin gewordene, aber schönheitsbesessen gebliebene Patientin bei der Planung genau dieser Korrekturen beraten und sie schließlich in eine seriös wirkende Schweizer Klinik geschickt. Am Montag hätte er Frau Blumenthal gerne gefragt, wo sie sich die Adern und Altersflecken habe entfernen lassen und für welchen Preis eine solche Spitzenleistung in Deutschland zur Zeit erhältlich sei. Vielleicht hatte sie sich ja in Polen unters Messer gelegt? Aber sie einfach darauf anzusprechen war im offenen Bereich der Praxis und vor Elena natürlich unmöglich gewesen. Er hatte sich vorgenommen, bei Gelegenheit einmal mit Weiss über die Hände von dessen Lieblingspatientin zu reden. Elena hingegen hatte nur gewartet, bis die Tür hinter Frau Blumenthal zugefallen war. Dann eilte sie ihm in die Teeküche nach und feuerte ihre Frage auf ihn ab:

«Sie haben es gerochen, Herr Doktor! Erzählen Sie mir jetzt bloß nicht, daß Sie es nicht gerochen haben!»

Elena war bezaubernd, wenn sie sich echauffierte. Jeder Kerl, der noch nicht jenseits von Gut und Böse war, hatte gefälligst mit einem geschlechtlichen Impuls, mit dem Aufblitzen eines Begehrens darauf zu reagieren. Er wußte das, dachte sogar im selben Augenblick an diese seine Pflicht als Mann und stand doch stumm und mit einem dämlichen, wahrscheinlich sogar erzblöden Gesichtsausdruck vor ihr. Denn nackt, nackt bis auf die Knochen kam er sich vor.

Sie schien es zu wissen.

Womit hatte er sich verraten? Und warum nur mußte ihn ausgerechnet Elena enttarnen? Bis eben war es ein ungetrübtes Glück gewesen, sie die ganze Arbeitswoche in der Nähe zu wissen. Jeden Tag hatte er sich ein wenig mehr an ihrem Charme, an ihrer blitzhellen, völlig uneitlen Intelligenz erfreut. Jetzt jedoch spürte er ihretwegen einen eisigen Hauch am Hinterkopf. Sie wußte über ihn Bescheid. Ihm war, als wäre er bereits für die kommende, für die unumgängliche Operation rasiert, als wartete sein Schädel, kahl und desinfiziert, nur noch darauf, daß ihn Bohrer, Säge und Laser traktierten.

«Sie müssen es doch gerochen haben! Diese Blumen, jetzt fällt mir der deutsche Name nicht ein. Herr Doktor, diese weißen Blümchen, die giftig sind ...»

Schwartz liebte Blumen. In Düsseldorf hatte er für die Sträuße und Gestecke, die Praxis wie Wohnung schmückten, fast soviel Geld wie für Wein ausgegeben. Er glaubte zu ahnen, worauf Elena anspielte. Anscheinend hatte sie beobachtet, wie mißtrauisch er an den gelieferten Schnittblumen schnupperte. Es gab nur eine einzige passable Floristin in G., und ihr Laden lag mitten in der Altstadt. Zweimal war ihm, gebeugt über eine von dort eingetroffene Sendung, trügerisch wirklich der Backstubenmief in die Nase gestiegen, als hätte er sich ihm zum Hohn in den Lagen des dünnen Einwickelpapiers verfangen.

«Maiglöckchen! Mutter Gottes, Maiglöckchen!»
Elenas kleine Faust boxte ihm hierzu zweimal gegen den linken Ellenbogen, was seine Verwirrung weiter steigerte. Sooft sie eine ihrer deutschen Kolleginnen schwesterlich in den Arm nahm, so gerne sie die Kinder und die Alten unter den Patienten herzte, ihn oder Weiss, die Chefs, ähnlich unvermittelt zu berühren war selbstverständlich tabu. Maiglöckchen? Schwartz wich vor ihr zurück, soweit dies die Teeküche zuließ. Was hatten diese bescheidenen Frühlingsblumen, diese ästhetisch absolut uninteressanten Gewächse, mit seinen Geruchshalluzinationen zu tun, mit dem Tumor, der sie wahrscheinlich verursachte und dessen mutmaßliche Existenz er bis jetzt vor allen verheimlichte?
«Sie hat ihr Maiglöckchenparfüm aufgegeben. Für irgendein modernes Zeug. Jetzt riecht sie wie aus dem Russen-Bordell. Und schuld ist der Herr Doktor!»
«Ich? Ich bin schuld?» flüsterte Schwartz, den Rücken gegen den Kühlschrank gepreßt, und fühlte das Verschulden, von dem sie sprach und von dessen Wesen er keinerlei Vorstellung hatte, bereits als eine bleischwere Last im Nacken. Elena jedoch beachtete seine Frage nicht weiter, sondern tippte sich nur mehrmals vielsagend gegen ihre hohe, schön gewölbte Stirn und verließ energischen Schritts die Teeküche. Erst als er sich mit zitternden Händen von dem lausigen Filterkaffee einschenkte, den die Sprechstundenhilfen den ganzen Tag in sich hineinschütteten, als er sogar einen und dann noch einen zweiten Schluck davon trank, kapierte er, worum es ihr in Wirklichkeit gegangen war. Der Becher half ihm auf die Sprünge. Der Pott, den er sich blindlings gegriffen hatte, half ihm auf den Boden der Tatsachen zurück. «Man ist so jung, wie man sich ohne Brille sieht!» stand in knallgrünen Großbuchstaben, in falscher, in häßlich simplifizierter Fraktur auf das Porzellan geschrieben.

Das war es.

Genau dies war es gewesen.

Frau Blumenthal hatte an der Theke etwas ausgefüllt. Ihre anstößig glatten Hände lagen auf einem kleinbedruckten Formular. Die Linke hielt ihr schmales Brillenetui, aus dem die Bügelenden der Brille ragten. Ihm war ganz am Anfang, bei einem ihrer ersten Praxisbesuche, aufgefallen, wie hübsch betulich, wie reizend damenhaft es aussah, wenn sie sich das zierliche Gestell auf die Nase setzte. Wahrscheinlich hatte sie auch vorhin das Etui in alter Gewohnheit gezückt, dann aber doch versäumt, ihre obsolet gewordene Sehhilfe pro forma in Stellung zu bringen. Nicht alle, die etwas zu verheimlichen hatten, waren so vorsichtig wie er. Frau Blumenthal, die einstige Schauspielerin, hatte offensichtlich nicht bedacht, daß es klug sein könnte, in der Praxis von Schwartz & Weiss weiterhin die Altersweitsichtige zu mimen.

Schwartz zupfte die letzte Praline aus dem Zellophan, zerbiß sie erst, als ein letzter Schluck Kaffee ihre Krokantkruste umspülte. Elenas Augen waren voll Verständnis gewesen, als er ihr nach einigem Hin und Her gesagt hatte, daß etwas in ihm davor zurückschrecke, Frau Blumenthal genauer unter die Lupe zu nehmen. Ihr gehe es wie ihm. Mit Frau Blumenthal sei gewiß nicht zu spaßen. Herr Doktor Weiss, den sie bei aller Klugheit, ja gerade wegen seiner aggressiven Klugheit für recht naiv halte, ahne wohl nicht, wem er da seine Kunst so freigebig zur Verfügung stelle. Vielleicht biete ihre Mutter, bei der der Fall ähnlich stehe, eine bessere Möglichkeit, der Wahrheit auf die Spur zu kommen.

Als unten die Wohnungstür seines Kollegen zufiel, beschloß Weiss, das Nägelschneiden hinter sich zu bringen. Aber die Hand auf der Badezimmerklinke, hörte er den Kleinen summen und brummeln, melodiös wie nie zuvor, und dies rührte ihn so, daß er auf Zehenspitzen kehrtmachte und sich wieder an den Tisch setzte. Der grüne Tee war bitter geworden. Wie schon oft hatte er vergessen, den Beutel aus der Kanne zu nehmen. Er wußte inzwischen, zu welchen Verwicklungen derartige Nachlässigkeiten führen konnten. An einem Tag im Mai waren in der Mittagspause nur Elena und er in der Praxis geblieben. Als sie beobachtete, wie gedankenverloren er mit einem ähnlich ungenießbar gewordenen Aufguß einen Schokokeks nach dem anderen hinunterspülte, fragte sie ihn, ob sich denn niemand darum kümmere, daß er vernünftig esse und trinke.

Weiss haßte es, wenn Frauen ihm mütterlich kamen. Zudem waren seine Nerven an diesem Tag nicht die besten. Der Kleine hatte während der Sprechstunde arg auffällig in seinem Fach herumrumort. Ausgerechnet während er Frau Blumenthal untersucht hatte, waren ein kurzes Poltern und sogar ein Kichern zu hören gewesen. Die alte Dame hatte nichts gesagt, aber seine Besorgnis bemerkt und diese wohl auch weitgehend richtig gedeutet. Zumindest hatte sie, den Blick fest auf die Behausung des Kleinen gerichtet, in einer Art verhohlenem Tauschgeschäft eine extragründliche Untersuchung samt eines umständlichen Gesprächs über Gott, die Welt und ihr Wohlbefinden erzwungen.

Elenas offensive Fürsorge erwischte ihn also auf dem falschen Fuß. Heiß schoß ihm auf ihre Frage die Wut in Hals und Stirn. Mit knackenden Kiefern schaffte er es zunächst noch, sich eine gereizte Antwort zu verbeißen, aber gewiß hatte sie es in seinen zusammengekniffenen Augen blitzen sehen. Dennoch hakte sie nach und meinte, wer den anderen Gesundheit predige, solle auch auf den eigenen Lebenswandel achten. Eine ausgeglichene Ernährung gehöre dazu. Er könne gerne eines ihrer Käsebrote und einen halben Apfel haben. Dann nahm sie, ohne ihn zu fragen, die halbleere Kekspackung vom Tisch. In diesem Moment zersprang ihm die Teetasse in der Hand. Scheinbar unbeeindruckt verstaute Elena die Kekse im Schrank. Selbst als er die nassen Scherben mit blutigen Fingern vom Tisch fegte, suchte sie nicht, wie von ihm erwartet, fluchtartig das Weite, sondern stampfte zweimal mit dem Absatz auf und ging demonstrativ langsam hinaus, um Verbandszeug zu holen. Es war dann nur ein Pflaster nötig, und während sie seine zitternden Finger hielt, schaffte er es, sich halbwegs glaubwürdig für seinen Jähzorn zu entschuldigen. Dies wirkte allerdings nur noch verzögernd. Der Damm war gebrochen. Nahezu zwangsläufig war es spät am Abend desselben Tages auf einer Liege in einem der Behandlungszimmer zum ersten ernsten geschlechtlichen Zwischenfall zwischen ihm und ihr gekommen.

Weiss setzte noch einmal Teewasser auf. Es war bereits ein Fehler gewesen, Elenas Mutter zu behandeln. Auch wenn man es vermochte, durfte man nicht jeden x-beliebigen gesund machen. Im Gegenteil, den meisten Hilfeheischenden durften, wie sie es insgeheim wünschten, ihre Wehwehchen nicht weggenommen werden. So blieb Männlein wie Weiblein der mühselig lange Weg ins Nichtsein auf eine trostreiche Weise mit Krankheit und Gebrechen gepflastert. Elena, ihrem hellen schlesischen Lachen zuliebe, hatte er sich, den Kleinen im Rucksack, auf die polnische Seite des Flusses begeben. Danach war die Suppe eingebrockt. Elenas Mutter färbte sich wieder die Haare und polierte ihre Deutschkenntnisse auf, indem sie sich mit einem rüstigen Witwer aus Göttingen zum Kaffeetrinken traf. Den hatte sie laut ihrer Tochter einfach so kennengelernt. Auf dem Untermarkt war ihr an einem Stand das Portemonnaie aus der Hand gefallen, worauf er galant in die knacksenden Knie gesunken war, um es für sie aufzuheben. Ursprünglich nur für einen Ta-

gesausflug nach G. gereist, hatte sich der alte Knabe dann sogleich ein Hotelzimmer genommen, um seiner Bekanntschaft den Hof zu machen. Elena, die ihre Mutter kannte, prophezeite, die Angelegenheit werde über kurz oder lang ins Bett, dann auf die Kanaren, eventuell sogar aufs Standesamt führen.
An dergleichen Exzessen waren er und der Kleine schuld. Der gute Schwartz ahnte weiterhin nichts, blieb blind, selbst wenn ihm die Folgen des kollegialen Übermuts frisch parfümiert vor der Nase herumspazierten. Weiss trank seine Tasse leer, griff sich das Nagelzänglein und stand auf. An der Badtür verspürte er die dringliche, fast unwiderstehliche Versuchung anzuklopfen und staunte über die bizarre Anwandlung. Genausogut könnte er in Zukunft gegen seinen Hosenschlitz klopfen, bevor er den Reißverschluß aufzog. Solange er noch halbwegs bei Verstand war, solange er sein eigen Fleisch und Blut von fremdem unterscheiden konnte, durfte es nicht zu solchen Verrücktheiten kommen. Das Gegenteil war nötig. Er würde dem verzogenen Bürschchen die Nägel nun so gründlich kappen, daß es ihm, dem Erzeuger, noch einmal, wie bei der allerersten Beschneidung, simultan in Fingern und Zehen weh tun würde.
Die Wanne jedoch war leer.
Auch Kleider und Schuhe waren verschwunden.
Sein Söhnchen war es gewohnt, sich klein zu machen. Aus dem Sack entlassen, hatte es sich manchmal lange, die Oberschenkel an die Brust gezogen, die Nase auf den Knien, in eine Ecke gekauert. Aber hier im Bad gab es keine Möglichkeit, sich so, als eine stumme und kompakte Kugel, zu verstecken. Weiss wunderte sich, wie schwach, wie matt sein Erschrecken ausfiel. Auch Angst und Sorge, die ihm jetzt gutgetan hätten, blieben aus. Statt dessen machte ihn eine Mischung aus Trauer und Erleichterung schwindeln. Es war also noch schneller dazu gekommen, als er befürchtet hatte. Er setzte sich auf den

Wannenrand, warf das extrastarke Zänglein, das eigens für diesen Zweck angeschaffte, nun obsolet gewordene Werkzeug, ins Wasser. Es klackte auf das Acryl des Wannengrunds. Der Schaum knisterte. Weiss studierte die Struktur der Poren und Blasen. Das Baden war dringend an der Zeit gewesen. Sein Knäblein blieb ein rechter Dreckspatz. Allerdings schien er sich zum ersten Mal alleine ordentlich abgeschrubbt zu haben. Also hatte sich die Erziehungsmüh doch gelohnt. Seine Hand tauchte nach dem Badewannenstöpsel. Die Wanne leerte sich schnell. Aus der Höhe der fettigen Schmutzränder, aus dem Abstand der beiden Wasserstandslinien, hätte sich nun ein naturwissenschaftlich beschlagener Zeitgenosse, Kollege Schwartz oder ihre überqualifizierte Hausmeisterin, das Volumen und das Gewicht des Entsprungenen errechnen können.

Das Badezimmerfenster lag direkt unter der Decke. Weiss hatte im Verlauf der letzten Monate staunend beobachtet, wie enorm muskulös sein Sprößling geworden war, aber er hätte nicht gedacht, daß er so hoch springen konnte. Schwarze Schmierer verrieten, wo er sich, die Finger ans Fensterbrett gekrallt, mit den Schuhkanten nach oben geschoben hatte. Fast war er ein wenig stolz auf ihn.

Das Badetuch hing noch zusammengefaltet auf dem Bügel. Offensichtlich war er pitschenaß in die Kleider gefahren. Auch die Taschenlampe war weg. In Zukunft mußte sich der Kleine die Batterien selbst besorgen. Eine Socke lag vor dem Spiegel, und Weiss sah sich in dessen Glas darüber lächeln. Es war eine Marotte des Kerlchens, die, obwohl vielfach getadelt, immer wieder mit ihm durchgegangen war. Und weil Weiss ähnliches aus seiner Kindheit kannte, weil auch er seine Mutter mit seltsamen Bekleidungsticks zur Verzweiflung gebracht hatte, ergriff ihn der Anblick des auf die Fliesen gekrümmten Söckchens. War es nicht liebenswert? War es nun nicht jede Liebe wert, daß sein ausgebrochenes, daß sein fliehendes Söhnchen wieder einmal mit einem bestrumpften und mit einem nackten Fuß in den Schuhen steckte?

Kein Gefühl war den Menschen von Anfang an gegeben. Jede ihrer berühmten Regungen haben sie sich aus den Nöten des Augenblicks, aus dem Strandgut zufälligen Aufruhrs zusammenbasteln müssen. Auch heute läßt sich beobachten, wie die Alten den Jungen recht umständlich und nicht immer erfolgreich beim Aufrichten ihrer Affekte zu helfen versuchen. Klötzchen auf Klötzchen, Hölzchen über Hölzchen, eigenhändig und Hand in Hand, baut sich ein Gemüt neben das andere. Und in einer Zeit, wo die meisten nicht über ein rohes Fundament und ein paar nackte, halbhohe Pfeiler hinauskommen, sehen wir erneut, daß sich die Ruinenbaukunst zur Seelenkunde der Epoche aufschwingt.

Die Bahnhofstraße von G. war eine todtraurige Wegstrecke. Angela hätte dies wissen müssen. Aber erst als sie schon ein Dutzend kahler Schaufenster passiert hatten, begriff sie, wie selten sie sich den Anblick der verödeten Geschäfte in den letzten Monaten zugemutet hatte. In instinktiver Voraussicht war sie nie, kein einziges Mal, an einem Sonntagvormittag hierhergekommen. Das Feiertägliche brauchte den Vorlauf bewegter Werktage, um durch seinen Stillstand aufglänzen zu können. Der Bahnhofstraße jedoch war jedes respektable Gewerbe verlorengegangen. Die Steh-Pizzeria oder der Alles-für-einen-Euro-Laden machte das Verschwundene nicht wett. Höhnisch laut rasselte die Straßenbahn durch die leblos gewordene Schneise. Wer lange genug ohne Arbeit war, vermied gewisse Spiegelungen im Kollektiven und ging, falls es ihn doch in eine solche Straße verschlug, sogleich etwas schneller.

Mit einem hohlen Gefühl im Leib stand Angela hinter Imma-

nuel, der die Nase an das Schaufensterglas eines aufgegebenen Geschäfts drückte. Sie las, daß der Laden Der Weiße Hai geheißen hatte und auf den An- und Verkauf von Waschmaschinen und Kühlschränken spezialisiert gewesen war, aber auch mit kleinerem gebrauchten Elektrokram hatte man gehandelt. Ein Teil der Waren stand noch da, in einer Unordnung, die sich Richtung Tür verdichtete, als hätte eine starke Strömung, eine finale Ebbe, das bis zuletzt Unverkäufliche Richtung Tür gezogen. Angela wollte weiter, Immanuel jedoch erspähte ein für ihn interessantes Teil nach dem anderen im Gerätedurcheinander und freute sich daran, daß er es erkannte.
«Oh, Angela! Ein Radio mit einer Kurbel. Es braucht keine Steckdose und keine Batterien. Man lädt einen Akkumulator auf, indem man selbst Strom erzeugt.»
Was sollte sie dazu sagen. Seit sie ihr Töchterchen an der Hand gehalten hatte, war sie nicht mehr genötigt gewesen, die Welt, so wie sie Ding für Ding bloßlag, in Erklärung oder Erzählung zu kleiden. Sie wußte, daß es solche Radios gab. Sie waren für irgendwelche afrikanischen Dörfer oder Slums ohne Stromversorgung erdacht worden. Wo dieses nach G. verirrte Ding im Wust des Zurückgelassenen stand, vermochte sie, obwohl Immanuel eifrig an die schmutzstarrende Scheibe tippte, nicht zu entdecken.
«Da, hinter dem Achtfach-Eierkocher! Da, neben dem Gerät, mit dem man selber Joghurt machen kann!»
Alles schien ihm zu gefallen, fast jeden Apparat konnte er benennen, und falls ihm der Name nicht gleich zu Gebote stand, beschrieb er einfach die Verwendung und landete auf diesem Wege meist bei der richtigen, zumindest bei einer verständlichen Bezeichnung.
«Ein Wackelstab! Ich meine: ein Massierknüppel. Ich weiß, wie die Vibration erzeugt wird!»

Angela zog ihn weiter. Auch ihr war geläufig, mit welchen technischen Bauteilen man mechanische Schwingungen hoher Frequenz und geringer Amplitude, die in diesem Falle erwünschte Kombination, erzeugen konnte. Sie wollte jetzt nichts von Kupferwicklungen und Magneten hören. Immanuel folgte ihr gehorsam. Sein Blick flog voraus, und erst als es zu spät war, diskret die Straßenseite zu wechseln, sah sie, daß sie vom Regen in die Traufe, daß sie vom Weißen Hai zu Minerva Total Fitness gekommen waren. Die beiden breiten Fenster des Frauen-Sportcenters hatten früher der Buchhandlung Volk & Geist gehört. Als die verwaisten Räume von Angelas ehemaliger Institutsgenossin Gudrun angemietet worden waren, lag die Scheidung dieser sozialistischen Zwangsehe, wie Gudrun die Verbindung von Geist und Volk genannt hatte, schon einige Jahre zurück. Dennoch hatte sich in den hinteren Räumen eine gute Tonne Druckwerke erhalten. Das alles mußte endgültig weg, und Angela hatte einen ganzen langen Nachmittag mitgeholfen, die Bücher, Broschüren und Zeitschriften für den Abtransport in Pappkartons zu füllen.

Dabei fiel ihnen, den gewesenen Naturwissenschaftlerinnen, allerlei Einschlägiges in die Hände. Zuerst waren es vor allem Bildbände, die zum Aufschlagen verlockten. Wahrscheinlich hofften sie insgeheim beide, daß sich das Vergangene wenigstens im starren Abbild einen Rest seiner Daseinswürde bewahrt hätte. Doch nicht nur die Frisuren und die schmucken Kittel der Werktätigen, nicht nur die Maschinen und deren blitzendes Blech, sogar die Farbe des damaligen Himmels war lächerlich geworden. So zog es die Frauen in den Text. Auf zwei Stapel dunkelblauer Bände gehockt, lasen sich Angela und Gudrun ein Weilchen besonders markige Passagen aus «Frau und Technik im dialektischen Materialismus» vor. Vor allem im Kapitel «Gefühlskultur und Arbeitsleben» fanden sich Sätze, die sie gar nicht mehr aus dem Kopfschütteln und Kichern herauskommen ließen.

Im Frühjahr hatte Angela dann noch mitgekriegt, wie zäh das Fitneßstudio anlief. Die rosa lackierten Gerätschaften von Minerva Total Fitness schienen vergeblich um die weiblichen Muskeln von G. zu buhlen. Angela hatte damals sogar erwogen, ein Solidaritätsabonnement zu erwerben, obwohl ihr Sport dieser Art ein Greuel war. Die noble Absicht war allerdings bald wieder verflogen, und statt dessen hatte sie den Ort, wo Gudrun der Ruin als Unternehmerin drohte, umgangen. Irgendwann jedoch mußte sich das Blatt gewendet haben. Die Existenzgründerin hatte es offensichtlich geschafft. Alle Trainingsmaschinen waren, soweit Immanuel und sie in die Tiefe der Räumlichkeit blicken konnten, mit ziehenden und drückenden, mit strampelnden, rudernden und auf der Stelle joggenden Weibsbildern bemannt.

«Es soll sie zugleich stark und dünn machen?»

Immanuel schüttelte ungläubig den Kopf und sah dann fragend Angela an, als warte er darauf, daß sie ihm den märchenhaft widersprüchlichen Zusammenhang zwischen Muskelzuwachs und Schlankheit erläutere. Schon lag Angela eine Erklärung auf den Lippen. Gerade wollte sie ihm etwas über die hormonell bedingten Grenzen des Muskelaufbaus im weiblichen Körper erzählen, als sie Gudrun entdeckte. Hinter den Laufbändern, hinter drei auf dem genoppten Gummi um die Wette hechelnden Altersgenossinnen, stand ihre einstige Kollegin, ein leuchtend oranges Frotteeband um die Stirn. Sie beugte sich zu einer zierlichen Kundin in einem lindgrünen Trainingsanzug hinunter, die routiniert an den Riemen eines Rudergeräts hebelte. Erschrocken trat Angela einen Schritt zurück, duckte sich vorsichtshalber sogar hinter Immanuels breite Schultern. Je länger sie mit ihm zusammen war, desto kräftiger kam er ihr vor, zumindest fiel ihr jetzt erstmals auf, daß sich der Halsausschnitt ihres Pullovers um einen wirklich vorbildlich entwickelten Nacken spannte, um Muskelstränge, die unübersehbar kein Training nötig hatten.

«Können wir einfach hineingehen? Darf ich die kleine Frau mit den braunen Haaren zum Reden zwingen?»

Angela beobachtete, wie Gudrun in die Hocke sank, um etwas an der Trainingsmaschine zu verstellen, und dann die Hände unter Frau Blumenthals Achseln schob und deren Haltung korrigierte.

«Ich möchte ihr angst machen, damit sie mit der Wahrheit herausrückt. Sie kennt den Gnom. Sie konspiriert mit ihm. Sagt man so? Konspirieren? Sagt man: unter einem Kopfkissen oder unter einer Decke stecken? Ich will sie bloß durchschütteln und sie anschreien. Ist das schon verboten? Kommt dann die Polizei?»

Gudrun hatte sich wieder aufgerichtet, sie verschränkte die Unterarme auf dem Rücken. Genau so hatte sie früher im Institut vor den Meßgeräten gestanden. Auch hier in den neuen Verhältnissen sah diese Pose wunderbar fachfraulich aus. Offensichtlich prüfte sie, wie ihre Kundin mit dem neuen Widerstandsniveau zurechtkam. Frau Blumenthal stemmte sich mit famoser Energie in die Riemen. Ihr schulterlanges Haar flutete vor und zurück, daß es eine glänzende Pracht war. Haare, mit denen man für ein Shampoo Werbung machen könnte, dachte Angela noch, nicht ohne einen Anflug von Neid, bevor sie Immanuel am Ärmel vom Schaufenster wegzerrte.

Schwartz hatte sich entschlossen, zum ersten Mal die vielgerühmte neue Brücke nach Polen hinüber zu nehmen, den Käuzchensteg, wie ihn die Einwohner von G. getauft hatten, was, bezogen auf ein technisches Bauwerk, komisch naturselig, für seinen Geschmack sogar albern klang. Seit die Fußgängerbrücke im Frühsommer in Betrieb genommen worden war, bedeutete sie für ihn den kürzesten Weg auf die andere Seite der Neiße. Aber in den letzten Wochen hatte es sich einfach nicht ergeben, sie zu nutzen. Immerhin war ihr Abbild zu ihm gelangt. Die Brücke hatte es bis in die Hauptnachrichtensendungen des Fernsehens geschafft, da zu ihrer feierlichen binationalen Einweihung sowohl die deutsche Kanzlerin als auch der polnische Staatspräsident angereist waren.

Dabei hatte es sich genaugenommen bloß um eine Wiederinbetriebnahme gehandelt. Mit dem Käuzchensteg war ein Monument der Technikgeschichte von G. aus seinem Dornröschenschlaf erwacht. Das Mittelstück der Flußüberbauung, ein gutes Drittel ihrer Länge, bestand aus dem wuchtigen Backsteinbogen einer alten Eisenbahnbrücke. In einer kleinen Chronik der letzten Kriegswirren, von einem hiesigen Gymnasiallehrer verfaßt, hatte Schwartz das Schicksal der alten Brücke geschildert gefunden. Wenige Wochen vor Kriegsende ließ die abziehende Waffen-SS zeitgleich zwei Sprengladungen hochgehen, zu turmhohen Fontänen schoß das Wasser an beiden Böschungen empor, den Häusern am Ufer bebten die Fundamente, und als Staub und Gischt sich verzogen, stand nur noch der Mittelteil wie die steife ziegelrote Hose eines Riesen mitten im Fluß.

So hatte Schwartz das Bauwerk beim ersten Wiedersehen mit seiner Geburtsstadt noch kennengelernt. Das deutsche Ufer hinauf-, das polnische hinunterspazierend, hatte er sich gewundert, wie üppig der Brückentorso bewachsen war. Obwohl es dort oben nur wenig nährenden Boden geben konnte, wucherte dichtes Gebüsch, aus dem ein Dutzend stattliche Bäume ragten. Damals, am Tag seiner noch probeweisen Heimkehr, hatte er in der Lokalzeitung auch gelesen, von welch rarem Tier das umströmte Gehölz, die Insel auf Stelzen, zum Rückzugsgebiet

erkoren worden war. Sechs Nachkriegsjahrzehnte lang waren sein Heimischwerden und seine nächtlichen Umtriebe verborgen geblieben, denn solange hatte sich niemand systematisch mit dem beschäftigt, was rund um G. kreuchte und fleuchte.
Das Fratzenkäuzchen ist nicht der kleinste Eulenvogel Europas, aber bei keiner anderen Art steht der Umfang des Leibes in einem ähnlich verblüffenden Verhältnis zu dessen Höhe. Die Figürchen, die ein findiger Breslauer Souvenirhersteller rechtzeitig zur Brückeneinweihung an die in Frage kommenden Geschäfte in G. auslieferte, übertreiben diese Proportionen noch ein wenig. Als Plüschtier, als Buchstütze oder als Schlüsselanhänger ist der Kauz wirklich so breit wie hoch, was ihm etwas Vierschrötiges und damit einen Anflug von Komik verleiht. Dies verbessert gewiß die Verkaufschancen, denn die Kopffront, das starre Antlitz des Raubvogels, provoziert durch die eigentümliche Färbung und Spreizung des Gefieders einen alles andere als possierlichen Vergleich. In Osteuropa, wo er in voneinander isolierten Populationen bis an den Ural vorkommt, hat sich für ihn wegen dieses markanten Gesichts der Name Totenköpfchen durchgesetzt.
Elena war vor ein paar Wochen mit einem Fratzenkäuzchen-T-Shirt zur Arbeit erschienen. Sie erlag gelegentlich der Versuchung, Größe und Wohlgeformtheit ihrer Brust durch eine für sein Stilgefühl allzu enge Oberbekleidung zu unterstreichen. Schwartz war erleichtert gewesen, als sich ihr weißer Kittel über dem Bild schloß. Aber erst nachdem der letzte Knopf in seinen Schlitz gefunden hatte, als das Tier hinter einem gewissermaßen wissenschaftlichen, zumindest dienstlichen Weiß verschwunden war, wußte er, was ihn eigentlich unangenehm berührt hatte. Es war nicht allein der Umstand, daß der Vogel durch die groteske Wölbung alles Ulkig-Gemütliche verlor und die Augenpartie noch einmal an unguter Deutlichkeit ge-

wann. Das Bild auf Elenas Busen hatte ihn in der Tat an etwas Menschliches erinnert, an ein bestimmtes Stückchen Mensch, an ein Fragment nur, das ihm jedoch zugleich schlagend allgemein und schmerzlich individuell vorgekommen war.

An einem trüben Sonntag im Februar hatten er und Weiss das Hygiene-Museum in Dresden besucht. Während ihrer Düsseldorfer Zeit waren sie an den Wochenenden oft zu kleinen Tagesfahrten aufgebrochen, um sich Sehenswürdigkeiten oder Ausstellungen anzusehen. Aber hier in G., wo sie die Praxisarbeit auf eine neue Art erschöpfte, hatten sie sich nur noch wenige dieser gemeinsamen Ausflüge gegönnt. Im Dresdner Hygiene-Museum, in der Dauerausstellung, die reich an ungewöhnlichen alten Präparaten ist, stießen sie auf ein besonders ehrwürdiges Stück. Sogar Weiss, dem nichts heilig war, hatte es angesichts des frühneuzeitlichen Exponats jeden flapsigen Spruch verschlagen. Lange beugten sie sich, schweigend und synchron atmend, über das feuersteinfarben vergilbte Gebein. Dem Schädel fehlte wunderbarerweise kein einziges seiner Knöchlein. Es war der komplette Kopf einer zeitig abgegangenen, vermutlich hoffnungslos mißgebildeten Leibesfrucht. Die übermäßig gedehnte Gehirnschale mutete Schwartz merkwürdig futuristisch an, als hätten sie das Exemplar einer hochintelligenten Mutation, einer neuen transhumanen Spezies vor sich. In Wirklichkeit war es wohl bloß der nicht allzu seltene Wasserkopf. Noch das Jahrhundert der Aufklärung hielt solche Geschöpfe nicht für totgeborene Säuglinge, nicht für arme Individuen, sondern für bizarre Irrtümer, für Fehlspiele der mütterlichen Natur. Das Dresdner Köpfchen jedoch soll, zur Ermahnung und zur Ermutigung und damit als Signum eines kommenden Denkens, im Haus des großen Paracelsus bei den Tiegeln und alchemistischen Apparaturen gestanden haben.

Vor der Brücke war keine Menschenseele. Am anderen Ufer angelangt, würde Schwartz höchstens noch fünf Minuten bis zum Volkskulturpark brauchen, also nahm er sich Zeit, um den hübsch gemachten Text- und Bildtafelparcours der deutschen Seite zu studieren. Auf den ersten Stellwänden wurde noch säuberlich zwischen Natur und Historie, zwischen den Ernährungsgewohnheiten der Eulenvögel und dem Ehrgeiz preußischer Baukunst, unterschieden. Dann aber siegte schnell die Mode, alles mit allem zu verbinden, und auf den letzten Tafeln wurde sogar in gereimten Versen gerühmt, wie innig die zeitgenössischen Bewohner von G. und der ewige Fratzenkauz in einem sogenannten Ökosystem aufeinander bezogen seien.

Dergleichen Unsinn war stets gut gemeint. Und so leuchtete Schwartz auch ein, daß es zu der nun vor ihm liegenden Baulösung gekommen war. An beiden Ufern hatte man die fehlenden Brückenstücke durch dezente, schmal gehaltene Edelstahlkonstruktionen ersetzt, deren Streben und Trittbleche jetzt in der Sonne blitzten. Ihm gefiel, wie man mit der Schlichtheit der flach ansteigenden Bögen jede Anbiederung an die Wucht des Mittelstücks vermieden hatte. Erst auf dem Backsteintorso waren die Baumaßnahmen ökologisch heikel geworden. Vor allem bei seinem abendlichen Ausflug und bei seiner Heimkehr im Morgendämmer neigte der Fratzenkauz mehr als andere Eulenvögel zu angstvoller Nervosität und scheute die Nähe größerer Bodentiere. Schon ein gutes Stück vom Ufer entfernt wurde man deshalb in die Mündung einer Plexiglasröhre geleitet. Sie war gerade so hoch, daß Schwartz mit ausgestreckter Hand an den Scheitelpunkt ihrer Wölbung tippen konnte. Obwohl die Sonne über dem Fluß prangte, drang nur ein honiggelber Schimmer durch die Kunststoffwandung. Die Lichtdurchlässigkeit des Spezialacryls nahm mit zunehmendem Einfallswinkel ab. Zudem verwischte eine neuartige Beschichtung jedem externen Auge das Bild des Röhreninneren zu bräunlichen Schlieren, während der Blick nach draußen nur ein wenig eingetrübt wurde.

So war es möglich, eines der Tiere auf seinem Ruhesitz zu entdecken. Ein neuer Patient, ein ehemaliger Kapitän der Volksmarine, ein leicht zittriger, aber sonst recht fitter Greis, hatte letzte Woche in der Praxis von einer solchen Beobachtung erzählt. Eine volle Stunde habe er den dösenden Kauz, ein Männchen mit vollendet schwarz konturierter Fratze, durch das Plexiglas fixiert, dann endlich sei dem Totenkopfvogel ein Auge, das linke, aufgegangen. Der Kapitän hatte dies eindrucksvoll pantomimisch vorgemacht, und die beiden deutschen Sprechstundenhilfen waren prompt in ein entzücktes Lachen ausgebrochen. Elena jedoch hatte mit schmalen Lippen geschwiegen. Erst nachdem der Vogelfreund und einstige Seefahrer bei Weiss vor Anker gegangen war, hatte sie noch kurz und hart etwas nachgetragen. Ihren Lieblingsonkel, der lange ein leidenschaftlicher Jäger, zuletzt allerdings nur noch ein großer Vogelbeobachter gewesen sei, habe man eines Morgens im Wald gefunden, den Feldstecher auf der Brust. Die weit offen stehenden Augen seien von hochgewürgtem Mäusepelz, von reichlich Eulengewölle, bedeckt und glashart ausgetrocknet gewesen.

Sie klingelte zum zweiten Mal. Genaugenommen war es bereits das fünfte Anläuten, denn schon unten vor dem Haus hatte sie, bevor sie ein Bewohner mit hineinnahm, dreimal vergeblich auf die Taste mit dem Namen Weiss gedrückt. Hinter der Wohnungstür regte sich weiterhin nichts. Elvira Blumenthal wollte nicht glauben, daß ihr Doktorchen ausgeflogen war. Bestimmt schlief er an den Wochenenden bis in den Nachmittag. Vielleicht duschte er sich nicht einmal, wenn er praxisfrei hatte. Eventuell trank er dann auch Alkohol, schaute schlimme Videos oder rauchte Haschisch, dieses Kraut, von dem sie schon so viel Interessantes gehört hatte und das sie nun, wo der Horizont mit jedem Tag eine kleine Spanne weiter wurde, bei Gelegenheit selbst ausprobieren wollte.

Schnell zog sie sich noch die Perücke vom Kopf und verbarg sie in ihrer Handtasche. Ihre Fingerspitzen fuhren durch das militärisch kurze, das unerhört kräftig, fast drahtig nachsprießende Haar. Sie hatte ihre polnische Friseuse gebeten, es rundum gleich kurz zu scheren, obwohl oben, wo das neue am weitesten auf dem Vormarsch war, bereits ein gestufter Schnitt möglich gewesen wäre. Sie wollte Weiss mit diesen reißnagelknappen, kriegerisch steifen braunen Spitzen erschrecken. Sie konnte gar nicht erwarten, ihn mit geschwollenen Lidern, unrasiert und perplex von ihrem Anblick, in diesem Türrahmen stehen zu sehen. Bevor er die üblichen Ausflüchte machte, wollte sie an ihm vorbei in seine Behausung dringen.

Inzwischen war sie sich sicher, daß es eine gute, eine richtig ausgefuchste Patientin merken konnte, wenn ihr Arzt sie anlog. Bereits vor dem ersten unehrlichen Satz begann sich die Luft, die Farbe der Luft, vor seinen Ohren zu verändern. Am Montagabend hatten sich hierfür die optimalen Lichtverhältnisse ergeben. Natürlich war ihr bekannt, daß die montägliche Spätsprechstunde nur für Berufstätige gedacht war, und eigentlich war sie mit Aufräumen, mit dem rücksichtslosen Leeren einiger von Vergangenheitskrempel gefüllter Schubladen beschäftigt gewesen, doch während sie einen letzten Packen vergilbter Verehrerbriefe in die Mülltüte stopfte, hatte sie urplötzlich die Gelegenheit, den Augenblick der Wahrheit, heraufschummern gespürt. Ohne sich umzuziehen, einfach so, sogar ein wenig verschwitzt, wie sie von der Räumarbeit war, ging sie hinunter. Ein angemeldeter Patient war nicht erschienen, und so kam sie sofort – exakt im rechten Moment – dran.

Zur Begrüßung murmelte Weiss unhöflich, wie sie es von ihm gewohnt war, etwas über die heutigen Rentner, die meinten, daß ihnen alle Zeit der Welt gehöre. Aber im Nu hatte auch ihn die Gunst der Stunde am Wickel. Der ganze Tag war fürchterlich schwül gewesen. Von ihrem Wohnzimmerfenster aus hatte sich prima beobachten lassen, wie sich das Gewitter über der Südstadt zusammenbraute. Jetzt machten die Wolken ernst. Ein Bühnenbeleuchter hätte es nicht eindrucksvoller einrichten können. Kaum daß sie sich entblößt hatte, kaum daß der endgültig verräterische Busen aus den harten Schalen ihres neuen violetten BHs gekippt war, verdunkelte sich das Behandlungszimmer mit einem spektakulären Ruck.
Es entlud sich halt.
Es krachte, als bräche der Himmel entzwei.
Weiss aber verzichtete darauf, das Licht anzuschalten oder zumindest die Lamellen der Jalousien waagrecht zu ziehen. Längst schon mochte es ihr Doktorchen nicht mehr allzu hell, wenn er ihr auf die Pelle rückte. Bestimmt war sie seine Lieblingspatientin. Sie mußte es einfach sein, denn keine konnte ihn besser kennen als sie. Freiwillig würde er dies niemals zugeben. Womöglich hielt er es sogar vor sich selbst geheim. Er ahnte auch nicht, wie vielsagend grün es an der oberen Kante seiner Ohren glimmte, während draußen der Regen niederrauschte und er sich mühte, seiner treusten Bewunderin die Wahrheit vorzuenthalten.
«Wann verraten Sie mir endlich, was Sie mit mir anstellen?» hatte sie ihn gefragt und dabei zunächst den Tonfall des hilfebrünstigen Weibchens angeschlagen. Aber als er nur mit einem unwilligen Augenbrauenzucken und einem garstigen Grunzlaut antwortete, wechselte sie in ein zeitgemäßeres Sprechen, in ein forsches Idiom, das ihr im Lauf der letzten Jahre in den Serien des Vorabendfernsehens aufgefallen war. «Hören Sie auf,

mir etwas vorzumachen, Herr Doktor! Als Schauspieler sind Sie Amateur.»
Weiss erwiderte schroff, alle Menschen seien auf sämtlichen Bühnen des Lebens Amateure. Ein echter Fachmann, ein veritabler Profi, sei ihm bis jetzt weder als Klempner noch als Internist, weder als Elektriker noch als Radiologe untergekommen. Inzwischen neige er zu der Ansicht, daß sich das wahrhaft Professionelle vor allem in einem möglichst cleveren oder in einem blöd-naiven Vortäuschen des Fachmännischen zeige. Vermutlich wirke eine Mischform, eine raffinierte Naivität, eine Unschuldsraffinesse, am professionellsten. So gesehen habe sie recht, wenn sie die Spitzendarbietungen des Fachmännischen oder Fachfraulichen an ihrer einstigen Wirkungsstätte, im Theater, verorte.
Dann tastete er ihr unendlich sorgfältig, besser denn je, die Wirbelsäule ab. Einst, als junge Schauspielerin, hatte sie ihren Rundrücken für ein ernstliches Handicap gehalten. Aber gleich der erste Regisseur, mit dem sie in eine Affäre geraten war, hatte ihr gestanden, daß ihn ihr süßes Buckelchen bereits im bekleideten Zustand in den Wahnsinn treibe. Auf einem winzigen Sofa im Bühnenkeller des Stadttheaters von G. war es zu einem kurzen, nur akrobatisch zu vollziehenden Geschlechtsakt gekommen. Was ihr im Anschluß, im obligatorischen Nachgespräch, über ihren Rücken offenbart worden war, hatte sich auch während der folgenden Engagements als triftig erwiesen. Gut zwei Dekaden wurde das anatomische Kapital Kerl für Kerl in Zukunft investiert. Es war wahrlich ertragreich gewesen. Und deshalb hatte sie nicht mit ihren Knochen gehadert, als die Wölbung ihres Rückens in den männerfreien Jahren damit begann, sich bloß noch in Schmerzen zu verzinsen.
Im Januar bei der ersten Von-Kopf-bis-Fuß-Untersuchung hatte Weiss mit der für ihn typischen brutalen Beiläufigkeit gesagt,

die Bandscheiben ihrer Brustwirbel seien nur noch ein biographisches Gerücht. Da gebe es nichts mehr zu verschlimmern oder zu verbessern. Dennoch konnte sie sich in den folgenden Monaten bei jedem ihrer Praxisbesuche darauf verlassen, daß ihr seine linke Hand so lang auflag, bis der längst akzeptierte Grundschmerz leiser wurde, bis er schließlich sogar verstummte, während wie im Gegenzug das Rascheln in dem Schubfach zunahm, in das Weiss' Rechte abgetaucht war. So lief auch in ihrem Rücken die Zeit zurück. Und seit sie zu Minerva Total Fitness ging, seit sie sich von Fräulein Gudrun in Sachen Körper-Styling beraten ließ und ganz gezielt einzelne Muskelpartien trainierte, war ihr Kreuz, wie sie ihren Rücken früher in scheinheiliger Zweideutigkeit genannt hatte, vom Schicksalsort zum Terrain strategischer Planung geworden.

Am Montag, als das Licht der Blitze durch die Jalousien zuckte, spürte sie den Atem von Weiss wärmer und feuchter denn je über ihre Schultern streifen. Auch die Haut erinnerte sich nun all der Hoheitsrechte, die ihr das Altern, dieser schleichende Usurpator, entrissen hatte. Draußen setzte ein ungeheurer Wolkenbruch die Goethestraße unter Wasser. Ach, es drängte sie so, mit ihrem Zauberdoktor ins offene Gelände eines richtigen Geschäfts zu kommen, aber die Praxis machte ihm wie eine Art Dickicht das Versteckspielen, das Bocken und Verweigern leicht. Also hatte sie darauf verzichtet, Weiss weiter zu provozieren, und statt dessen beschlossen, sich seine Privatadresse zu besorgen.

Weiss machte nicht auf. Ungeduldig pochte sie mit der Faust an die Tür. Sie fühlte sich hierzu berechtigt, griff nach dem Türknauf, wollte daran rütteln, bemerkte aber, daß sich die Aluminiumkugel drehen ließ. Das unverriegelte Schloß schnappte, und die Tür gab nach. Sofort roch sie die Leere. Den Fuß über die Schwelle hebend, zweifelte sie nicht mehr, daß im Augenblick niemand außer ihr diese verbrauchte, diese fast stallartig statische Luft atmete.

Sie hatte nicht vergessen, wie junge Männer manchmal hausten. Bekanntlich ließen gerade die Begabten ihre Buden besonders wüst vergammeln. Und bei den wirklich Genialischen kam regelmäßig eine schaurige Bedürfnislosigkeit hinzu. So wunderte es sie nicht, daß Weiss kein richtiges Bett, sondern bloß eine dieser flachen japanischen Matratzen besaß und daß auf seinem einzigen Tisch zwei Gläser standen, die ursprünglich Senf enthalten hatten, die Marke, die auch sie seit Jahren kaufte. Dafür erstaunte sie etwas anderes: zwei Kaffeetassen, beide ohne Unterteller, zwei Kaffeelöffel, zwei Frühstücksbrettchen und auf beiden Brotbrösel, aber nur ein einziges, mit Butter und Marmelade verschmiertes Messer, als hätte das Pärchen, das hier gefrühstückt hatte, abwechselnd dasselbe Streichmesser benutzt.

Sie sah sich das Bett genauer an. Zwei Kopfkissen, eine leichte Sommerdecke. Sie faßte nach dem linken unteren Zipfel. Während ihres ersten Lebens hatte es sich oft gelohnt, unter Decken zu gucken. Als sie mit Glück und der Hilfe ihres Buckelchens an einer Berliner Bühne gelandet war, als sie endlich die Liegestätten einer Großstadt kennenlernen durfte, war es schnell eine Angewohnheit von ihr geworden, dem Unterschlüpfen ihrer nackten Glieder einen neugierig prüfenden Blick vorausgehen zu lassen. Bereits die Falten, die ein Laken warf, hatten ihr damals etwas über den jeweiligen Schläfer verraten.

Hier, auf dem hellgrün bezogenen Futon ihres Arztes, war es gar nicht nötig, Knitter oder Krümel zu deuten. Da lag etwas, wie unter der Bettdecke versteckt, aber wahrscheinlich war es nur versehentlich zur Gänze unter sie geraten. Der abgesteppte Stoff des Kinderschlafsacks zeigte comicartig gezeichnete, gelborange Äffchen, die in drolligen Posen über einen blauen Grund turnten. Unter dem Schlafsack lagen zwei Gürtel. Als sie einen davon hervorziehen wollte, entdeckte sie, daß beide mit großen Sicherheitsnadeln auf der Rückseite des Sacks festgesteckt waren. Und weil Elvira Blumenthal praktisch denken konnte, begriff sie sogleich, wie diese Riemen dazu dienten, Brust und Unterleib eines unruhigen Schläfer zu fixieren.

Die Menschen sehnen sich nach dem Einfachen. Was sie augenfällig mit den Bäumen, ihren pflanzlichen Brüdern, verbindet, ist das lotrechte, das fraglos eindeutige Streben zum Licht. Aber kaum hat das Schlichte seine sanfte Herrschaft in einem Menschenleben angetreten, wird der Vereinfachte unruhig. Nervös flackert sein Blick in das Gestrüpp der Welt. Und erneut versucht er, dem überwältigenden Irrsinn der Natur seinen eigenen winzigen Wirrwarr gegenüberzustellen.
Die Frühstücksauswahl des Cafés war beachtlich, aber wahrscheinlich wäre Immanuel, der die Karte studierte, auch angesichts von nur drei oder vier Varianten in ein ähnliches Räsonieren gefallen. Weil sie kein Aufsehen erregen wollte, bestellte Angela schnell, über sein Lesen, Murmeln und Kopfschütteln hinweg, das «Große Fratzenkäuzchen Breakfast For Two» und zwei Schalen Milchkaffee. Die Tische auf dem sonnigen Gehsteig waren ausnahmslos besetzt gewesen, drinnen hingegen war es fast leer. Angela hatte den Platz direkt neben der Tür gewählt. Dort konnte allenfalls die Bedienung überraschen, was Immanuel zu Rührei, Croissant, Joghurt oder Orangensaft in den Sinn kommen mochte. Nachdem der Kaffee vor ihnen abgestellt worden war, blickte er erst einmal stumm auf den cremigen, mit Kakao bestäubten Milchschaum, blies dann, sobald er sah, daß Angela dies tat, in seine Tasse, leider so heftig, daß einiges auf die Tischdecke flockte, streute, wie sie es vormachte, braunen Zucker auf das verbliebene Weiß und rührte

schließlich lange um – allerdings anders als sie zunächst gegen den Uhrzeigersinn und erst danach, als korrigiere er einen Fehler, besonders gründlich in die Gegenrichtung. Immanuel war Linkshänder, so wie Weiss und auch ihr Exgatte, der diese Leiborientierung an ihre gemeinsame Tochter vererbt hatte, Linkshänder waren. Melanie, deren Bedürfnis, normales Kind unter normalen Kindern zu sein, immer sehnsuchtsstark, aber wegen ihrer offensichtlich überdurchschnittlichen Intelligenz unstillbar gewesen war, hatte bis an das Ende ihrer Schulzeit unter der Auffälligkeit ihrer Linkshändigkeit gelitten und mehrmals verbissene Versuche unternommen, sich an das Schreiben mit rechts zu gewöhnen. Und als ihr Auszug aus der elterlichen Wohnung und zugleich die Trennung ihrer Eltern anstand, machte sie ihrem Vater diese Erblast mit einer Erbitterung zum Vorwurf, die Angela noch einmal Mitleid mit dem Mann empfinden ließ, den sie damals samt aller Gefühle, die sie weiterhin für ihn hegte, so schnell wie möglich loswerden wollte.

Die Bedienung schleppte das Tablett mit dem Frühstück heran. Angela staunte, wie reichhaltig und appetitlich angerichtet es war. Aber während sie sich darauf freute, was Immanuel gleich zu der einen oder anderen Sache verlauten lassen würde, entschied sich, daß er und sie so gut wie nichts von dem, was ihnen aufgetischt wurde, verzehren sollten.

Denn da ging Weiss.

Er strich die gegenüberliegende Straßenseite entlang. Nie zuvor hatte sie ihn so seltsam zögerlich, so verhohlen absichtsvoll gehen gesehen. Sein Blick pendelte von einer Fahrbahnseite zur anderen, dann senkte er ihn vor sich auf das Pflaster wie einer, der etwas Verlorenes sucht, hob den Kopf, drehte das Gesicht hin zu einem offenen Fenster, als wäre er von dort gerufen worden. Er blieb stehen, wandte sich halb um, ging schließlich doch in die ursprüngliche Richtung weiter, die Daumen unter den Trägern seines Rucksacks, der ihm schlaff von den Schultern hing.

«Der rote Beutel ist leer!»

Immanuel war aufgestanden, und Angela sah, daß er unter dem Tisch aus ihren Badelatschen geschlüpft war. Sie legte das Geld auf den Tisch, schnappte sich eine Banane, warf sie wieder hin, schlürfte statt dessen lang und gierig an ihrem Milchkaffee, schob sich zumindest noch die Praline, die am Tassenrand gelegen hatte, zwischen die Zähne.

«Er sucht ihn. Er hat ihn verloren, Angela. So kommt es immer.»

Sie zog die Tür auf. Immanuel folgte ihr, aber auf der Schwelle, die Hand am Türgriff, drehte er sich noch einmal um. Sie begriff, er schaute nach ihrem umsonst servierten Frühstück. Er tat dies mit wehmütiger Miene. Man hätte glauben mögen, für ihren Immanuel stünde dort, auf dem verlassenen Tisch, das einzige Frühstück der Welt. Und vom Mund, von den schön geschwungenen Lippen, las sie ihm ab, daß er ganz leise, vielleicht sogar lautlos, aber dafür dreimal hintereinander und voll Andacht «Blutorangensaft» sagte.

Irgendwie hatte ihre Mutter Verdacht geschöpft. Elena wußte, wie wenig aussichtsreich es nun war, sie weiter zu bedrängen. Mama hatte erraten, daß bei dem scheinheilig beiläufig vorgeschlagenen Treffen mit Schwartz über Weiss geredet werden sollte. Falls es überhaupt einen Mann gab, dem ihre Mutter die Treue hielt, dann war es ihr vergötterter deutscher Herr Doktor. So weit Elena zurückdenken konnte, hatte ihre Mutter stets auf die Deutschen geschimpft, fast so viel wie auf die Russen, die sie von ganzem Herzen haßte. Noch als Weiss zum ersten und zum einzigen Mal bei ihnen mit dem Fahrrad vorgefahren war und sie durch die dichtgereihte Küchenfenstergardine beobachtet hatten, wie er sein Vehikel umständlich an den Mast einer Straßenlampe kettete, hatte sich Elena eine deutschfeindliche, eine besonders boshafte Bemerkung anhören müssen.

Den prallen Rucksack auf dem Rücken, das hellblonde Haar vom Fahrtwind verstrubbelt, war Weiss ihrer Mutter, die das Rheuma in den Tagen davor besonders gründlich gefoltert hatte, im Wohnzimmer entgegengetreten. Während er die schmalen Lippen zu einem mokanten Lächeln verzog, während sich Arzt und Patientin noch stumm taxierten, kippte alles um. Der Umschwung war in der Luft zu spüren. Elena brauchte ihre Mutter nicht anzuschauen, um zu wissen, daß diese sich nun, Schmerzen hin, Schmerzen her, von oben bis unten und so lange, wie es Weiss für nötig hielt, von ihm untersuchen lassen würde. Damals, in der Sekunde, bevor er das Schweigen brach und ihrer Mutter zu einer seiner zweideutigen Bemerkungen die Hand hinstreckte, hatte sie sich in einer heftigen Aufwallung von dieser Intimität ausgeschlossen gefühlt und sogar bereut, die grenzüberschreitende Visite eingefädelt zu haben. Und später, als ihre Mutter regelmäßig in die Praxis von Schwartz und Weiss hinüberpilgerte, als es ihr zusehends besserging, als sie wieder zu kochen begann und wie früher einfach so über eine lustige Kleinigkeit losprusten konnte, blieb Elena eine beschämende Erinnerung an das jähe Aufschäumen ihrer Mißgunst.

Sie bogen in den Park. Auf der Wiese versuchte ein junger Hund, eine hübsch gescheckte Promenadenmischung, eine der Parktauben zu erjagen. Ein weißes und ein schwarzes Schlappohr schlackerten ihm um den Kopf. Noch gab es eine Chance. Sie hatte ihrer Mutter nicht gesagt, daß das Treffen mit Schwartz hier am Kulturpalast stattfinden sollte. Jetzt galt es, das Spazieren in die richtige Richtung zu lenken. Wenn Schwartz pünktlich wäre, wenn er, was zu ihm passen würde, sogar ein bißchen zu früh an Ort und Stelle einträfe, könnte es mit der Begegnung vor dem Portal, vor den gewaltigen sechs Säulen des Kulturpalastes, klappen.

Elena zweifelte keine Sekunde daran, daß sich Schwartz in sie verliebt hatte. Sämtliche Männer, mit denen sie zu tun bekommen hatte, waren auf die eine oder auf die andere Art hinter ihr hergewesen. Alle Lehrer, von dem einen schwulen einmal abgesehen, hatten ihr sehnsüchtige bis lüsterne Blicke nachgeworfen. Selbst ihr verstorbener Papa wäre zuletzt am liebsten mit ihr verheiratet gewesen. Weil das so war, weil sie war, wie sie war, und weil jeder Mann zu ahnen glaubte, wie es um sie und die Männer stand, hatte sie kein Glück mit den Kerlen. Und Weiss war von allen bisherigen Unglücksfällen der ärgste.

Weiss war pervers. Dies war auf polnisch wie auf deutsch das passende Wort. Vielleicht gab es einen noch besseren, einen noch härter zupackenden Begriff, einen biblischen womöglich, aber mit der Religion wollte Elena, seit sie sich den ersten Priester vom Leibe hatte schaffen müssen, keinen allzu engen Umgang mehr pflegen. Das bestmögliche Wort zu haben war auch gar nicht so wichtig. Es ging ganz praktisch darum zu verhindern, daß mit ihrer Mutter das gleiche passierte wie mit Frau Blumenthal. Vielleicht war bei ihrer Mama sogar Schlimmeres möglich. Frau Blumenthal war im Winter noch eine bezaubernde alte Dame gewesen. Letzten Montag war sie, parfümiert wie eine Nutte, in die Spätsprechstunde für Berufstätige gekommen und doppelt so lange bei Weiss im Behandlungszimmer geblieben wie sonst. Entschlossen hängte sich Elena bei ihrer Mutter ein. Gleich kreuzten sich die Parkwege, und dann hieß es, nach links Richtung Kulturpalast abzubiegen.

Vor vierzehn Tagen hatte sie ihre Mutter dazu überredet, daß sie ihren linken Ellenbogen, den erzbös gewesenen, noch einmal röntgen ließ. Im Krankenhaus waren sie mit dem Radiologen vor einen uralten tschechischen Leuchtschirm getreten, um die

Aufnahmen, zwischen denen gerade einmal ein knappes Dreivierteljahr lag, zu vergleichen. Man brauchte kein Mediziner zu sein, um den Unterschied zu sehen. Mamas Ellenbogen war im Herbst nur noch die Ruine eines Gelenks gewesen. Das Rheuma hatte ihn kaputtgemacht, so gründlich, daß seine Steifheit das geringere Übel dargestellt hatte, verglichen mit den höllischen Schmerzen, die durch den Arm geschossen waren, wenn er sich an manchen Tagen doch noch ein paar Millimeter hatte beugen lassen. Nun war von den einstigen Schäden an Knochen und Knorpel fast nichts mehr zu erkennen. Der Arzt murmelte ein paar verworrene Worte, kontrollierte erneut die Hüllen, in denen die Röntgennegative gesteckt hatten, stand schließlich bloß noch da und hörte nicht auf, sich nervös am Hals zu kratzen. Ihre Mutter jedoch hatte ganz rote Wangen bekommen, und ihre Augen leuchteten in einer Weise, die ihrer Tochter genauso fatal unanständig vorkam wie der Duft, mit dem Elvira Blumenthal sich seit neustem umgab.

Das war am vorletzten Freitag gewesen. Elena hatte sich den Vormittag freigenommen, um ihre Mutter ins Krankenhaus zu begleiten. Am Abend kam es zum üblichen Beisammensein mit Weiss. Der Freitag war in den vorausgegangen vier Wochen ihr heimlicher Tag geworden. Die beiden anderen Sprechstundenhilfen machten am Freitagnachmittag früher Schluß, und Schwartz hielt am letzten Tag der Arbeitswoche immer nur vormittags Sprechstunde. Kein Wunder also, daß es an einem Freitag dazu gekommen war. Und die Praxis, in der nicht einmal eine Couch, geschweige denn ein Bett stand, blieb einen Monat lang der Ort ihres intimen Zusammenschlüpfens.

Vorletzten Freitag bot ihr Weiss dann an, mit ihm in ein Hotel zu gehen. Er schlug die Pension vor, in der er lange gewohnt hatte. Der Krach, der sich daraus ergab, war fürchterlich. Die gekränkte Elena ohrfeigte ihn, zunächst nur mit der Rechten, dann aber auch, weil ihr der Arm erlahmte, mit links und erwischte ihn bei diesem ungeschickteren Schlag am rechten Auge, worauf das Lid in Sekundenschnelle dick anschwoll. Das tat ihr leid. Und daß ihr dieser Schuft nun auch noch leid tat, machte sie vollends wütend.

Der Streit ging weiter.

Bevor sie sich auf dem edlen marokkanischen Teppich, der seit kurzem vor dem Schreibtisch von Schwartz lag, versöhnten, hatte sie Weiss noch einmal mit allen Vorwürfen überschüttet, die ihr in den Sinn kamen. Sie ahne, warum sie nicht in seine Wohnung gehen könnten, wahrscheinlich stehe dort ein hübsch gerahmtes Foto seiner Düsseldorfer Verlobten auf dem Nachtkästchen. Wahrscheinlich besuche ihn dieses Weibsstück sogar regelmäßig. Gewiß fast jedes Wochenende! Er sei ein elender Bigamist. Und als er konterte, hier in Deutschland gelte nur als Bigamist, wer mindestens zweimal gesetzlich verheiratet sei, drüben bei ihr in Polen möge das ja anders sein, packte sie einen der kleinen Praxishocker, entschlossen, ihn auf dem Schädel von Weiss entzweizuschlagen.

Gehandicapt durch sein zugeschwollenes Auge, schaffte er es nicht gleich, ihr den Hocker zu entwinden. Während ihres Ringkampfs beteuerte er erneut, daß es keine Frau neben ihr gebe. Er sei mit seiner Wohnung schlicht noch nicht soweit, um Damenbesuch zu empfangen. Im August wolle er sich endlich ein paar Möbel besorgen. Er besitze ja nicht einmal ein Bett, in dem sie es endlich ordnungsgemäß, deutsch-polnisch, polnisch-deutsch, wie auch immer, auf jeden Fall aber monogam gesittet, tun könnten.

Obschon die darauffolgende Vereinigung zum ersten Mal richtig schön, fast schon innig vonstatten ging, glaubte Elena seinen lächerlichen Ausreden weiterhin nicht. Und noch während sie eng umschlungen und erstmals völlig nackt auf dem neuen, bestimmt hochwertvollen Teppich von Herrn Doktor Schwartz lagen und sie vorsichtig das blutpralle Lid betastete, entschied sie, diesen notorischen Lügner so bald wie möglich zu Hause zu überraschen.

Bereits am Montag war dem Auge nichts mehr anzusehen. Zweieinhalb Tage! Selbst der Körper eines Kindes hätte den Bluterguß nicht so schnell abzubauen vermocht. Am Dienstag glückte es ihr, an den Wohnungsschlüssel zu gelangen. Der Bürgermeister von G., der im Frühling ein einziges Mal in der Praxis gewesen war und nach einer denkwürdigen Auseinandersetzung mit Weiss unbehandelt das Weite gesucht hatte, war während einer Stadtratssitzung zusammengebrochen. Elena hatte den hörbar überforderten Notarzt am Telefon. Der Bürgermeister sträube sich gegen den Abtransport ins Krankenhaus, verhindere auch jede Untersuchung, wolle sich nur von Doktor Weiss begutachten lassen. Ob sich der Herr Hausarzt bitte sofort herbemühen würde, es sehe zwar nach einem Schwächeanfall aus, könne sich aber auch um einen Herzinfarkt handeln. Er übernehme jedenfalls keine Verantwortung.

Als sie Weiss ans Telefon holen wollte, zuckte der nur mit den Schultern und schüttelte wortlos den Kopf. Erst nachdem Schwartz ihn kurz beiseite genommen hatte, hängte er seinen Kittel an den Haken, murrte noch ein wenig, machte sich dann aber, den roten Rucksack auf dem Rücken, auf den Weg zum Rathaus. Während er sich unten auf sein Rennrad schwang, schlüpfte oben ihre Hand in die Tasche seines Kittels. Und da Elena dort fündig wurde, fiel ihr auch ein Vorwand ein, um für zehn Minuten zu verschwinden. Sesam-öffne-Dich, ein neuer türkischer Schuh- und Schlüsselservice, der dergleichen Anfertigungen sofort erledigte, war nur zwei Ecken weiter.

Drei Arbeitstage lang steckte der Zweitschlüssel, aufgefädelt auf das goldene Kettchen, das sie zur Erstkommunion geschenkt bekommen hatte, in ihrem BH. Gestern, am Samstag, suchte sie sich dann eine Spätvorstellung im Gloria heraus und ließ ihre Mutter mit deren deutschem Verehrer, der samt einer Flasche Sekt zum Fernsehen erschienen war, allein. Sie gab vor, nach dem Kino noch mit einer Kollegin aus der Praxis tanzen gehen zu wollen. Die beiden dachten natürlich, Elena wolle ihnen so ein paar ungestörte Stunden ermöglichen, und ihre Mutter, die wohl wußte, wie wenig sich Elena aus den lärmenden Clubs des polnischen wie des deutschen Stadtrands machte, zwinkerte ihr verschwörerisch-dankbar zu.

Elena hatte den Käuzchensteg genommen. Sie mochte die Röhre. Die älteren Vogelliebhaber, die dort ab Einbruch der Dämmerung auf winzigen Klappstühlen hockten und ihre Spezialfeldstecher gegen das Plexiglas preßten, waren ihr sympathisch. Dies wäre auch das richtige Hobby für ihren Vater gewesen. Sie drehte ein paar unruhige, enger werdende Runden durch die Altstadt. Es schien ihr noch zu früh, und sie wollte in ihren extrahohen, extraschmalen, extraschicken Schuhen noch Schmerz und Wut für den Angriff sammeln. Als sie zum dritten Mal am Haus von Schwartz und Weiss vorbeistöckelte, war unter dem Dach das Licht erloschen, und sie fühlte sich bereit, Weiss und seine deutsche Freundin zu stellen.

Im Dunklen erklomm sie das Treppenhaus. An der Wohnungstür brauchte sie nicht einmal den Schlüssel zu benutzen. Weiss hielt es anscheinend nicht für nötig abzusperren. Dies steigerte ihre Erbitterung. Er mußte sie wirklich für eine harmlose polnische Gans halten. In den fensterlosen Flur fiel ein mattgrauer Streifen Licht aus der Küche. Elena pirschte hinein. An der Spüle standen zwei Gläser und zwei kleine Teller. Auf dem blanken Stahl eines großen Brotmessers spielte das Mondlicht. Sie wollte der anderen, dieser Düsseldorferin, die sie nun gleich, splitternackt und glücklich ermattet, auf zerwühltem Laken vorfinden würde, mit der langen, gezackten Klinge einen gräßlichen Schrecken einjagen.

Als es jedoch soweit war, als sie keine zwei Meter vom Bett entfernt stand, war dieser Vorsatz so nichtig geworden wie alles andere, was sie sich für den Augenblick der Wahrheit vorgenommen hatte. Weiss schlief fest. Auf dem Bauch liegend, das Gesicht halb in sein Kissen vergraben, schnarchte er so laut, daß sie es schon auf dem Flur gehört hatte. Ihr Geliebter, ihr ehemaliger Geliebter, hatte nicht in jeder Hinsicht gelogen. Er besaß tatsächlich kein richtiges Bett, bloß eine flache, nicht einmal besonders breite Matratze. Und ringsum war tatsächlich alles so kahl, wie er behauptet hatte.

Aber allein war er nicht.

Halb auf seinen nackten Rücken hinaufgerutscht, lag das, weswegen sie ihn nicht in seinen vier Wänden besuchen durfte. Dies also war der wahre Grund. Deswegen blieb es ihr verwehrt, so bei ihm zu schlummern, wie ihre Eifersucht es eben noch für eine deutsche Konkurrentin phantasiert hatte. Und das da? Schlief es? Schlief er? Schlief er wirklich? Warum hielt dann seine rechte Hand die Taschenlampe derart fest umklammert? Als sie einen weiteren Schritt zum Bett hin wagte, als sie in die Hocke sank und das Messer auf den Teppichboden legte, ging dem kindlichen, dem dickschädeligen, dem im Mondlicht fahl weißhaarigen Beischläfer kurz ein Auge auf. Es war ein seltsam leerer Blick, leer wie das Glotzen eines Käuzchens, aber er genügte, um Elena, die tapfere Elena, in die Flucht zu schlagen.

Weiss fühlte sich verfolgt. Er schrieb die Empfindung dem Umstand zu, daß er selbst versuchte, eine Verfolgung zu bewerkstelligen. Absichten, deren Realisierung ins Leere lief, schlugen bisweilen ins Passive um. Aber eventuell ließ sich dieser Effekt wieder rückgängig machen. Er glaubte nicht, daß der Kleine die Altstadt verlassen würde. Vermutlich traute er sich im Augenblick nicht einmal auf die stärker belebten Straßen hinaus. Seine Scheu vor fremden Menschen war immer noch groß. Immerhin hatte sein Söhnchen in den letzten Monaten nach und nach gelernt, die gehörte und gefühlte Nähe weiterer Personen auszuhalten. Geborgen in der Lederhöhle des Rucksacks oder im Schutz des Schubfachs, war er nur noch selten in Panik geraten. Im Schein seiner geliebten Taschenlampe, die Nuckelflasche am Mund, lauschte er still nach denen, die ihn nicht sehen durften. Daß er die Neonröhren zum Flakkern brachte oder anderen elektrischen Unfug anstellte, kam, zumindest in der Praxis, kaum mehr vor. Nur wenn Frau Blumenthal im Raum war, hatte er sich weiterhin kleinere akustische Keckheiten herausgenommen. Frauen schienen ihm überhaupt mehr und mehr zu liegen. In geschlechtlicher Hinsicht reifte er allzu schnell und begann unübersehbar Neigungen zu entwickeln. Andererseits war er mucksmäuschenstill geblieben, als Weiss ihn die letzten Male vom Sex mit Elena ausgeschlossen hatte. Das war natürlich nicht fair gewesen, Weiss hatte ein schlechtes Gewissen niederkämpfen müssen. Schließlich war ihm das Kerlchen am ersten Freitag, als ihm peinlicherweise die nötige Standfestigkeit gefehlt hatte, rettend zur Hand gegangen.

Weiss überfiel heftiger Durst, und er bereute, vorhin, als er am Café Zum Käuzchen vorbeigekommen war, nicht schnell auf ein Wasser und einen Kaffee eingekehrt zu sein. Elena hatte recht, er ernährte sich schlecht, er trank zuwenig, aß unregelmäßig und stopfte, wenn es zu Heißhungeranfällen kam, zuviel minderwertiges Zeug in sich hinein. Auch das hing mit dem Kleinen zusammen. Dessen Aufzucht hatte ihn an die Grenze seiner Kraft gebracht. Qualvoll mühselig war es gewesen, ihn zu entwöhnen. In Düsseldorf hatte er noch nahezu alles, die Babyfertigkost wie das von ihm Gekochte und Pürierte, sofort wieder ausgespuckt. Und Weiss hatte sich schon gefragt, ob es ihm je gelingen würde, seinen Zögling auf normale Kost umzustellen.

Durch einen Zufall war er dann, noch während des Einrichtens der Praxis, im Reformhaus Ecke Herderstraße auf eine haltbare Ziegenmilch gestoßen. Gleich beim ersten Versuch mit dem Fläschchen mundete sie dem Kleinen, und nach geduldigem Üben schmeckte sie ihm eines schönen Tages auch aus dem Glas. Ziegen- und Schafskäse waren folgerichtig die ersten festen Nahrungsmittel gewesen, mit denen es keine Probleme gab, und in den letzten Monaten hatte er ihn sogar mit Toastbrot, Gelbwurst und Haferflockenbrei gefüttert, ohne daß es noch zu Erbrechen und Durchfall gekommen war. Damit aß er, was alle aßen. Also mußte er nun ganz und gar auf seinen Ursprungstrunk verzichten. Vielleicht war der Kleine deshalb durchgebrannt. Vielleicht hatte er sich in die weite Welt aufgemacht, weil er sein intimstes Privileg verloren hatte. Vielleicht war er ausgebüxt, weil ihm nun schon mehr als zwei Wochen konsequent die gewohnte rote Vatermilch, weil ihm jedes weitere Tröpfchen Blut vorenthalten wurde.

Weiss sah sich unruhig um. Das Gefühl, beobachtet zu werden, machte ihn verrückt. Wahrscheinlich war es klüger, jetzt einfach wieder nach Hause zu gehen. In der Hoffnung, daß sein Söhnchen von allein zurückkommen könnte, hatte er die Fenster offen und die Wohnungstür unverschlossen gelassen. Zumindest war der Flüchtling, abgesehen von der fehlenden Sokke, anständig angezogen. Die neue graue Hose paßte besser als alle vorigen. Auch mit dem Aufrechtgehen hatte es zuletzt sehr gut geklappt. Die Beinchen, die kurz und dazu affenkrumm gewesen waren, hatten sich seit dem Frühling vollständig gestreckt. Und an Kraft hatte es dem Bengel schon in Düsseldorf nicht gefehlt.

Sein Sohn war an einem Freitag im Juli geboren worden. Weiss blieb stehen und sah auf die Datumsanzeige seiner Uhr. Es stimmte. Ein Jahr alt würde er in der kommenden Nacht werden. Bevor es in die Badewanne gegangen war, hatte er ihn noch an den Türstock gestellt und gemessen. Mehr als einen Meter Zuwachs in zwölf Monaten! Etwa mittelfingerlang war er bei seiner Geburt gewesen, schleimig und blutig, das Köpfchen, schon damals unproportional groß, durch die Enge des Geburtskanals kurios verformt. Die grüne Schmiere stammte aus Weiss' Magen. Schon die Tage zuvor war ihm in rätselhaften Rülpsattacken die Galle aufgestoßen. Das Blut rührte entweder aus der Speiseröhre, durch die er den Fingerling hochgewürgt hatte, oder aus dem Kehlkopf, der ihm danach noch tagelang weh tun sollte. Der Frischgeborene atmete von selbst, und dann fing er an, zirpend zu greinen, ganz leise, während sein Hervorbringer bellend hustete und helles Blut auf das Kopfkissen spuckte. Der Winzling roch, was da neben ihm den Kissenbezug näßte. Schnuppernd wälzte er sich zur Seite. Und als er am Baumwollstoff zu saugen begann, verstand sein Mamapapa, womit es den Neugeborenen zu ernähren galt.

Die Schmerzen in Hals und Brust hatten ihm geholfen, mit dem Schock zurechtzukommen. Zum Glück war er allein. Seine beiden Mitwohner, zwei Zahnmedizinstudenten, hatten Düsseldorf über das Wochenende verlassen und waren zu ihren Freundinnen gefahren. Wären sie dagewesen, er hätte sich wohl vor Schreck und Not zu diesen angehenden Fachidioten geflüchtet. Denn es graute ihn so. Nie zuvor hatte er eine vergleichbar tiefe Angst empfunden. Ihm graute nicht grundsätzlich vor dem, was er erbrochen hatte, ihm graute auch nicht vor dem Kleinen, weil dieser lebte und sich zuckend aufbäumte.

Ihm graute nicht einmal davor, wie sich in seinem schleimigen Mündchen die Spitze einer winzigen Zunge und blendend weiße Zähne zeigten. Etwas anderes war weit schlimmer. Ihn entsetzte bis ins Mark, daß dieses fremde, ihm eben noch leibeigen gewesene Etwas bekleidet zur Welt gekommen war. Das feuchte Püppchen, das Männeken, das sich da auf seinem Laken wand, trug eine getreue Kopie des Pyjamas, den er vor ein paar Tagen in einem Düsseldorfer Kaufhaus erworben hatte und dessen durchschwitzten Flanell er nun auf den schaudernden Schultern kleben spürte. Und am linken Händchen, am pummeligen Ringfinger des Gnoms, glänzte eine Miniaturausführung des auffälligen Rings, den er sich neun Wochen zuvor in einer Herrenboutique in Kitzbühel zugelegt hatte – aus einer Laune heraus, eigentlich nur um Schwartz, der Männerschmuck albern, wenn nicht gar tuntig fand, ein bißchen ins Bockshorn zu jagen.

Elvira Blumenthal pochte das Herz im Hals. Sie triumphierte. Aber es gelang ihr, das Siegesgefühl nicht schrankenlos werden zu lassen. Sie wollte jetzt keinen Fehler machen. Also durfte die Freude ihren Verstand nicht ganz und gar übermannen. Sie beobachtete den Taxifahrer, sie rutschte ein kleines Stück nach rechts, um ihn noch besser im Halbprofil zu sehen. Es war ein älterer Pole mit schütterem braunen Haar, bäuerlich breitem Gesicht, tatarisch hängenden Lidern und einem sehr schönen, dichten, akkurat gestutzten Schnauzer. Gepflegte Bärte hatten ihr immer Vertrauen eingeflößt. Gewiß dachte sich der Mann seinen Teil über seine beiden Fahrgäste, aber er verstand es, nichts davon in seine Miene dringen zu lassen. Und so gehörte es sich auch. Die Polen wußten noch, was sich gehörte. Mit Polen hatte sie überhaupt zeitlebens gute Erfahrungen gemacht. Von einem jungen Bühnenbildner aus Breslau war sie in ihrem dreißigsten Jahr sogar zwei Monate lang schwanger gewesen. Ihr polnischer Liebhaber, nicht zum ersten Mal in solcher Verlegenheit, hatte ihr einen guten Arzt vermittelt. Es war ihre einzige Schwangerschaft geblieben, und sie hatte dem Kind, dem möglich gewesenen Kind, in den ihr verbleibenden fruchtbaren Jahren immer wieder nachgetrauert. Es wäre bestimmt ein liebreizendes Geschöpf geworden. Der Breslauer war ein so schöner, ein so begabter Mann gewesen.

Der kleine Sportfreund rückte ganz dicht an sie heran. Sie spürte seine besondere, seine unvergleichlich hitzige Wärme. Seit sie zusammen im Fond des Taxis saßen, hielt er ihre linke Hand gepackt. Es war ein starker, Kraft bedeutender und Kraft spendender Griff. Seine Fingernägel bohrten sich in ihren Handrücken. Noch heute wollte sie sich darum kümmern, daß sie geschnitten wurden. Mit der anderen Hand hielt er sich noch immer das zusammengeknäulte Plakat vor das Gesicht. War ihm peinlich, daß er es abgerissen hatte? Oder steckte er sein Näschen ins Papier, weil ihm vor dem grimmigen Schnauzbart des Taxifahrers bange war?

Das Plakat hatte sie zusammengebracht. Ganz brav hatte der kleine Sportfreund vor einem Schaufenster am unteren Ende der menschenleeren Bahnhofstraße gestanden. Aber dann war er, während sich das Taxi näherte, geschickt wie ein Äffchen hochgehüpft, um die oberen Ecken des Plakats vom Glas zu rupfen. Im Sprung entblößten sich seine Knöchel, der bestrumpfte und der nackte. Daran hatte sie ihn erkannt. Das Taxi kam auf den Straßenbahnschienen ins Rutschen, so prompt reagierte der Chauffeur auf ihren Zuruf. Und mit einem Satz war Elvira Blumenthal draußen, um ihrem Sportfreund mit den Händen in den Schopf zu fahren. Herzlich grob riß sie seinen süßen Quadratschädel an ihren Busen. Er quiekte vor Schreck, sie lachte vor Glück. Wunderbar weiß waren seine Haare, und frisch gewaschen dufteten sie nach einem guten Shampoo.

«Noch einmal die gleiche Runde?»

Der Schnauzbart fragte dies ganz beiläufig, als wäre es für ihn das Normalste von der Welt, einen Fahrgast zum dritten Mal im Kreis um die Altstadt von G. zu kutschieren. Elvira Blumenthal wagte sich nicht in die Goethestraße. Nicht jetzt am hellen Sonntagmittag. Gefühl und Verstand waren sich darin einig, daß die entscheidende Bedrohung von Angela ausging. Angela war vernünftig und hatte Mut. Angela duldete keine krummen Touren. Angela mochte keine Ausnahmen, zumindest keine Ausnahmen dieser Art. Für Angela Z. waren der kleine Sportfreund und die neue Elvira Blumenthal gewiß schlimme Verirrungen der Natur. Angelas Blick, der nicht nur Tadel, sondern Ausmerzung verhieß, galt es zu entgehen. Deshalb war sie morgen mit einem polnischen Makler verabredet. Morgen früh um zehn würde sie den Mietvertrag unterschreiben und die Schlüssel für ihre Zweitwohnung in Zgorzelec ausgehändigt bekommen. Bis dahin hieß es für sie beide, noch einen halben Tag und eine Nacht unentdeckt zu bleiben.

Jetzt hatte ihr kleiner Freund das Plakat entfaltet und es sich, die Bildseite nach außen, über Gesicht und Brust gelegt. Schüchtern, wie er immer noch war, wollte er wohl erreichen, daß sie sich ansah, wofür es warb. Seine Knie hopsten auf und ab, er war ungeduldig, er schien auf Antwort zu warten. Also las sie, und lesend glaubte sie ihn zu verstehen. Gottlieb Ameis war ein bezaubernder Name. Ein Künstlername fast. Einen Gottlieb Ameis hätte sie, so er recht emsig und recht fromm um sie geworben hätte, vielleicht sogar geheiratet. Dieser hier war allerdings schon lange tot. Sei's drum. Eine Ausstellung, zu der man hinging, um seine Aufmerksamkeit auf das Dargebotene zu konzentrieren, schien ihr ein klug gewählter Platz. Heute würden dort die Tagestouristen in der Überzahl sein. Und Angela war bereits dort gewesen. Das vermutete sie zumindest. Denn ein Exemplar dieses Plakats hing seit über einem Monat bei ihrer Hausmeisterin im Flur.

«Zum Kulturpalast!» – «Dom Kultury!» übersetzte der Taxifahrer unnötigerweise. Und ebenso unnötig schaute er kurz nach hinten. Sein Schnurrbart war doch nicht so gepflegt, wie Elvira Blumenthal zunächst gedacht hatte, ein großer Tabakkrümel hing ihm in der Hälfte, die ihrem Blick verborgen gewesen war. Und obwohl Dom Kultury es lautlich nicht zwingend verlangte, war ihm bei der Artikulation der vier polnisch singenden Silben eine erstaunlich lange und überraschend rote Zunge vor die nikotingelben Zähne gefahren.

Schwartz schnüffelte so unauffällig, wie er dies inzwischen konnte, Richtung Eingang. Durch die geöffnete Glastür, von der Kassentheke des Kulturpalastes her, roch es nach verbranntem Haar. Wenn ihn ein neuer Geruch in seinen Bann schlug, schien stets trügerisch klar, wo sein Ursprung lag. Meist bildete er sich sogar ein, den Verlauf seines Heranwehens zu kennen. Gerade dieser Allwissenheitsschwindel war typisch für den Tumortyp, von dem ein Exemplar in ihm heranwuchs. Im nächsten, im demnächst akuten Stadium würde die Sinnestäuschung auf die Geschmackswahrnehmung der Zunge übergreifen. Ein australischer Schicksalsgenosse hatte sie sich, zermürbt von der unerträglichen Bitternis in seinem Mund, herausgeschnitten und war, überschwemmt von der eigenen Süße, die er noch zu erinnern, aber nicht mehr zu schmecken in der Lage war, verblutet. So stand es zumindest in einem Artikel von «Our Brain Today», einem populär aufgemachten Zweimonatsmagazin, das in Houston/Texas erschien und seit diesem Frühjahr sogar in einigen großen deutschen Bahnhöfen erhältlich war.

Er hatte in den zurückliegenden Monaten einen erheblichen Teil der neusten Fachliteratur durchgearbeitet. Und je mehr er über sein Nerozellensarkom las, um so klarer wurde ihm, daß er sich niemals einer herkömmlichen Untersuchung ausliefern würde. Keiner dieser kaltfingrigen Kerle, kein Neurologe und erst recht kein Neurochirurg, sollte sich an seinem Kopf zu schaffen machen. Kein einziges der üblichen diagnostischen Geräte, keine dieser schwarzmagischen Strahlenschleudern, kein Magnetfeldfühler und erst recht kein Bohrer, kein Messer und auch kein Laserstrahl durfte an seinem Schädel zum Einsatz kommen. Das da drinnen war er selbst, war er, wie ihn seine Mutter geliebt hatte. Von Anfang an, vom ersten Verdacht an, hatte er deshalb in dieser Sache auf Weiss gesetzt. Freund Weiss sollte ihm bitte-bitte sagen, wie lange er noch zu leben habe, und dann sollte er ihm mit einem seiner herrlich bündigen Sprüche rigoros davon abraten, sich mit irgendwelchen Torturen zu Tode therapieren zu lassen.

Am Mittwoch war Schwartz der Erlösung durch den Kollegen ganz nah gewesen. Das Schicksal hatte ihm die Gelegenheit mit Hilfe eines polnischen Taxifahrers serviert. Als er bei der morgendlichen Parkplatzsuche vor einer Lücke abrupt abgebremst hatte, war der Pole auf ihn aufgefahren. Man konnte es kaum einen Unfall nennen. Mercedes hatte Mercedes auf den Stoßfänger gepufft. Aber Schwartz, der den Kopf schon zur Seite gedreht hatte, um mit dem Rückwärtsfahren zu beginnen, war mit dem Ohr gegen die Nackenstütze geschlagen. Während der schnauzbärtige Chauffeur und er sich Heck und Front ihrer Wagen besahen und keinen Schaden entdecken konnten, begann es in seinem rechten Gehörgang an- und abschwellend zu brummen, als hätte sich ein Insekt in ihn verflogen. Schon auf dem kleinen Wegstück hin zur Praxis ließ das inwendige Geräusch wieder nach, doch wie im Gegenzug

wurde ihm dafür der Nacken steif. Elena, der er als erster von der glimpflich verlaufenen Karambolage erzählte, rief sogleich Weiss hinzu.
So nah waren sie sich nie zuvor gekommen. Masse zog Masse an. Stets hatten Weiss und er darauf geachtet, daß genügend Abstand die wechselseitige Gravitation ihrer Leiber schwächte. Bei aller Sympathie waren sie ähnlich bestrebt gewesen, nicht ineinanderzustürzen. So hatte es sich in dem guten Jahr, in dem sie sich nun kannten, nur rund hundertmal ergeben, daß sie sich männlich fest und männlich kurz die Hände drückten. Nun wachte Elenas skeptischer Blick darüber, wie die Finger des Jüngeren durch das Haar des Älteren fuhren. Vielleicht ahnte sie etwas. Vielleicht dachte sie aber auch nur, daß der Ansatz der von Weiss freigekämmten Haarschäfte verriet, wie nötig es war, diesen Schopf nachzufärben.
Schwartz, der sich in seinen ersten Praxisjahren selbst eine Zeitlang in Chiropraktik versucht hatte und, soweit er dies einschätzen konnte, bloß ein mittelprächtiger Einrenker gewesen war, spürte, wie scheinbar absichtslos, wie angenehm abstrus die Hände von Weiss über seinen Hinterkopf spazierten. Von einem Tasten oder einem erkundenden Drücken konnte kaum die Rede sein. Die Halswirbelsäule und die Nackenmuskulatur blieben sogar gänzlich unberührt, und wie um die Nachlässigkeit auf eine provozierende Spitze zu treiben, begann Weiss, sich mit Elena über deren Mutter zu unterhalten.
«Mach dir keinen Kopf. Da ist nichts.»
Selbst diese Bemerkung klang wie zu ihr gesprochen, als wäre sie mit einem Schutzbefohlenen, einem Kind oder einem jüngeren Geschwister, zur Untersuchung erschienen. Elena verließ den Raum, weil das Telefon trillerte. Die Stirn noch immer gesenkt, harrte Schwartz des Kommenden. Er wartete darauf, daß Weiss nun, wo sie unter sich waren, das entscheidende «Bis

auf deinen Tumor» nachschieben und abschließend noch ein trockenes «An dem natürlich nichts zu machen ist» hinzufügen würde. Statt dessen hörte er, fünf Schritt hinter sich, ein Schloß klicken und das solide und zugleich hohl klingende Rollgeräusch, das die großen Schubfächer von sich gaben, wenn man sie langsam aufzog.

Er hätte sich damals umdrehen sollen. Denn während er Weiss dort hinten rascheln hörte, spürte er plötzlich erneut Finger im Haar. Nun, wo der Kollege auf Abstand gegangen war, griffen die Hände gründlicher zu. Jetzt packten sie umstandslos, ja rabiat auch seinen Nacken. Und obwohl sein Gehör keinen Zweifel daran ließ, daß Weiss mindestens drei Meter entfernt herumhantierte und dabei mehrfach unwillig aufschnaufte, rückten ihm diese Hände auf unerklärliche Weise die angststeifen Wirbel gerade. Er spürte die Länge und die besondere Schärfe der Fingernägel. Die Spanne der Finger kam ihm nun kürzer vor.

Er hätte sich damals umdrehen sollen.

Nicht um zu sehen, daß niemand hinter ihm stand. Auch nicht, um mit den Augen auszumessen, daß sich Weiss außer Reichweite befand. Er wußte blind, wie groß ihre Behandlungsräume waren. Aber wenn er sich umgewandt hätte, hätte er die Nase günstiger in den Binnenwind, in die Luftströmungen ihrer Praxis bekommen und so wahrscheinlich erschnuppert, von woher es, zeitgleich mit dem Zupacken dieser Hände, ganz kurz, aber ungeheuer deftig nach Bock gerochen hatte.

Endlich sah er Elena. Mit ihrer Mutter stand sie am Fuß der Treppe, inmitten einer Schar Abiturientinnen oder Studentinnen, die sich anschickten, lustig durcheinanderschnatternd, zum Granitportal des Dom Kultury heraufzusteigen. Ein zierlicher, agiler Mann, im Alter irgendwo zwischen ihm und Weiss, hielt die Gruppe mit energischen Zurufen zusammen. In seiner forschen, dominanten Art glich er dem Kollegen, auch sein sportlich federnder Gang war ähnlich. Und Schwartz staunte über sich selbst, staunte, wie er sogleich, allein auf Grund dieser oberflächlichen Übereinstimmung, ein starkes, ein unverkennbar warmes Sympathiegefühl für den Fremden empfand.

Der Mädchenführer drehte sich nach zwei Nachzüglerinnen um und rief ihre Namen. Er duzte die jungen Frauen. Schwartz hörte eine von ihnen antworten und erfuhr, daß der Mann, der Weiss glich, Christian hieß. Die Gerufenen beeilten sich, zur Gruppe aufzuschließen, und dabei stieß die eine mit Elena zusammen, die gerade versuchte, ihre Mutter am Ellenbogen die ersten Stufen der Treppe hinaufzuziehen. Elena stolperte. Ihre Mutter nutzte die Gelegenheit, um sich aus ihrem Griff zu lösen. Mit schnellen Schritten Distanz schaffend, rief sie Elena noch ein paar scharf, fast bös klingende Worte zu. Dann schaute sie zu Schwartz hoch. Offenbar hatte sie schon die ganze Zeit gewußt, daß er da oben stand und auf sie und ihre Tochter wartete. Ihre Blicke trafen sich. Ihm mißlang ein Winken. Kläglich, wie das Eingeständnis einer selbstverschuldeten Niederlage, mußte es aussehen. Elenas Mutter warf die rotgefärbten Haare in den Nacken. Und eh sie sich wegdrehte, überraschte sie ihn, den Arzt, mit dem ihre Tochter sie ins Gespräch hatte bringen wollen, durch ein für ihr Alter wahrlich kühnes, durch ein souverän obszönes Herausstrecken der Zunge.

Kein Zweifel, man war hinter ihm her. Eben, als er sich doch zu einem abrupten Umdrehen hatte hinreißen lassen, als er sich, über einen Trupp Ausflügler hinweglinsend, schon für seine paranoiden Anmutungen tadeln wollte, sah er, wie ein Mann in einen Torbogen gezogen wurde. Ein komisch hochkickender nackter Fuß, eine unverschämt muskulöse Wade hatten den Verschwindenden gerade noch verraten. Weiss wechselte die

Straßenseite, blieb vor dem Schaufenster der Touristen-Information stehen. Einer seiner Verfolger spitzelte aus dem Torweg, und ganz kurz war ein zweiter Schopf über seiner Schulter zu sehen.

Ließ Schwartz ihn beobachten? Oder hatte Elena zwei ihrer vielen Cousins auf ihn angesetzt? Dem Kollegen wie der Geliebten war dergleichen aus verwandten Gründen zuzutrauen. Damals, als sich Elena auf die Stellenanzeige hin vorgestellt und ihre blanke Erfahrungslosigkeit in Sachen Praxisarbeit, polnisch gewitzt und umwerfend weiblich, als Vorzug dargestellt hatte, war in ihm der verführerische Gedanke aufgestiegen, Schwartz könne sich in diese Frau verlieben. Vor allem deshalb hatte er sie eingestellt. Ein festes Verhältnis zwischen Elena und Schwartz hätte ihren spröden Männerbund, ihren stillschweigenden Ergänzungspakt, langfristig entlastet. Warum hatte Schwartz nicht angebissen? Besaß Elena nicht alles, was einen Mann im hoffnungsfreien Alter zweckfrei entzücken konnte? Lag nicht nahe, sich von ihr den Galopp der Lebensrestzeit verlangsamen zu lassen?

Egal, es hatte halt nicht geklappt. Weiss spürte einen Schwindel und legte beide Hände auf die Schaufensterscheibe. Er hatte zu wenig gefrühstückt, auch nicht die nötige Menge Tee getrunken. Seit der Kleine abgestillt war, rechnete er täglich mit einer spürbaren Regeneration seiner Kräfte. Aber irgendeiner Instanz seines Körpers gefiel wohl nicht, daß er Ansprüche stellte. In den letzten zwei Wochen hatte sein Kreislauf regelmäßig verrückt gespielt. Er schlief schlecht, wachte immer noch mindestens dreimal auf, als gälte es wie in den zwölf Monaten zuvor, einem durstig Quengelnden das Handgelenk oder die Ellenbogenbeuge zum Saugen zu reichen. Er sehnte sich wahrlich nicht danach. Das ganze nächtliche Treiben, das Brennen an der erneut aufgebissenen Wunde, die Ermattung durch den

Blutverlust, alles sollte endlich der Erinnerung gutgeschrieben werden, einer Bank, deren mickrige Zinsen ihm auch in Zukunft gestohlen bleiben konnten. Es hätte ihm genügt, ganz banal, seinethalben jede Nacht, davon zu träumen. Statt dessen lag er lange wach und besah den Kleinen. Der schlief so gut wie tot, erwachte mit dem ersten Morgenlicht glanzäugig wie ein Auferstandener und schnappte sich das Fläschchen mit Ziegenmilch, das er beim gemeinsamen Zubettgehen am Rand des Futons für ihn bereitgelegt hatte.

Weiss senkte die Stirn auf die Fensterscheibe der Touristen-Information. Er hatte es satt, fit zu sein. Es verdroß ihn, jeden großen und jeden kleinen Dreck in den Griff kriegen zu müssen. Wie um ihn als Macher, als Zurechtmacher der Welt, zu verspotten, hing im Schaufenster gleich viermal das Poster, das überall in der Stadt für die aktuelle Ausstellung im Kulturpalast warb. Gestern, etwa um die gleiche Zeit, waren sie gut gelaunt dorthin aufgebrochen. Schon als Junge hatte er alte Maschinen geliebt. Sie konnten ihm gar nicht verjährt und vernutzt genug aussehen. Die ganze Woche hatte er sich schon darauf gefreut, den Kleinen huckepack vor die plumpen Vakuumpumpen und die klobigen Elektrisiergeräte, in die Sammlung von Gottlieb Ameis, zu schleppen.

War es das? War dies der Grund gewesen?

Er klammerte sich an den Einfall, obwohl er der Willkür seines Auftauchens mißtraute. Auch sein Söhnchen hatte den Exponaten, dem herrlichen Experimentierkrempel aus Messing, Kupfer, stumpf gewordenem Glas und knorrigem Leder, entgegengefiebert. Doch dann wurde ihm, dem Vater, der alles deichseln konnte, einfach der Zutritt verwehrt. Zwei Frauen im Alter von Angela Z. schoben ihm ihre breiten polnischen Hüften in den Weg, als er ihnen nur flugs im Vorübergehen seine Karte vorzeigen wollte. Auf deutsch wiesen sie ihn zurecht. So komme er nicht in die Ausstellung. Taschen und Rucksäcke müßten an der Garderobe abgegeben werden.

Weiss zog alle Register, um sie zu becircen, sogar das bißchen Polnisch, das er im letzten halben Jahr aufgeschnappt hatte, kam zum Einsatz. Und sein Kerlchen, das die Nähe der urigen Gerätschaften, den Sog der Kolben und Hohlkugeln, spürte, half auf seine klandestine Weise tüchtig mit. Aber zwei Weibsbilder gleichzeitig vom Pfad gemeinsamer Überzeugung abzubringen war ein Meisterstück, das selbst einem Könner nur selten glückte. Leider waren die Ordnungsdamen des Dom Kultury der verehrten Hausmeisterin in der Goethestraße nicht nur im Alter ähnlich. Es gab kein Durchkommen. Schließlich beschränkte er sich darauf, seine Eintrittskarte wie eine Oblate auf die weit herausgestreckte Zunge zu legen, sie vor den Augen der Wachlöwinnen gründlich zu zerkauen und mit einer vorwurfsvollen Schlußgrimasse hinunterzuschlucken. Darüber machten die beiden dann schon große Augen. Allerdings blieb keine Muße, diese kleine Genugtuung zu genießen. Der Kleine strampelte und boxte vor Wut und fing sogar an, ihm mit seiner Taschenlampe gezielt in die Nieren zu stoßen.

Auch auf dem Weg nach Hause wollte er sich nicht beruhigen. Und als er aus dem Rucksack kam, ging das Zetern erst richtig los. «Mumi! Mumis!» kreischte er in einem fort. «Gutib Mumis! Gutib! Gutib!» So schrill und laut, daß Weiss zum letzten Mittel, zum Kopfkissen, gegriffen hatte, um das Geschrei zu dämpfen.

Ja, Gutib Mumis.

War es nun, wo der Kleine das Weite gesucht hatte, ein Segen, daß er dieses Kauderwelsch als einziger aufs Wort verstand? Oder hätte er längst an einer deutlicheren Aussprache arbeiten müssen, um seine Ausgeburt tauglich für die Welt zu machen? Ein jüdischer Witz kam ihm in den Sinn: Ausgerechnet dem schlimmsten Stotterer des Ghettos waren von einem himmlischen Boten alle Namen Gottes – oder waren es die vielen Silben des einzig wahren Namens? – eingegeben worden. Die lokalen Schriftgelehrten, die dies irgendwie spitzgekriegt hatten, mühten sich mit unterschiedlichen Methoden, den von der überirdischen Aufregung vollends blockierten Propheten zum Sprechen zu bringen. Erst der Frau des greisen Rabbi war es schließlich gelungen. Aber wie? Und wozu war der verfluchte Name dann gut gewesen? Er bekam die Pointe nicht mehr zusammen.

Weiss sah sich um. Unwahrscheinlich, daß seine Verfolger, der Kerl mit den strammen Waden und sein Begleiter, ihm in dieser Frage weiterhelfen konnten. Er zog die Gurte des Rucksacks stramm. Dann holte er Luft und rannte los. Auch in seiner jetzigen Verfassung, auch angeschlagen, glaubte er sich noch besser in Form als das meiste, was auf polnischen oder deutschen Sohlen durch das sonntägliche G. schlurfte. Und das Gelände kannte er inzwischen gut. Er würde die beiden Schnüffler schlimm ins Schnaufen bringen und spätestens am Käuzchensteg abgehängt haben.

Es ist wahr, die Männer sind göttliche Bastler! Mit uns wissen dies am besten jene Frauen, die selbst mit Bohrer, Säge und Lötpistole umgehen können. Regelmäßig verzweifelt das patente Weib an der Umständlichkeit seines Gatten. Vernarrt in sein Tun, tut er des Guten zuviel. Den Haken, der bloß die Lampe über dem Küchentisch tragen soll, verankert er, als gelte es einen Erzbischof zu erhängen. Und das Kabel, das er nach langem Stirnrunzeln auswählt und das nur eine Energiesparbirne zu nähren hat, könnte den Petersdom oder einen elektrischen Stuhl mit Strom versorgen. So kurios sind die Kerle. Und gleich den Frauen lieben wir sie sogar für das, was sie der Vernunft, auf die sie sich so gerne berufen, in unvernünftiger Praxis zuleide tun.

Hier unter uns, an den Ufern der Neiße, über die bei Nacht der Flug des Fratzenkäuzchens streicht, haben die einschlägigen Sprößlinge slawischer und germanischer Stämme das Kleinvieh gehütet. Während die Schnauzen der Schweine nach Wurzeln gruben und die harten Lippen der Schafe sich mit den bodennahen Pflanzen begnügten, war vor den Ziegen kein halbwegs tief hängender Ast sicher. An den Eichen fraßen sie stets am liebsten. Auf den Klauenspitzen der Hinterbeine standen sie aufrecht an den Stämmen und kletterten, wenn diese hinreichend schief waren, sogar hinauf. Dort, wo inzwischen der Dom Kultury seine plumpe, nachthaubenähnliche Kuppel vor das Tagblau des Himmels stemmt, wuchsen damals noch viele dieser zu Krüppeln verbissenen Bäume. In ihrem fleckigen Schatten schnitzten die Burschen, die wir meinen, Muster in ihre Stöcke. Tiefsinnig bohrten sie im rechten und noch tiefer im linken Nasenloch, um dann weiter zu kerben, zu schälen und anzuspitzen – während sich eine aufmerksame Geiß, die das Grün der abgeschnittenen Zweige entdeckt hatte, über die Blätter hermachte.

Der junge Gottlieb Ameis wurde dazu verdonnert, einen ganzen Sommer lang mit den Knaben der niederen Stände über Zicklein, Geißen und Böcke zu wachen. Wer es Tinte auf Papier nachlesen mag, kann sich im Stadtarchiv von G. den Ameisschen Lebensbericht, das handschriftliche Original, vorlegen lassen. Der Grund für die Strafe war Gottliebs notorische Verträumtheit. Vor allem während des Unterrichts in den alten Sprachen pflegten ihm irgendwann unweigerlich die Augäpfel nach oben zu kippen. Nicht daß er schlief, aber wach im gebotenen Sinne war er nachweislich nicht mehr. Wenn ihm der Lehrer, der nur sein Bestes wollte, schwungvoll gegen den Hinterkopf schlug, entfuhr Gottlieb sogleich ein vollständiger Satz in der betreffenden Sprache, auf griechisch oder in Latein, nur daß der Spruch selten zum im Augenblick behandelten Gegenstand paßte.

Die Hütebuben, die nur ihr schlesisches Mischmasch sprachen, bemerkten das gleiche, doch bei ihnen war seine spezielle Blödheit gut aufgehoben. Gerne versteckten sie einen seiner Schuhe im Gestrüpp, legten das gute Stück, so es sich anbot, auf einen Ameisenhaufen oder schoben Brennesselblätter in seine Spitze. Auch die sorgsam verkorkte Flasche mit Holundersaft, die die Mutter ihrem Gottlieb mit auf die Weide gab, war nie vor irgendeiner naheliegenden Anreicherung ihres Inhalts sicher. So wurden die barfüßigen Rabauken dem besonderen Altersgenossen, dem Gefährten eines einzigen Sommers, den sie kurz und bündig Gutib nannten, auf ihre grobe Manier gerecht. Und wenn dem der Geruch, der aus seiner Flasche aufstieg, doch verdächtig streng schien, trank er statt dessen die Milch der Ziegen, die, solange sie frisch ist, reinsüß schmeckt und in nichts ihre Herkunft verrät.

Als man drei Jahrzehnte später aus Dresden und Breslau, ja sogar von Berlin, Warschau und dem fernen stolzen Königsberg her angereist kam, um sich von Gottlieb Ameis elektrisieren zu lassen, scheuten sich die Genossen seines Ziegensommers nicht, es den besseren Leuten gleichzutun. Diese Höhergestellten hatten ihrem gelehrt gewordenen Gutib gewiß kein höheres Leiden zu bieten. Also brachte man ihm die vom Nervenreißen malträtierte Mutter, den allzu vergeßlich gewordenen Vater, sogar die kindlos bleibende Ehefrau ins Haus. In seinen Memoiren bekennt Ameis freimütig, wie gern er die Arbeit im Tuchlager, den Schreibkram im Kontor, das ganze Rechnen, Zählen, Verwalten und Korrespondieren, dafür liegenließ. Beschwingt, ein altes schlesisches Hütelied auf den Lippen, sei er die Treppe hoch in sein Kabinett gesprungen, um sich dort mit der geladenen Kupferkugel, der Kleistschen Flasche oder den galvanischen Elementen, die er selbst aus Goldfolie und gefettetem Damast gewickelt hatte, dem krummgeschufteten Buckel eines Kleinbauern oder dem unfruchtbaren Schoß einer Handwerkersgattin zuzuwenden.

Schwartz, der sich nach und nach mit den wichtigsten populären und wissenschaftlichen Publikationen zur Geschichte seiner Heimatstadt eingedeckt hatte, wußte bald alles, was man über diese Apparate nachlesen konnte. Die mumifizierten galvanischen Elemente des Gottlieb Ameis wurden, zusammen mit den meisten seiner Gerätschaften, erst vergangenen Sommer in einem vermauerten Gewölbe, im Nachbarhaus der Tuchhändlerfamilie, wiederentdeckt. Unklar blieb, wann und wie sie in dieses Versteck gelangt waren. Der Grund, sie zu verbergen, mochte mit ihrem hohen Gehalt an edlen und halbedlen Metallen zusammenhängen. Allein vom wahrlich nicht billigen Kupfer hatte Ameis eine veritable Tonne in den Apparaturen verbaut. Gold und Silber waren nicht nur als papierdünne Folien, sondern auch als massive Kugeln und Zylinder enthalten. Sogar das hochseltene Platin, das damals nur ein englischer Arzt und Amateurgelehrter von seinen Begleitmetallen zu reinigen verstand und per Post aus Whitehaven in Cumberland an Interessierte in ganz Europa versandte, konnte gefunden werden. Fast noch ungewöhnlicher erschien den Fachleuten eine gut handlange, leicht gebogene Röhre aus Nikkel, die in zwei pflaumengroßen Hohlkugeln aus Kobalt fußt. Ablagerungen an der Innenseite der Wandung verrieten, daß eine salzige Lösung in das Nickel-Kobalt-Gefäß gefüllt gewesen war. So gaben die seltsame Form und die Rarheit der verwendeten Metalle Anlaß zu allerlei wissenschaftshistorischen Spekulationen.

Da lag ihnen das Ding vor Augen.

Schwartz und Elena besahen es, beugten sich Schulter an Schulter über die bläulich angestrahlte Vitrine. Schlau spielte die Ausstellung mit Hell und Dunkel. Schwarzwandige Gänge führten, niedrig überdacht, von Station zu Station. Die Gerätschaften des Gottlieb Ameis waren zu einem Parcours angeordnet, dessen Verlauf dem Besucher, zumindest beim ersten Durchgang, verwirrend labyrinthisch vorkommen mußte. Geheimnisvoll krumm und schummrig ging es zu. Und den beiden, dem Arzt wie seiner Helferin, kam dieses Geleitetwerden gerade recht.

Als Elena, von ihrer Mutter verlassen, die Treppe des Kulturpalasts emporgestapft gekommen war, hatte sie vier Stufen vor Schwartz so unerhört weiblich verzweifelt mit den Schultern gezuckt, daß diesem zu seiner eigenen Überraschung der männliche Mut einschoß, sie zum Ausstellungsbesuch einzuladen. Vielleicht ergab sich so die Gelegenheit, noch das eine oder andere anzusprechen. Vielleicht wußte sie mehr über Weiss' heimliches Treiben, als sie bisher zuzugeben, als sie sich womöglich selbst einzugestehen gewagt hatte. Von Apparat zu Apparat wandernd, hielten sie es dann zunächst so, daß sie still die auf schmalen Tafeln dargebotenen Texte lasen. Schwartz blieb immer ein wenig länger als nötig stehen, da er davon ausging, daß Elena in dergleichen Welterklärung nicht so geübt war wie er. Sie hatte ja nur Germanistik studiert. Aber plötzlich begann er, aus den Augenwinkeln schielend, zu befürchten, daß es Elena aus einem anderen, für ihn wenig schmeichelhaften Grund just ebenso machte. Er wußte aus der täglichen Zusammenarbeit, wie fix ihre Auffassungsgabe war. Er gab sich einen Ruck, er spannte den Rücken. Es war ihm wichtig, keinen Anlaß zu falschen Vermutungen zu geben. Sein übervorsichtiges Abwägen, sein skrupulöses Zögern, war kein frühzeitiges Altershandicap; schon seine Mutter hatte er, als er noch ein zwanghaft ordentlicher Knabe gewesen war, damit immer aufs neue zur Verzweiflung gebracht.

Hatten sie die Texttafeln studiert, versuchten er und Elena stets, einen kleinen, nicht allzu ungelenken Wortwechsel über die Verwendung oder Eigenart des jeweiligen Geräts zustande zu bringen. Das war ihnen von Maschine eins bis Maschine fünf immer besser gelungen. Jetzt aber, vor dem hohlen Nickelding, geriet ihr Fortschritt ins Stocken.

«Vielleicht hätte Mama eine Idee, wozu es gut ist», entschlüpfte es Elena.

Schwartz fühlte, daß er gleich ihr errötete. Seit seiner Kindheit führte dies bei ihm zu seltsam asymmetrischen Flecken auf Wangen und Stirn. Seine ganze Schulzeit hindurch war er hierfür gehänselt worden. Seine Mutter hatte immer gesagt, ihr Sohn sehe, wenn er sich für etwas geniere, wie die Geniertheit in persona aus. Genau dies erzählte er nun Elena. Und über den Glaskasten geneigt, der das unerklärte Teil enthielt, staunte er selbst, wie geschickt er die kleine Kindheitsanekdote ins Spiel brachte. Schließlich nannte er den Nickelkolben mit einem für seine rhetorischen Verhältnisse kühnen Scherz einen Verlegenheitsakkumulator, der die elektrisierend peinlichen Gefühle, unter denen die von ihm Angerührten litten, in seinen Kugeln speichere. Wahrscheinlich seien die hohlen Nüsse deshalb aus Kobalt, weil sich der Name des von den Bergleuten unerwünscht mitgeförderten Metalls vom Wort Kobold herleite. Ähnlich verhalte es sich übrigens mit Nickel. Nick oder Nickelchen seien Namen gewesen, mit denen die Hexen ihren liebsten Liebhaber gerufen hätten. So langsam dämmere ihm, was es mit diesem Gerät des Herrn Ameis, dieser Spezialanfertigung, auf sich habe. Seine Mutter habe, sobald ihr ein Gegenstand in die Hände gefallen sei, dessen Zweck sich ihr nicht erschließen wollte, stets scherzhaft gemeint, daß es sich entweder um Kunst oder um etwas Katholisches handeln müsse.

«Lebt Ihre Mutter noch?»

Schwartz schüttelte den Kopf und hörte sich gleichzeitig «Ja, in gewisser Weise lebt sie noch» antworten.

Im selben Augenblick traf die Mädchengruppe bei ihnen ein. Die jungen Körper umdrängten die Vitrine, die vordersten wurden von neugierig nachschiebenden gegen Schwartz und Elena geschubst – so heftig, daß der Führer des Schwarms, jener Christian, der ihm draußen im Sonnenlicht wegen seiner Ähnlichkeit mit Weiss aufgefallen war, von hinten rief, die Damen möchten doch bitte schön auf ältere Herrschaften Rücksicht nehmen. Darüber mußte Elena lachen, und Schwartz schob sie, ein greisenhaftes Hinken und Zittern andeutend, weiter, dem nächsten Ausstellungsstück entgegen.

Weil es ihm, zumindest für das folgende Dutzend Schritte, das Normalste von der Welt schien, Elena am bloßen, sommerlich braunen Ellenbogen zu fassen und das schmale Gelenk mit den Fingerkuppen zu drücken, blieb unerzählt, wie es um seine Mutter stand. Noch Anfang des Jahres hatte er sich nach einem niveauvollen Pflegeheim in der Umgebung von G. umgesehen, war aber dann zu dem Entschluß gekommen, die Greisin in der gewohnten Umgebung zu belassen. Auf der Station, auf der sie nun schon das zehnte Jahr lag, kannte man die ihr verbliebenen Bedürfnisse. Da er sich die Betreuung einiges kosten ließ, hatte er den Tagesablauf vertraglich fixieren lassen. Morgens um zehn, wenn er in der Praxis eine kleine Kaffeepause machte, wurden in Düsseldorf die von irreversiblen Muskelverkürzungen verkrümmten Beinchen seiner Mutter fachgerecht aus dem Spezialbett gehoben. Geduldig ließ das Pflegepersonal den Strom erstaunlich scharfzüngiger Flüche, den sie während dieser Prozedur ausstieß, über sich ergehen. Im Rollstuhl wurde sie an ihren alten Sekretär geschoben, an das einzige Möbel, das sie aus ihrer letzten Wohnung ins Heim begleitet hatte. Falls man dort vergaß, ihr die Brille aufzusetzen, kam es zu einem neuen Höhepunkt ihres Gott und die Welt verwünschenden Geschimpfes. Aber saß die Lesehilfe im richtigen Abstand auf der Nase und war das Fotoalbum aufgeschlagen, beruhigte sie sich und durfte alleingelassen werden. Ihr rechter Arm war, gestützt auf die Schreibplatte, noch hinreichend kräftig, und die Finger waren noch beweglich genug, um die dicken Blätter zu wenden. Immer häufiger jedoch verzichtete die Greisin auf das Umblättern. Meist genügten ihr inzwischen die von einer Doppelseite dargebotenen vier oder sechs Abzüge für ein zeitlos besinnliches Stündchen. Und erst wenn das Babyphon, das ihr nuscheliges Flüstern und ihr heiseres Kichern ins Schwesternzimmer übertrug, verstummt war, kam das Personal, um die Schlummernde in ihr Bett zurückzuheben.

Weiss war stolz darauf, seine Verfolger abgehängt zu haben. Auf der polnischen Seite des Käuzchenstegs hatte er sich noch ein paar Minuten hinter einem Lieferwagen verborgen und den Ausgang des Plexiglastunnels im Auge behalten, war dann erleichtert in den Kulturpark hineingeschlendert. Fast fühlte er sich frei. Ihm war, als hätte ihm eine lästige Geliebte den Laufpaß gegeben, als hätte er eine überfällige Trennung, wie es ihm in seiner Studentenzeit bestimmt ein dutzendmal gelungen war, derart kunstvoll in die Wege geleitet, daß er als der scheinbar Verlassene ohne Schuld dastehen durfte.
Womöglich ließen sich Elena und Schwartz ja doch noch zusammenbringen. In geschlechtlicher Hinsicht waren die seltsamsten Bocksprünge möglich. Wenn es soweit kommen sollte, wenn sich das Äußerste ereignen sollte, würde er selbstverständlich den Trauzeugen machen. Vielleicht setzten die beiden

sogar noch ein Kind oder zwei in die Welt. Eine beschwingende Vorstellung. Der leere Rucksack, das schlaffe Leder auf seinen Nieren, erleichterte ihm das geradlinige Nachdenken. Sosehr das Huckepackgeschleppe auch seine Intuition potenziert hatte, dem kausalen Schließen war es mehr als einmal abträglich gewesen. Wenn der Kleine wirklich wieder heimkommen sollte, mußte sich eine andere Lösung finden lassen. Eventuell konnte er hier, hier in Zgorzelec, eine geduldige und verschwiegene Kinderfrau für ihn auftreiben.

Verfluchte Sonne, verfluchter Volkskulturpark.

Er hatte, gegen die Mittagshelle blinzelnd, von einer vernünftigen Zukunft geträumt, und nun war es zu spät, um einem Anschlag der Gegenwart auszuweichen. Elenas Mutter hatte ihn bereits entdeckt. Dies wäre ihm, den Kleinen im Kreuz, gewiß nicht passiert. Er mußte wieder lernen, mit seinen alten, stumpfen Instinkten auszukommen. Er ging langsamer, legte sich einen nicht zu netten, einen allenfalls mittelfreundlichen Gruß samt einem launig kurz angebundenen Spruch zum sonntäglichen Wetter zurecht. Aber zu seiner Verblüffung blieb Elenas Mutter nicht bei ihm stehen. Wenige Meter vor ihm sah sie sich nervös um, beschleunigte dann ihren Schritt, und im Vorübergehen drehte sie nur den Kopf zur Seite, um ihm hastig etwas zuzuflüstern.

Weiss nickte, obwohl er sie nicht wortgenau verstanden hatte. Ihr Deutsch war hart, klang noch härter, wenn sie aufgeregt war. Sie hatte von der Ausstellung gesprochen. Und von Verrat. Längst schon hatte er sie im Verdacht, den Braten zu riechen. Sie und Frau Blumenthal waren im letzten Halbjahr zu seinen Risikopatientinnen geworden. Mit ihnen war er am weitesten gekommen, folglich drohte von ihnen die größte Gefahr. Verrat? Das konnte schlimmstenfalls heißen, daß sich der Kleine in der Ausstellung befand, daß er dort in fremde Hände gefallen

war, daß er, hysterisch brabbelnd, sich und ihn um Kopf und Kragen redete. Rasch knüpfte er sich das Hemd auf. Er lockerte den Gürtel, riß den Rucksack vom Rücken und stopfte ihn zur Hälfte in die Hose, schloß das Hemd über dem Rest. So müßte die Polsterung als sein Bauch durchgehen.
Im Dom Kultury erkannten ihn die beiden Wachdrachen nicht wieder. Vielleicht taten sie auch nur so. Was ihn sonst gekränkt hätte, konnte ihm jetzt nur recht sein. Er und seine falsche Wampe passierten die Schleuse. Drinnen jedoch wußte er nicht mehr weiter. Der labyrinthische Aufbau des Ganzen, der ihm gestern bestimmt gefallen hätte, war unter den gegebenen Umständen nichts als ein Ärgernis. Nach einer Lösung suchend, sah er sich um, überlegte, ob er versuchen sollte, nach oben auf die ringsum laufende Balustrade zu gelangen. Von ihr ließ sich die Ausstellung wahrscheinlich überblicken. Allerdings müßte er hierzu noch einmal an die Kasse. Dort begann die Treppe. Weiss wandte sich um und begriff sogleich, daß ihm der Rückweg versperrt war.
Da stand der Feind.
Da stand der liebe Feind.
Seine geliebte Feindin zückte eben ihr Portemonnaie, um Eintritt zu bezahlen. Es ergrimmte ihn, es machte ihn erzwütend, daß er selbst diese banale Verrichtung, dieses alltägliche Spiel ihrer Hände, begehrenswert fand. Von Anbeginn hatte ihn erbittert, den kleinsten Auf- und Umschwüngen ihres Ausdrucks so hilflos ausgeliefert zu sein – der Art, wie sie die Schultern zurückzog und die Hüften nach vorne schob, sobald sie dazu ansetzte, ihm ihn irgendeiner Sache zu widersprechen, der Weise, wie sie beim Gehen die Fußspitzen nach außen setzte, wenn sie am Ende ihres Disputs siegreich abging.
Sein Söhnchen hatte ihn, die Gefahr witternd, früh vor ihr gewarnt – soweit dies damals, als sie in G. eingetroffen waren,

im Bereich seiner Möglichkeiten gestanden hatte. Mit dem Sprechen war es im Winter noch nicht weit her. Wenn sich der Kleine nachts nach dem Saugen auf seinen nackten Unterarm schmiegte und vor dem Wiedereinschlafen noch ein bißchen brummelte, rülpste und knurrte, ließen sich mit Phantasie die ersten Silben verstehen. Im Frühling erst eroberte er sich das Wort. Er begann mit den Namen der ihm nahestehenden Personen, mit der allernächsten Person zuerst. Im diesigen Dämmer eines Märzmorgens war Weiss aus dem rotverschmierten Mäulchen mit einer Verniedlichungsform seines Nachnamens angesprochen worden. Schon bald darauf machte dem Bürschlein das dreisilbige, hellvokalige Elena keine Mühe mehr. Und das noch etwas schwierigere Elvira krähte er bei jeder sich anbietenden Gelegenheit mit nicht nachlassendem Vergnügen. Endschi jedoch, das fragwürdige Endschi zischte ihm stets wie ein halbunterdrücktes Niesen durch die Zahnreihen. Und die mißmutige Fratze, die er dazu zog, ließ keinen Zweifel daran, daß er die Gemeinte ganz im Gegensatz zu seinem Erzeuger kein bißchen zu mögen gewillt war.

Auch hier in Polen war es bestimmt nicht ungewöhnlich, einen kleinen Jungen auf die Damentoilette mitzunehmen. Also zog sie den Sportfreund hin zu der Tür, auf der das weltweit übliche gesichtslose Figürchen die fußlosen Beine aus dem schwarzen Rock in ein weites, weißes Nichts stemmte. Drinnen, vor den Waschbecken und Spiegeln, nahm niemand an ihrem gemeinsamen Kommen Anstoß, aber als Elvira Blumenthal die Kabine verriegelt hatte, pumperte ihr doch das Herz, als wäre etwas Gewagtes gerade eben noch gutgegangen. Nun, in der Enge der Stellwände, kam ihr der Kleine besonders kräftig, irgendwie vierschrötig und zugleich verräterisch unkindlich vor.

Wahrscheinlich lag dies vor allem an seinem Kopf, der Rumpf und Gliedern im Wachstum deutlich voraus war. Ihr Sportfreund hatte einen ausgesprochenen Quadratschädel. Wenn er ihn wie jetzt zwischen die starken Schultern zog, sah er fast bullig aus. Eines Tages würde er sie beschützen, ja schon jetzt wäre er bestimmt bereit, sich für sie auf einen Gegner zu stürzen, so wie ein tapferer Terrier sein Frauchen gegen jeden Angreifer zu verteidigen bereit ist.

Er hatte sich mit dem Gesicht zur Tür gedreht. Er wußte, was sich schickte. Und all das, was er noch nicht wußte, würde sie ihm nach und nach beibringen. Ihre polnische Wohnung sollte zu seiner Schule werden. Es gab so viel nachzuholen für sie beide. In ihrem ersten Leben hatte sie kein Kind, auch keinen Neffen, ja nicht einmal einen Schüler gehabt. Gleich nachher würden sie mit dem Lehren und Lernen beginnen. Die Ausstellung war ein prima Ort, um das eine oder andere auszuprobieren. Ob er wohl schon lesen konnte? Hoffentlich nicht! Unendlich süß stellte sie es sich vor, ihrem Sportfreund alle zwanzig Buchstaben beizubringen. Oder waren es fünfundzwanzig? Elvira Blumenthal sagte leise das Abc auf und zählte an ihren Fingern mit. Sie verzählte sich, lachte über ihre Ungeschicklichkeit und begann, auf der blitzblank geputzten Porzellanschüssel der Damentoilette des Dom Kultury einfach noch einmal von vorn.

Er hörte sie wohl.

Sportfreund hört Tante Elvira buchstabieren.

Sportfreund leiht seiner Tante Elvira das rechte Ohr, während er das linke an die Kabinentür preßt. Wohin? Wohin denn nur? Wohin? Zwei Pfeile zerren ihm in der Brust. Zwei Kraftpfeile, die zu weit auseinanderwinkeln, ziehen ihm die Rippen, die während der letzten Wochen ein bißchen zu spitz nach vorn gewachsen sind, schmerzhaft in die Breite. Weglaufen? Ist

Weglaufen der bessere Vektor? Ganz weg aus G.? Tante Elvira will ihn in Zgorzelec verstecken. Vorher soll er mit ihr zu den Maschinen, zu Kupfer, Kobalt, Nickel und zum Gold. Nickel ist gut. Aber ist es nicht schon der andere Pfeil? Heißt Nickel Kampfpfeil? Auf in den Kampf? Ab in den Kampf! Tante Elvira ahnt nicht, daß zu den Maschinen gehen womöglich kämpfen heißt. Wenn es zum Hauen, Stechen, Beißen kommt, wird auf sie Verlaß sein. Mit Haut und Haaren, mit ihren spitzgefeilten Fingernägeln, mit ihren wieder fest in Fleisch und Kiefer sitzenden Zähnen wird sie für Sportfreund und sein Bleiben einstehen. Dableiben! Dableiben will Sportfreund dürfen. Hier in der Welt will Sportfreund so groß und klug und keck wie Mamapapi werden.
Aber Sportfeind.
Sportfeind ist letzte Nacht nach G. gekommen. Sportfeind ist aus den Wolken in die schöne Welt geplumpst. Sportfeind hat unter Tante Endschis Decke Kraft und Saft getankt. Bei Tante Endschi hat er zehntausend Wörter und jede Menge Gewußtes in sich hineingeschlürft. Da draußen steckt er jetzt in Endschis Hosen. In ihren Wanderhosen stapft er auf Sportfreund zu. Die tückische Endschi hat ihn hergelotst. Die schlimme, schlimme Endschi!
Und Mamapapi?
Sportfreund horcht nach Mamapapi Weissilein. Oje, was muß er hören? Sein Mamapapi mag die dicke Endschi noch immer ganz arg leiden. Mehr noch als je zuvor! Weil sie so widerborstig ist? Sportfreund ist selber schuld. Sportfreund hat es nicht hingekriegt, die feine Tante Elena nach vorn zu turnen. Umsonst gehopst. Umsonst gehampelt und gestrampelt! Jetzt onkelt der Papapapi Schwartz um Elena herum. Der Papapapi, der immer den verkehrten Braten riecht. Sportfreund hat den Papapapi an der Nase herumgeführt. Aus Spaß. Aus purem Kopfspaß. Aus

Hirnspaß. Spaß muß sein. Was tun? Kampfpfeil? Sportfreund greint leise Kampfpfeil. Er greint sich Mut zu. Kampfpfeil! Kampfpfeil!
Ihr braver Kleiner wurde ungeduldig. Er schabte mit den Fingernägeln an der Kabinentür und quengelte herum. War ja sein gutes Recht. Er hatte lieb gewartet, bis sie soweit war. Und sich nicht einmal ungeduldig umgeschaut. Elvira Blumenthal versenkte die gebrauchten Hygiene-Utensilien in einer der bereitliegenden Tüten, verstaute diese im hierfür vorgesehenen Eimerchen. Wie umständlich und schön. Auch daran durfte sie sich nun ganz neu gewöhnen.

Angela hatte ganz vergessen, daß Immanuel barfuß war. Nun, wo die beiden resoluten Frauen, denen sie die Eintrittskarten hingehalten hatte, auf die Füße ihres Begleiters zeigten, leuchtete ihr allerdings sofort ein, daß die staubige Nacktheit seiner hübschen Zehen im Dom Kultury ein Problem darstellte. Vorhin, auf der Hetzjagd durch die deutsche Altstadt, hätten sie schnell den Anschluß verloren, wenn er noch in ihren Plastiklatschen unterwegs gewesen wäre. Der Fluchtversuch von Weiss hatte sie völlig überrascht. Aus dem Stand legte er ein Höllentempo vor und schlug verblüffende Haken, die unklar ließen, in welcher Richtung sein Ziel eigentlich lag. In Immanuel jedoch fand er seinen Meister. Lautlos federten dessen bloße Sohlen über Pflaster und Teer. Selbst ein Hase wäre ihm nicht entwischt. Und während Angela von seiner starken Hand durch die Gassen von G. gezogen wurde, fühlte sie sich, gewiß zum allerletzten Mal in ihrem Leben, wie ein Kind, das, mitgerissen von einem Großen, Riesensätze tun darf, beängstigend und beglückend zugleich.
Am Käuzchensteg hatte Immanuel sie hinter eine der neuen Texttafeln geschoben und ihr den Zeigefinger auf die Lippen

gelegt. Ihr flog die Brust, er atmete ganz ruhig, nur seine Augen strahlten, als hätte die Verfolgungsjagd ihren Glanz gesteigert. Er wies zum anderen Ufer. Durch das Gebüsch auf der polnischen Seite konnte Angela das weiße Blech eines Lieferwagens erkennen. Hinter diesem Auto verberge sich der Gesuchte und lauere ihnen auf. Allerdings sei die Geduld, die einer wie Weiss nur mühsam aufbringe, bereits am Schwinden. Ob auch sie dies spüren könne? Angela gab sich Mühe, sie strengte ihre Sinne an, aber es war dann doch Immanuel, von dem sie erfuhr, daß Weiss sein Warten aufgegeben hatte. Hand in Hand rannten sie in die Plexiglasröhre. Und schon wenig später, im Volkskulturpark, kam ihnen Weiss wieder vor Augen. Er steuerte die Treppen des Dom Kultury an, er stieg sie hinauf. Er schien seinen roten Rucksack weggeworfen zu haben.

«Meine Damen, könnten Sie mir nicht mit einem Paar Schuhe aushelfen?»

Die Miene, die Immanuel zu dieser Bitte machte, war so unverstellt hilfeheischend, daß den Gefragten der Atem stockte. Angela begriff, unter der Kuppel des Dom Kultury war sie die einzige, die eine gewisse Widerständigkeit gegen das Andrängen seines Ausdrucks entwickelt hatte. Die beiden Frauen steckten kurz die Dauerwellen zusammen, tuschelten auf polnisch. Die etwas Ältere nickte der etwas Jüngeren zu, und diese winkte Immanuel zur Seite. Ein gelblichweißer Schrank wurde aufgeschlossen, seine Schiebetür entblößte fünf Regalreihen voll mit grauen Filzpantoffeln.

«Von früher. Für Parkett.»

In seiner Kürze klang dies verlegen, halb entschuldigend, als wäre die ganze frühere Zeit samt dem Wunsch, das Parkett des Kulturpalastes zu schonen, peinlich erklärungsbedürftig geworden. Angela seufzte verständnisvoll. Und nachdem Immanuel behutsam, fast andächtig die drei vorrätigen Größen anprobiert und sich für die mittleren Pantoffeln entschieden hatte, beglich sie die verlangte Leihgebühr.

Wir lieben die Balustraden. Die Menschen dürfen nicht ahnen, wie ähnlich sie uns werden, sobald sie sich über Balustraden neigen. Und noch traulicher wird die verhohlene Verwandtschaft, wenn sich über den Umgang und seine Brüstung eine Kuppel wölbt. So hoch und sphärisch geschlossen soll das gemauerte Dach sein, wie es einst alle dem Menschen vorstellbare Himmel waren. Tüchtige Baumeister finden sich auch unter den Insekten und Vögeln, doch wie könnten sie mit einem Wesen konkurrieren, dem es einfällt, ein vollendetes Firmament und eine Balustrade, einen Balkon ohne Ende, über dem eigenen Treiben zu errichten. Das laute wie das leise Lob der Welt einschließlich unseres unhörbaren Beifalls haben sich daher die schlesischen Erbauer des Dom Kultury von Zgorzelec, des ehemaligen Kulturpalasts von G., verdient.

Keinem unserer Schützlinge und auch keinem der beiden Boten wird vergönnt sein, auf die Balustrade zu gelangen. Angela schaut nur flüchtig nach oben, bevor sie ihrem filzbeschuhten Immanuel in die schwarze Röhre hin zum ersten Apparat des Gottlieb Ameis folgt. Soeben hat Elvira Blumenthal eine Erwachsenen- und eine Kinderkarte gelöst und führt ihren Sportfreund an der Treppe vorbei, die sie und ihn hinaufbringen könnte. Der kleine Halunke ahnt die Möglichkeit, es juckt ihn in den knubbligen Knien, aber seine Sportfreundin hat schon anders für sie entschieden.

Schwartz und Elena sind im Herzen der Ausstellung angekommen. Sie stehen unter dem Scheitel der Kuppel und bestaunen das kunstreich Aufgebaute. Und sie bewundern den besonderen Einfall: Hier, auf halber Strecke, ist, das muß jeden Besucher überraschen, kein Stück der Sammlung zu sehen. Deren Prunk-

exemplar, das ein weniger findiger Kurator just hierher gesetzt hätte, wird erst am Schluß des Rundgangs zu besichtigen sein. Dort, wo sich Anfang und Ende des Parcours berühren, steht der größte Plattenkollektor der damaligen Zeit.
Schauen wir kurz hinüber.
Gönnen wir dem Ungetüm und seinem Großtun einen müßigen Blick.
Wir sehen ein riesiges, elefantenhäutig verwittertes Kautschukquadrat, senkrecht vor einer ebenso gewaltigen Kupferplatte. Der Tuchhändler Ameis hat beides von hiesigen Handwerkern in Gestelle aus Buchenholz fassen lassen. Die Pläne stammten von einem buckligen Göttinger Professor, einer Koryphäe der Epoche. Die brieflich übersandten Skizzen haben sich erhalten. Das Original, dem der Ameissche Kollektor nachgebaut wurde, war das Prachtstück der Sammlung des kleinwüchsigen Gelehrten. Ameis blieb dem Vorbild treu bis ins Detail, hat allerdings, man könnte ihn deswegen tadeln, die Fläche der Platten vervierfacht, um den weithin bekannten, den oft besichtigten Göttinger Apparat an Imposanz zu übertreffen. Noch heute beeindrucken Kinder, Frauen und Männer, so man sie vor das Gerät führt, die Maße der wuchtigen Scheiben. Selbst der uneigennützig hilfreich gewesene und dann von Ameis übertrumpfte Professor, der wegen seines schmerzensreichen Rückenleidens nie bis ins ferne Schlesien reiste, soll anerkennend durch die Zähne gepfiffen haben, als ihm das vergrößerte Duplikat geschildert wurde und er flugs überschlug, welche Summe der Kaufmann dafür aufgewendet haben mußte.
Wie einst im Kabinett des Gottlieb Ameis wartet nun im Dom Kultury das Fell der weißen Ziege auf seinen Einsatz. Es ist ein kleiner Stapel sorgfältig präparierter Stücke. Ein Student der Technischen Hochschule erklärt, wie man den Kautschuk damit reiben muß. Er ermutigt, ja ermahnt, dies mehrfach und genau

nach Anweisung zu tun, damit sich, sobald der knistrig aufgeladene Pelz an das Kupfer rührt, auch der gewünschte Effekt bemerken läßt. Nur Besuchern mit Herzschrittmachern älterer Bauart ist die Durchführung des Experiments verboten. Eine übertriebene Vorsicht. Wir gönnten jedem Menschen beides, den Aufbau der Ladung wie deren Abfluß. Wir würden es auch den Unseren gönnen, nach einem der schönen Felle zu greifen, aber die fünf Menschenkinder, denen noch eine Weile unser Augen- und Ohrenmerk gilt, werden das Ende der Ausstellung, ihren Ausklang in Kupfer und Kautschuk, nicht erreichen. Alles, was sie angeht, wird sich in der Mitte entladen, genau unter dem Scheitelpunkt der kalkigweißen Kuppel.

Schon sitzen Schwartz und Elena auf einer der grob gezimmerten Holzbänke, die die dortige Installation umstehen. Mit einfachen Mitteln ist es den Ausstellungsmachern gelungen, den Eindruck einer weiten Wiese unter freiem Himmel zu erzeugen. Ringsum auf dem glatten Reif der übermannshohen Stellwände verwischt sich das Grün von Hügeln in die Helle eines sommerlich blauen Himmels. Aquarellhaft unscharf, glaubwürdig verschwommen, hat ein alter, lange in Berlin tätig gewesener Bühnenbildner, der nun wieder in seiner Heimatstadt Wrocław lebt, diesen Prospekt gemalt. Auch das Gras aus borstigem Kunststoff überlistet die Augen. Es ist braun und gelb gefleckt, als hätte es lange nicht mehr auf diesen Wiesengrund geregnet. Nur die unermüdlichen Gänseblümchen, der robuste Hahnenfuß und die zähen Margeriten blühen. Die höchsten Stengel bewegt ein Wind. Und den, der selbst dem Nicken der weißen und gelben Blüten nicht trauen mag, überzeugt die Neigung des Geländes. Der entscheidende Trick des Aufbaus, der den skeptischen Leib mitreißende Effekt, ist das Absinken der Wiese. Sie bildet eine Mulde, so tief, daß jeder Besucher ihr Gefälle Schritt für Schritt in Schienbein und Knie empfindet. Wer nur ein Quentchen Phantasie in den Kulturpalast mitgebracht hat, wird prompt glauben, daß ihm Erde und Wurzelwerk unter den Sohlen federn.

Schwartz streckt die müden Beine ins elektrostatisch knakkende Gras, während Elena die Füße unter die Bank zieht, um dort, den Blicken ihres Chefs verborgen, aus ihren Schuhen zu schlüpfen. Sie weiß, wie ihre wohlgeformten Füße auf Männer wirken, weiß aber auch, daß die Riemchen ihrer neuen Schuhe unschöne rote Streifen machen. Ähnlich diskret schnuppert der Arzt an ihrer Seite in die Luft. Elena bemerkt es doch und fragt ihn, ob er die Gänseblümchen oder die Margeriten rieche. Sie kann nicht wissen, daß ihn zum zweiten Mal der Gestank verbrannten Haares in der Nase kitzelt.

Ist es der Baum?

Ist es die Gewalt, die dem Baum geschehen ist?

Schwartz hält es für möglich, daß der Geruch aus den Schrunden des dunklen Stammes aufsteigt. Vielleicht hat dessen Harz, jäh aufkochend, die gleichen Aromen abgegeben wie Menschen- oder Tierhaar, wenn es verschmort? Die verkohlte Eiche sei echt, erfährt er, denn Elena liest ihm nun laut aus der Broschüre vor, die sie am Eingang zur Blümchenmulde in die Hand gedrückt bekommen haben. Der blitzgeschwärzte Baum stammt von der Landeskrone, dem Berg im Westen der Stadt, dessen bewaldete Kuppe jeden Sommer die Gewitterwolken anzieht. Im Juli des vergangenen Jahres ereilte die älteste Eiche des schönen Laubwaldbestands ihr Schicksal. Säulenhaft künstlich stünde das tote Holz noch oben im saftigen Grün, hätte der Kurator der Ausstellung nicht von ihm erfahren. Mit seiner Assistentin wanderte er auf die Landeskrone, um sich den spektakulären Eichenleichnam anzusehen. Sogleich paßte er ihm ins Konzept. Und wir stimmen ihm zu. Nicht in freier Natur, sondern hier ist er richtig. Der zur Hälfte gespaltene

Stamm, die sich heroisch reckenden Stummel seiner für den Transport gekürzten Äste haben erst im Dom Kultury eine angemessen würdige Bleibe gefunden. Denn hier steht der geborstene Baum stellvertretend für eine Eiche aus den Tagen des Gottlieb Ameis. Schwartz will ganz Ohr sein. Er konzentriert sich. Er gibt sich redlich Mühe aufzupassen, aber das Zuhören fällt ihm schwer, sosehr er auch Elenas Stimme und ihre Art, das Deutsche zu intonieren, liebt. Er fühlt sich matt, er fühlt sich plötzlich weit schlimmer als matt. Er sehnt sich nach einer weiteren Tasse seines Kaffees, obwohl er weiß, daß er an diesem Sonntagvormittag bereits zuviel Kaffee getrunken hat. Ihm ist noch flau davon im Magen.

Mir wird ganz blümerant.

Hat er das laut gesagt? Wohl nicht, denn Elena liest weiter aus der Broschüre vor. Mir ist ganz blümerant. Das hatte seine Mutter noch geflüstert, bevor sie im Garten ihres Düsseldorfer Häuschens, bei ihrem ersten Schlaganfall, mit Brust und Stirn auf die Damasttischdecke sackte. Schwartz ängstigt sich. Er weiß, daß er in seinen Stärken wie in seinen Schwächen nach seiner Mutter geht. Er weiß genau, warum er guten Grund hat, sich zu fürchten.

Wir wissen's auch. Er war schon einmal weggetreten. Vor einem Jahr während der Heimfahrt vom Kongreß, zwischen Kitzbühel und München. Nur kurz. Sekundenkurz. Sechs oder sieben Sekunden konnten es nach seiner späteren Berechnung schlimmstenfalls gewesen sein. Auch ohne seine Kontrolle, auch ungelenkt blieb der Mercedes damals in der Spur. Als er, wieder zu sich kommend, die offenen Augen noch weiter aufriß, war die nächtliche Autobahn auf beiden Seiten völlig leer. Die vom Gewitterregen nasse Fahrbahn glänzte wie schwarz lackiert. Es war kein Einschlafen gewesen. Er hatte sich nicht müde gefühlt. Als Weiss, tief in den Beifahrersitz gesunken, ein Gähnen auf das andere folgen ließ, hatte sich bei ihm kein einziges Mal der übliche Reflexzwang eingestellt. Weiss war eingenickt und in ein röcheliges Schnarchen gefallen. Jetzt stand ihm der Schweiß eines kräftezehrenden Traums auf der Stirn. So hatte er natürlich nichts von dem Blackout bemerken können. Es hatte sich um eine Ohnmacht ohne Übergang gehandelt, um einen Abriß des Bewußtseins, dem keine Übelkeit, kein Schwindelgefühl vorausgegangen war. Aber, erschrocken wieder bei sich, fiel Schwartz dann doch noch ein, was es unmittelbar zuvor im finsteren Nordwesten, in Fahrtrichtung, zu sehen gegeben hatte. Er hatte die Erscheinung mißverstanden. Erst jetzt begriff er, wie absurd er das blauweiße Leuchten fehlgedeutet hatte. Hoch am Himmel hatte sich das Lichtgebilde zu einer walnußrunden Doppelfigur zerädert. Mama blitzt uns, hatte er gedacht und sich wie ein Kind gefreut, daß seine Mutter, die zeitlebens famose Nachtbilder geschossen hatte, nun Weiss und ihn, das frischgebackene Freundespaar, auf eines ihrer Negative bannte. Zugleich war ihm klargewesen, daß der Kollege schlief, und schmerzlich heftig hatte er zuletzt noch bedauert, daß dieser gar nicht mit ansehen konnte, wieviel Kraft und Schönheit, wieviel Form und Herrlichkeit sich aus dem Blitzlicht seiner Mutter in die Hochzeit ihrer Heimfahrnacht entlud. Immerhin hatte Weiss laut aufgestöhnt, als hätte das lichtschnell herangeraste Induktionsfeld auch seine Nerven stimuliert. Noch jetzt konnte sich Schwartz übergenau an das Passiv-Wollüstige, an das hingebungsvoll Empfangende dieses Ächzens erinnern, nicht jedoch an den Donner, der nur einige Schallsekunden später die Nacht erschüttert haben mußte. Ach, Elena könnte ihn vielleicht verstehen, wenn er es schaffen würde, ihr alles zu erzählen.

Elena jedoch ist ganz bei Gottlieb Ameis. Sie mag solche Geschichten. Es rührt sie zu erfahren, wie der Amateurgelehrte und

Apparatebastler einen armen Zeitgenossen nach dem anderen gesundelektrisierte. Sie liest, daß sich seine Erfolge schnell in G. und in den Dörfern rechts und links der Neiße herumgesprochen haben. Weil der Andrang aus der Umgebung bald zu groß war, um jeden Heilungsbedürftigen persönlich mit der Bernsteinkugel oder dem elektrostatisch geladenen Glasstab zu bestreichen, suchte Ameis nach einer Möglichkeit, die gute Kraft für eine Gruppenkur zu nutzen. Erst unlängst hatte er die Glashäuser, in denen er südlich der Stadt Gemüse ziehen ließ, nach englischem Vorbild durch sogenannte Furchtableiter gegen Blitzschlag geschützt. Er beschloß, diese Naturgewalt in einem zweiten Schritt der Beherrschung gegen die Gebrechen der Landbevölkerung einzusetzen. Nahe bei seiner Gärtnerei hatten zwei uralte Bäume, eine Linde und eine Eiche, gemeinsam Hunderte von Unwettern überstanden, die Linde schadlos, während die Eiche wulstig vernarbte Einschlagspuren aufwies. Zwischen den Wipfeln dieser ehrwürdigen Veteranen ließ er, in Weiterentwicklung der Konstruktionen Michael Faradays, aus Pappelholz, Eisen und reichlich Kupfer einen Mast errichten, den eine schmucke Messingkugel krönte. An die Äste beider Bäume wurden leinölgetränkte Bänder geknüpft, so viele, daß am fraglichen Gewittertag alle, die zur Behandlung gekommen waren, einen eigenen Streifen Tuch in den Händen halten durften. Unter der Linde hatten sich die Frauen versammelt, rund um die Eiche standen die Männer. Ameis war guten, ja übergu-ten Mutes, und keinem in G., nicht einmal einem der bestallten Gottesmänner, kam der Gedanke, ihn zu warnen. Nur Elena, die mit- und vorausfühlende Elena haucht ihm nun, unter der Kuppel des Dom Kultury, mit großer Verspätung ein «Vorsicht, Gottlieb!» zu.

Mit angehaltenem Atem weiterlesend, bemerkt sie nicht, wie schnell auch in der Blase ihrer Gegenwart die Spannung steigt, bemerkt nicht einmal, daß ihr abgetaner Geliebter dabei ist, in das Herz der Ausstellung vorzudringen. Zügig, in einer Art von Trab, ist er durch die schummrigen Tunnel von Lichtinsel zu Lichtinsel, von Gerät zu Gerät geeilt und wird nun inmitten der geführten Mädchengruppe vor den verkohlten Baum geschleust. Weiss schnuppert. Er bildet sich ein, die feine Parfümierung des Brennesselshampoos zu riechen, mit dem er heute morgen seinem Kleinen den Kopf gewaschen hat. Wahrscheinlich steigt der Geruch aus den hübsch frisierten Schöpfen der Mädchen, die ihn umdrängen. Die polnische Studentin am Eingang zur Blümchenmulde errät sein Deutschsein und drückt ihm wie ihren ausgelassenen Altersgenossinnen eine entsprechende Broschüre in die Hand. Kaum ist jede damit versorgt, fängt der Leiter der Gruppe, als wolle er verhindern, daß man den Fremdtext liest, mit einem eigenständigen Erklären an. Alle, auch Weiss, schauen den schwarzen Stamm hinauf. Alle lauschen der Mär von Gottlieb Ameis. Der Mädchenführer spricht frei und gut. Er steuert den legendären Vorfall in einer eleganten Kurve an, verzögert geschickt, ohne allzu ausführlich und damit lästig lahm zu werden.

Weiss nickt ihm unwillkürlich zu. Das ist ein Mann nach seinem Gusto. Der hat begriffen, daß das richtige Tempo, vor allem vor aufmerksamen Frauen, die halbe Miete ist. Er schimpft sich einen Esel. Da hat er platterdings vor Augen, wie man von dem, was unsere Welt zusammenhält, erzählt. Er weiß es eigentlich schon lang, und doch ist er in G. erneut seiner alten Untugend erlegen, hat forciert, was ruhige Weile braucht, um rund und gut zu werden. Zu spät. Inzwischen geht er der, der er unbedingt imponieren wollte und weiterhin gefallen will, wohl bloß noch auf die Nerven.

Weiss sieht sich den Erklärer, diesen Bessermacher, gründlich an. Er ist wohl fünfzig, aber proper erhalten, hat ungefähr die

gleiche Statur wie er, die größten der Mädchen überragen ihn fast um einen Kopf und hängen doch an seinen Lippen, als wäre es unvermeidlich, zu ihm aufzuschauen. Der Mann hat Ahnung von der Sache, wahrscheinlich gehört er zu jenen Akademikern des alten Ostens, die man nach kurzer Gnadenfrist in die Untätigkeit entsorgte, und diese Ausstellungsführung ist eines der Abstellgleise, auf dem er, geschickt rangierend, noch Anerkennung einfährt. Es fehlt ihm nicht an Witz. Der einzige Mangel seiner Rede ist, daß er das geistreiche Gewitzel übertreibt.
Bleib auf dem Teppich, Kumpel!
Hat er das laut gesagt? Weiss sieht sich um. Keine der jungen Frauen blickt ihn an. Das Lächeln, das um ihre Münder spielt, gilt ausschließlich den in die historische Erzählung eingeflochtenen Scherzen, die Weiss, der Wesensverwandte, zunehmend überzogen findet. Nicht wenige der Mädchen sind offenbar vernarrt in diesen Kerl. Weiss kann es wie eine Grundierung des Gesprochenen spüren. Er schiebt sich weiter nach vorn, drängelt sich unter die dichtgereihten Leiber und hört sich, gereizt und doch noch immer neugierig, den Fortgang der Geschichte an.
So sieht er seine Angela nicht kommen.
Angela Z. bleibt nahe dem Eingang stehen, blättert in der Broschüre, wartet auf Immanuel, der die Studentin, die die Heftchen austeilt, in ein Gespräch über die bisherigen Besucher der Ausstellung verwickelt hat. Ohne Umschweif hat er sie gefragt, ob heute schon ein Gnom, ein Zwerg, ein Liliputaner dagewesen sei. Als sie dies lachend verneinte, begann er, sich umständlich nach Sportlern und Leuten, die er Leuchtstockbesitzer nannte, zu erkundigen, was die junge Frau als eine eigenwillige Art von Flirtversuch mißdeutete, wahrscheinlich weil ihr Immanuel gefiel.
Sogar in Filzpantoffeln sieht er gut aus.

Hat sie das eben laut gesagt? Erschrocken schaut Angela sich um. Niemand hat sie gehört, niemand sieht zu ihr hin, aber auf die Suche geschickt, entdeckt ihr Blick Elena und Schwartz auf einem der in weiter Runde aufgestellten Bänkchen. Elena liest in der Broschüre, Schwartz ist das Kinn auf die Brust gesunken, schief sitzt er da, als sei er eingenickt, als drohe ihm jeden Moment, entspannt von einem tief werdenden Schlaf, gegen den nackten Oberarm seiner Begleiterin zu sacken.

Angela spürt starke Finger um ihren Ellenbogen. Immanuel drückt kräftiger als nötig zu. Sie dreht den Kopf und sieht aus nächster Nähe eine bläuliche, deutlich emporgewölbte Ader auf dem Rücken seiner Hand. Zurückliegende Nacht, in den Stunden, in denen sie noch lange mißtrauisch seine Fesselung observierte, war diese Hand glatter, jünger als jetzt. Sein Kopf neigt sich an ihre Schläfe. Dies ist ihr knisternd angenehm. Noch schöner wäre es natürlich, wenn Weiss nun sehen könnte, wie ihr zugeflüstert wird, wie ihr Immanuels Mund am Ohr liegt.

«Da sitzt der Papapapi. Dem ist es jetzt geschehen. Er hat die ganze Zeit verkehrt gewartet. Nick hat ihn an der Nase herumgeführt. Der arme Mann. Ich muß mich um ihn kümmern. Eins nach dem anderen, wie man so bündig bei euch sagt.»

Zum zweiten Mal läßt er die Schuhe stehen. Angela ahnt, daß seine schmalen Füße nicht mehr in diese polnischen Pantoffeln und auch nie mehr in ihre Badelatschen schlüpfen werden. Sie spürt ein wehmütiges Ziehen im Hals, das Verlangen, ihm seinen Namen nachzurufen, wenn nicht gar nachzuschreien. Schon kniet der Mann, der gestern durch ihr Fenster sprang, an der Bank, zusammen mit Elena hat er Schwartz auf die Sitzfläche gedrückt und ihm die Beine hochgelegt. Elena öffnet den Kragen des Hemds, tastet am Hals nach dem Puls, schluchzt laut den Vornamen des vom Schlag Gerührten.

Weiss hört sie und erkennt sie, drängelt sich aus der Mädchentraube, hat keine Schrecksekunde nötig, um zu erfassen, was dem Kollegen zugestoßen ist. Der Arzt braucht einen Arzt. Weiss will den barfüßigen Kerl, dessen Hände den Kopf des Bewußtlosen umklammern, beiseite schieben, aber dann riecht er, über den Schopf des Fremden gebeugt, an dessen Haaren. Sie stinken verbrannt, als wären sie eben erst einer Flamme zu nah gekommen. Verkokelt, angeschmort hat auch das Haar seines Söhnchens gerochen, als er es heute morgen gründlich eingeschäumt hatte, noch nach dem zweiten und nach dem dritten Waschen stach ihm das brandelige Aroma in die Nase.

Schwartz schlägt die Augen auf. Sieht Weiss. Versteht dessen sorgenvolle Miene. Sieht danach erst Immanuel, der die Lider noch einen zitternden Moment geschlossen hält, so lange, wie seine Fingerkuppen brauchen, um ein letztes Mal über die Schläfen und die Stirn des Zurückgeholten zu streichen. Schwartz spürt dies bis ins Hirn. Und er kapiert, sein Retter gibt ihn vollends frei. Ihm ist, als löse sich der Gummi einer Saugglocke von seinem Schädel, er stöhnt und hört sich stöhnen, begreift allein aus der Art, wie sich die Augen von Weiss bang weiten, was dieser nun zu hören befürchtet: das gurgelnde Lallen derer, die ein Pfröpflein dickes Blut am falschen Ort aus dem Kosmos des Sprechens ausgeschlossen hat.

«Hör zu! Ein Angebot in aller Freundschaft ...»

Weiss nickt erlöst, muß hastig weiternicken. Er ist bereit, dem flüsternden Schwartz, bloß weil der verständliche Worte hauchen kann, alles und jedes zuzugestehen. Immanuel macht einen Schritt nach hinten, und Elena, die ahnt, worum es Schwartz nun gehen mag, zieht den hilfreichen Unbekannten am Ärmel noch ein Stückchen weiter von der Bank zurück. Es ist intim. Aber wie den Menschen fehlt auch uns ein Ohrenlid, um uns in einem solchen Fall in Diskretion zu üben.

«Hör zu! Ich laß dich weitermachen mit all den gottverlassenen Ziegen, die dir in G. noch zugelaufen kommen. In unserer Praxis. Und wenn es Voodoo ist, ich drücke einfach beide Augen zu. Versprochen. Dafür darf ich mein Glück mit ihr versuchen.»

Immanuel versteht, daß Elena gemeint ist. Und weil er eine ganze Nacht vor Angela gelegen hat, versteht er auch, was an der Bank mit wenigen getuschelten Sätzen unter Männern vereinbart wird. Elena, die sich zu Unrecht und in gewisser Weise doch zu Recht einbildet, ihren Namen herausgehört zu haben, liest ihm am Gesicht ab, daß er mehr erlauscht als sie, zupft ihn am Ärmel, will von ihm wissen, was sich die Ärzte da zu sagen haben. Aber hierzu, für diese kleine Gefälligkeit, die er der schönen Polin gerne erweisen würde, bleibt unserem Boten keine Muße.

Da sind sie endlich.

Sportfreund und Sportfreundin sind eingetroffen.

Auch Angela sieht die beiden in die Arena treten. Die Broschüren zu Gottlieb Ameis' Wirken in den Händen, haben sie eben den Saum der falschen Wiese überschritten. Fast hätte Angela ihre einstige Freundin nicht mehr erkannt. Und jetzt, wo diese fremd gewordene Frau ihrem kleinen Begleiter über das weiße Haar streicht, spürt sie wie einen Anhauch eine letzte Sehnsucht nach der alten Dame, mit der sie Obstkuchen gegessen, Likör getrunken und Zeit zerplaudert hat.

Dem seltsam großschädligen Knaben an Frau Blumenthals Seite entgleist in diesem Augenblick die Miene. Recht fratzenhaft bleckt er die Zähne, in Panik umklammert er die ranke Taille seiner Kameradin. Er preßt, auf die Schuhspitzen hochgeschnellt, das Gesicht an ihre Brust, als könnte eine Mutter ihn vor dem Kommenden beschützen. Elvira Blumenthal faßt seine Schläfen, aber schon löst er sich, wendet sich von ihr ab, baut sich o-beinig auf, wippt in den Knien. Ein Knurren dringt

ihm aus der Kehle. Er reißt sich etwas silbrig Glänzendes aus dem Hosenbund und schwingt es in der Faust. Jeder kann sehen und hören, er ist bereit zum Kampf. Er will sich seinem Gegner stellen.
Mut fällt uns leicht.
Mut fällt uns schrecklich leicht.
Und außerdem: Ist es nicht unvergleichlich schön, sich so, zum Kampf entschlossen, ins eigene Aug zu sehen? Weiss könnte davon wissen. Doch weil er selber einen Hang zum Kühnen hat, glaubt er, sein Söhnchen hätte die zur Kuppel des Dom Kultury schreiende Courage von ihm geerbt. Er will ihm beistehen. Er sieht, wer wen fixiert. Aber als er sich vor Immanuel in Stellung bringt, als er sogar zu einem nicht ungeschickten Schlag ausholt, erhält Herr Doktor Weiss noch einmal einen kurzen Einblick in das Wirken sphärischer Mächte. Unser Immanuel packt ihn am Hemd, nimmt sich den Leichtgewichtigen zur Brust und schleudert ihn in Angelas Richtung. Er fliegt. Weiss fliegt. Das falsche Gras und dessen Unterbau aus Holz dämpfen den Aufprall, aber mit dem Ohr der Liebenden hört Angela aus seinem Hinstürzen das zarte Knacksen der beiden Rippen heraus, die ihm im Rücken brechen.
«Nick, komm! Nicki, komm heim nach Haus!» Es ist ein ganz dezentes Rufen, so verhalten, als wolle Immanuel ein Kind zu später Stunde daran erinnern, daß es nicht ewig auf der Straße spielen kann.
«Du blöder Immi! Du blöder Immi Zitziwitz! Du Zizzititti-Sauger!» Nicks Stimme überschlägt sich. Nur Weiss, dem es vom Aufprall noch im Schädel dröhnt, begreift das Gesagte als den bisher deutlichsten Ausdruck der geschlechtlichen Reifung seines Sprößlings. Den anderen gellt es gräßlich schräg im Ohr. Und Angela Zitzewitz, die bei ihm auf die Knie gesunken ist, kümmert es nicht, daß ihr Familienname, ganz wie zu ihren Schulzeiten,

von diesem unbekannten kleinen Rüpel, der eine Taschenlampe in der Faust schwenkt, obszön verballhornt wird.

«Du arme Fehlgeburt», seufzt es so leise aus Immanuels Mund, daß keiner außer uns es hören muß.

«Kampfpfeil! Kampfpfeil!» kreischt Nick, und seine stämmigen Beinchen trommeln los, machen die falsche Wiese beben, während er schnurstracks Bruder Immanuel attackiert. Mut fällt uns leicht. Mut fällt uns schrecklich leicht. Und wahrlich imponierend – kein Pavian könnte es besser – ist der finale Satz, mit dem Nick dem ihm Nachgesandten entgegenschnellt. Der Leuchtstock, im Absprung geworfen, trifft Immanuels Stirn, bevor sich Nägel und Zähne in das Fleisch seines Halses graben.

Gottlieb Ameis, der selbstberufene und selbstgeschulte Heiler, war ganz berauscht von dem, was kommen sollte. Seit Stunden, seit sich die Kranken, die Gebrechlichen und Unzufriedenen eingefunden hatten, waltete ein Sonnenglück über der Wiese, und nun sollte es in Bälde auch ein Blitzglück geben. Noch war der Scheitel des Himmels klar, aber im Westen quetschten sich die trächtigen Wolken lilafarben auf den Horizont. Ab und zu zog einer der Männer, die um die Eiche standen, mit der freien Hand das Schnupftuch aus der Tasche, um sich die braungebrannte Stirn zu wischen. Die Frauen, die die Linde umringten, hatten sich vor dem feinen Herrn Ameis das Schwitzen sittsam untersagt. Reglos hielten sie sich die geölten Leinenbänder von den Kleidern. Nur manchmal strich sich eine der Jüngeren, eine der unfruchtbaren jungen Ehefrauen, verstohlen mit der saubergehaltenen Linken die Sonntagsschürze glatt.

Der Wind kam vor den Wolken. Obwohl die Luft die Hitze des langen Julitags gespeichert hatte, vermochte sie nun zu kühlen, da ihr Wehen den Schweiß verstärkt verdunsten ließ. Ameis fühlte ein Frösteln im Nacken, als er, die Hand über die Brauen gelegt, dem dunklen Himmelsbalken entgegensah. Ein erster Donner ließ die Weiber seufzen. Der Blitz, der dem Wummern vorausgegangen sein mußte, war unsichtbar geblieben. Der Amateurgelehrte, der viele Gewitter gewissenhaft beobachtet und den Verlauf ihrer Entladungen in über hundert Protokollen festgehalten hatte, erkannte das Phänomen. Er lachte laut und herzlich, um die abergläubischen Landleute zu beruhigen. Sie konnten ja nicht wissen, daß sich das Geschehen am Himmel, ganz wie die Experimente in seinem Kabinett, in gehorsamer Wiederholung unter das Joch der Naturgesetze beugen mußte.

Jetzt war es schwarz. Über Linde wie Eiche hingen die Wolken so tief, als wollten sie sich von den höchsten Zweigen die Bäuche kraulen lassen. Die Spitze des Furchtableiters schwankte heftig im Wind, der Hanf der vier Seile, die den Mast aufrecht hielten, knarrte merkwürdig tierhaft, der großgewordene Gottlieb mußte an die Böcke denken, die weiterhin auf diesen Wiesen gehütet wurden und die, zog man sie von den Geißen weg, um sie anderen Geißen zuzuführen, ähnlich an- und abschwellend blöken, ja fast singen konnten.

Hut ab!

Ameis zog sich den Sonnenhut aus Stroh vom Kopf. Er spürte den Gewitterwind auf seinem im zurückliegenden Jahr zügig kahl gewordenen Schädel. Er atmete tief ein. Die Luft war übermäßig aufgeladen. Der Furchtableiter hielt nun, scheinbar gottergeben, still. Aber sein Eisen, sein Kupfer, seine eichelförmig gegossene Messingspitze schlürften gewiß schon an dem, was sich über ihnen zusammenbraute. Alle sahen dorthin. Und alle sahen, fassungslos entsetzt, daß es nicht aus den Wolken, daß es nicht aus dem Himmel zu blitzen anhob, sondern daß eine schmale blaue Zunge aus der Ameisschen Konstruktion in sündiger Vorlust nach oben leckte.

Ihr Nick ist stark. Elvira Blumenthal sieht mit Schmerz und Stolz, wie sich der barfüßige Kerl torkelnd im Kreise dreht und vergeblich versucht, den tollkühnen Angreifer abzuschütteln. Sein Pullover, der Baumwollpullover ihrer einstigen Freundin Angela, säuft das herabströmende Blut. Ihr Nickilein hat sich seitlich am Hals des Gegners festgebissen. Wenn er die scharfen Zähnchen tiefer gräbt, wird er die Schlagader öffnen können.
«Angela, hilf!»
Sie hört ihren Immanuel rufen. Er ruft sie hinter ihrer Stirn. Also schiebt sie Weiss' Schultern von ihren Schenkeln, legt seinen Hinterkopf behutsam in das falsche Gras, sagt seinen Augen mit einem Blick, daß sie gleich wieder bei ihm sein wird. Dann steht sie auf. Und weil es seit langem in solchen Momenten ihre Art ist, kann sie ein Räuspern, einen energischen Entscheidungslaut, nicht unterdrücken.
«Angela! Bitte blitz uns!»
Angela Zitzewitz weiß, wie das gemeint ist. Im Sprechen ist Immanuel ihr Kind. Alle sehen, mit welch festen Schritten sie die Distanz zu den Kämpfenden überbrückt. Beide Ärzte haben den Kopf gehoben. Schwartz bekommt den Nacken von Elena gestützt. Der Mädchenführer aber duckt sich hinter die größte der Studentinnen, um von der Mutter seiner Tochter nicht entdeckt zu werden. Nur Melanie und er kennen den Abgrund ihrer rigorosen Redlichkeit. Weiss wird ihn kennenlernen. Elvira Blumenthal erschrickt über das Ding, das Angela nun aus der Tasche zieht. Als sie befreundet waren, hat Angela ihr diese Waffe gezeigt und ihr sogar zum Erwerb desselben Modells geraten. Damals war sie sich noch zu alt für so ein raffiniertes Schockmaschinchen vorgekommen.
«Nick! Vorsicht, Nick!»
Zu spät. Angela zögert nicht. Sie hat die blanken, die vergoldeten Pole in das weiße Haar des Gnoms gedrückt. Blau wird

es blitzen. Nach Tier und Feuer wird es riechen. Mehr darf nie von den Boten bleiben. Allein dieser Gestank wird denen, die die polnische Polizei schon eine halbe Stunde später zu der Explosion befragt, noch im Gedächtnis haften. Da keiner, weder Weiss noch Schwartz, weder Angela noch Elena, etwas über das Zerbersten des toten Baums berichten kann, da sich auch die Dresdner Studentinnen und ihr Begleiter, eine Honorarkraft des dortigen Museums für Hygiene, nur noch an einen Knall und an das Umherfliegen des morschen Holzes erinnern können, bleibt der spektakuläre Vorfall bis auf weiteres wissenschaftlich unerklärt. Zum Glück verlief er glimpflich. Anscheinend sind alle mit einem Schock davongekommen. Dem Dresdner Mädchenführer muß eine Platzwunde am Hinterkopf geklammert werden. Die Filzschuhe wandern in ihren Schrank zurück. Und Nicks verbeulter Leuchtstock wird noch lange bei verlorenen Schlüsseln und vergessenen Schirmen liegen.

Den Blitz kümmert es nicht. Er hat sich nie um unsere Sorgenkinder oder um uns, die Sorgenden, gesorgt. Den Blitz kümmert es nicht, wen er zerblitzt. Das war auch damals so. Als Gottliebs geiler Furchtableiter den Wolken entgegenzüngelte, als seiner Messingspitze ein bläulich pulsierendes Organ entwuchs, tat ihm der Himmel den Gefallen. Beiläufig leckte er zurück. Es blitzte grauenhaft zurück. Und alle, die aus der allgemeinen Ohnmacht erwachen durften, versicherten bis an ihr Lebensende, sie hätten nie zuvor eine vergleichbare Entladung gesehen, gehört, gespürt und wollten nie mehr dergleichen miterleben müssen. Zahlreiche Männer lagen, wie tot und lange noch bewußtlos, rund um die dampfende Eiche. Zwei Greise waren vom letzten Schlag gerührt. Den Furchtableiter à la Faraday hatte die Explosion in weit verstreutes Stückwerk, in kokelndes Holz und in merkwürdig verbogenes Metall, verwandelt. Die Linde jedoch schien gänzlich unversehrt. Einige der älteren Frauen beteuerten, daß sie zu Boden geschleudert, die Augen fest geschlossen, den Lindenduft so stark und innig wie in ihrem Brautsommer gerochen hätten. Geheilt war niemand. Alle trugen mit dem Schrecken auch Gicht, Grind oder Geschwulst zurück nach Haus.

Neun Monate darauf erfuhr Tuchhändler Ameis, daß gleich acht der Frauen, die wegen der Verstocktheit ihrer Leiber unter die Linde gekommen waren, gesunde Kinder, vier Jungen und vier Mädchen, geboren hatten. So steht es in seinen Memoiren, und dort liest man auch, er habe damals keinem seiner wissenschaftstrunkenen Freunde etwas vom Erfolg seiner Elektro-Kur erzählt. Fortan mied er die Stelle seiner Blitzbeschwörung. Die Blümchenmulde hat nie mehr seinen Stiefel, geschweige denn seinen nackten Fuß gespürt. Zu den Spaziergängen, die ihn am Sonntagnachmittag weiterhin vor die Stadt führten, nahm er sich allerdings ein selbstgebautes Fernrohr mit. Durch dieses Gerät, das er an einem Band auf der Brust hängen hatte, durfte er aus sicherer Distanz beobachten, wie die Eiche aus Wurzeln und verkohltem Stamm neu austrieb und sich trotz der Laubgier der Ziegen, die sie umweideten, nach und nach erholte. Im Schlußabsatz des fraglichen Kapitels legt der Autobiograph dann nur noch dar, wieviel ihm in diesem schwierigen Jahr, im Jahr des Blitzes, Wort und Tat seiner Gattin geholfen hätten, bewundernd nennt er sie eine in aller Liebe erzvernünftige Frau.

Aber Elvira.

Unsere Elvira.

Unsere heißblütige Elvira.

Elvira Blumenthal bleibt unvernünftig.

Mehr als ein Mann hat sie dafür geliebt.

Mehr als ein Mann wird sie noch hierfür lieben.

Schicken wir einen Blick voraus: Das Licht des Montagnachmittags fällt auf die hellen, honigfarben lasierten Dielen ihrer neuen Wohnung. Mit weitgespreizten Beinen, mit sportlich hochgezogenen Knien sehen wir sie am Werk. Wir wissen, der Rücken tut ihr noch ein wenig weh. Das Zerblitzen unserer Boten hat sie gegen die Stellwand, gegen den künstlichen Horizont geschleudert, den ihr einstiger Liebhaber, der Bühnenbildner, auf seine alten Tage noch so luftig aufzumalen verstand. Als erste der Geblendeten war sie wieder bei sich. Auf allen vieren kroch sie, vorbei an der bewußtlosen Studentin und über deren wild verstreute Heftchen, von der Stätte des Geschehens. Sie hatte ja noch so viel vor.

Und nun ist sie dabei. Ein neuer, ein zweiter polnischer Galan gibt ihr sein Bestes. Der junge Makler, der jetzt, am ersten Tag der Woche, halbwegs entkleidet, auf ihr liegt, war noch vor einer Viertelstunde in allen zwischengeschlechtlichen Angelegenheiten gänzlich unerfahren. Ein hübscher, kluger, leider arg scheuer Mensch. Die Frauen machten ihm nichts als angst. Nun kommt er wunderbar zurecht. Elvira half und hilft ihm auf die Sprünge. Er gibt sich lustgedrungen seiner blitzschönen deutschen Kundin und deren Welterkenntnis hin. Sie weiß so manches und mag noch einiges herausbekommen. Was wissen wir? Was blökt die hehre Wissenschaft? Wir sagen euch, sie wird von ihm empfangen.

INHALT

7 Sonnabend

16 Im Januar
27 Im Februar
37 Im März
46 Im April
59 Im Mai
72 Im Juni

86 Sonntag

«Georg Kleins Romane sind so spannend und von solch beklemmender Atmosphäre, daß man sie in einer Nacht durchlesen möchte.» *Le Monde*

GEORG KLEIN
LIBIDISSI

Gelesen von Ulrich Noethen
Autorenfassung
4 CDs, Gesamtlaufzeit ca. 370 Minuten
06025 1714710 (2)
ISBN 978-3-8291-1874-3
Unverbindliche Preisempfehlung € 25,99 (D)
Deutsche Grammophon Literatur

Auch als Taschenbuch erhältlich: rororo 24258

LIBIDISSI ist der Name einer phantastischen orientalischen Stadt, in der der deutsche Geheimagent Spaik und seine einheimische Adoptivtochter Lieschen leben …